16	3	2	13
5	10	11	8
9	6	7	12
4	15	14	1

Aristóteles

POÉTICA

Edição bilíngue
Tradução, introdução e notas de Paulo Pinheiro

editora■34

EDITORA 34

Editora 34 Ltda.
Rua Hungria, 592 Jardim Europa CEP 01455-000
São Paulo - SP Brasil Tel/Fax (11) 3811-6777 www.editora34.com.br

Copyright © Editora 34 Ltda., 2015
Tradução, introdução e notas © Paulo Pinheiro, 2015

A FOTOCÓPIA DE QUALQUER FOLHA DESTE LIVRO É ILEGAL E CONFIGURA UMA
APROPRIAÇÃO INDEVIDA DOS DIREITOS INTELECTUAIS E PATRIMONIAIS DO AUTOR.

Título original:
Περὶ ποιητικῆς

Capa, projeto gráfico e editoração eletrônica:
Bracher & Malta Produção Gráfica

Revisão:
Alberto Martins, Lucas Simone

1ª Edição - 2015, 2ª Edição - 2017 (4ª Reimpressão - 2024)

CIP - Brasil. Catalogação-na-Fonte
(Sindicato Nacional dos Editores de Livros, RJ, Brasil)

A75p
   Aristóteles, 384-322 a.C.
    Poética / Aristóteles; edição bilíngue;
  tradução, introdução e notas de Paulo Pinheiro
  — São Paulo: Editora 34, 2017 (2ª Edição).
  232 p.

  ISBN 978-85-7326-605-4

  Texto bilíngue, português e grego
  Inclui bibliografia

    1. Arte poética - Retórica. 2. Filosofia
  da literatura. I. Pinheiro, Paulo. II. Título.

      CDD - 808.1

POÉTICA

Introdução, *Paulo Pinheiro* 7

Περὶ ποιητικῆς 34
Poética 35

Referências bibliográficas 219
Sobre o tradutor 225

Introdução

Paulo Pinheiro

O que devemos considerar quando nos dedicamos à leitura de uma poética e, mais precisamente, de uma poética proposta por Aristóteles? O que é uma poética? Eis uma boa questão que pode nos servir de mote para abordar esse pequeno, porém complexo, tratado. A *Poética* de Aristóteles é tida por grande parte dos comentadores como obra incompleta e lacunar, cujas partes conservadas parecem constituir uma compilação de notas destinadas a ajudar o autor durante uma exposição oral. Nada disso, entretanto, a impediu de se constituir como obra fundamental tanto para o estudo de um gênero específico de produção literária quanto para a própria definição de *poética*, pois, além de Aristóteles se dedicar à poesia mimética, de modo geral, e à tragédia, de modo privilegiado, a sua *Poética* se apresenta como um método — normativo, prescritivo e, muitas vezes, apenas descritivo — para a composição do poema mimético. De fato, a *Poética* deve ser compreendida como uma obra de cunho escolar orientada aos estudiosos que frequentavam o Liceu onde Aristóteles ensinava e, no decorrer dos anos, a todos os que pretenderam aprofundar o conhecimento sobre o *modus operandi* do poema mimético e as suas implicações filosóficas.

Como o próprio termo nos indica, a poética (*poiētikḗ*) de Aristóteles deve ser compreendida como uma discussão "sobre o modo de composição do poema" (*perì poiētikḗs*). Ela deveria nos ensinar a compor ou produzir um poema mimético (uma tragédia), evidentemente segundo os critérios

expostos e defendidos pelo seu autor. Para tal fim, a questão eminentemente poética para Aristóteles não deve se confundir, ao menos *in extremo*, com a questão ética, que um autor como Platão certamente privilegiaria. Antes, o que interessa ao estagirita é a possibilidade de compreender a utilização artística de uma noção estética como a de *mímēsis* (mimese),[1] ainda que nos deparemos, no contexto da *Poética*, com as questões relativas à formação do *éthos*, isto é, do caráter e da caracterização das personagens. Assim, a *Poética* nos remete, antes de tudo, à produção do *mímēma*, ou, para sermos ainda mais precisos, à produção de uma imagem poética — verossímil ou mesmo necessária — que não se confunde com a experiência objetiva que temos das coisas e das ações, pois encontra a sua medida não apenas no objeto da representação mas também, e sobretudo, no efeito mimético produzido. Assim sendo, um poema mimético-dramático será trágico se, entre outros motivos e ao contrário do que se passa com a comédia, for capaz de produzir uma caracterização enobrecedora da personagem e da ação levada à cena. Sem excluir a possibilidade de uma referência anterior, o poema mimético não se limita a ser o espelho (ou o reflexo) de tal referência. O *mímēma* jamais será tomado como uma imagem de eventos tal como estes ocorreram e sim como uma imagem poética que introduz algo de novo, ou seja, que introduz uma diferença, como, por exemplo, o caráter enobrecedor da *mímēsis* trágica. De fato, o agente primeiro da *mímēsis* é, para Aristóteles, o poeta, ou seja, aquele que elabora uma

---

[1] Ao longo da *Poética*, optei por traduzir *mímēsis* por "mimese", mas, para manter a fidedignidade face aos textos citados nesta breve introdução, mantenho aqui o termo transliterado, ou seja, *mímēsis*. A tradução de *mímēsis* por "mimese" é, sem dúvida alguma, questionável, mas de fato possuímos em português o termo "mimese", que, sobretudo quanto ao aspecto fonético, se aproxima muito do termo grego *mímēsis*. De todo modo, será sempre oportuno lembrar que *mímēsis* é uma palavra que deveria constar num dicionário de termos gregos intraduzíveis.

releitura dos antigos mitos da civilização grega e que, no caso do poeta trágico, seria capaz de produzir, por meio dessa releitura mimética, um efeito catártico, fruto da manipulação de emoções precisas que nos levariam à depuração (*kátharsis*) do pavor e da compaixão evocados. Como nos explica M. Canto-Sperber, a *mímēsis* designa a inclinação do homem a representar as coisas tal como poderiam ou deveriam ser e não como são.[2] Ela é, portanto, tão criativa quanto imitativa, ou seja, ela nos remete a uma ação ocorrida que é, no entanto, retomada e recomposta pela ótica inventiva do poeta mimético.[3] As dificuldades de traduzir o termo *mímēsis* são inúmeras e as soluções de que dispomos hoje em dia transitam, de modo geral, em torno de quatro possibilidades: a manutenção do termo grego *mímēsis*, solução de Halliwell; "processos imitativos" ("imitative processes"), de Else; "representações" ("représentations"), de Dupont-Roc e Lallot; e, simplesmente, "imitações", de Eudoro de Souza. A opção adotada de traduzir *mímēsis* por "mimese", que se justifica pela proximidade fonética e por um certo aportuguesamento do termo grego, jamais agradará a "gregos e troianos". "Mimese" foi a solução aproximativa utilizada para fazer referência à "mimética produtiva" ou "inventiva", que se distingue da ideia que temos de representação e de imitação, assim como da *imitatio* latina, pois não se trata da reapresentação imitativa de um modelo, mas de um *modus operandi* determinado para reunir, dispor ou compor as ações e acontecimentos trágicos "ocorridos".

Como dizemos com certa frequência, o objeto próprio da poética não é a obra literária em si mesma e sim a sua

---

[2] M. Canto-Sperber, *Philosophie grecque*, Paris, PUF, 1997, p. 435.

[3] Aristóteles decerto privilegia a noção aqui exposta de *mímēsis*, mas isso não o impede de remeter o seu público a exemplos de tragédia em que personagens e ações são inteiramente inventados, como ocorre no *Antheu* de Agáthon (ver *Poética*, 1451b20).

função: seu objetivo não é diretamente descritivo, mas teórico, e nela só se introduz o poema na condição de exemplo. De fato, em sua *Poética*, Aristóteles se serve de inúmeros episódios (retirados da poesia épica, dos ditirambos, das tragédias e das comédias), mas é especialmente a questão teórica que está em voga, como a definição, e distinção, das partes ou dos elementos que constituem o poema mimético, o processo de hierarquização dessas mesmas partes, os modos de se produzir cada uma dessas partes, assim como a análise de questões mais pontuais como o estudo de problemas lexicais específicos que afetariam a leitura (e a má leitura) do poema, o comportamento em cena dos atores, a produção dos cenários e mesmo os procedimentos musicais. Ainda que tais componentes façam parte da *Poética*, não é possível deixar de perceber que Aristóteles prefere remeter os problemas lexicais e elocutórios à *Retórica*; os problemas musicais, aos *Tratados de Harmonia* (sabemos que em sua escola Aristoxeno redigiu um tratado de harmonia) e os assuntos relativos à cena ou ao espetáculo propriamente dito (*ópsis*), a cenógrafos e diretores de cena. A *Poética* é, acima de tudo, um tratado sobre o poema mimético, isto é, sobre o poema trágico, embora Aristóteles trate também do poema épico, que é uma modalidade de poema mimético. É possível, no entanto, que Aristóteles não tenha apreendido o que modernamente se considerou o autêntico sentido da experiência trágica (a sua *dýnamis* poética, o seu fundamento, como dizemos hoje em dia, dionisíaco e entusiástico) e que ele tenha nos legado apenas o fruto tardio de um vasto conhecimento que provinha das antigas peças do teatro trágico. Como observa Vernant,

> "[...] a tragédia surgiu na Grécia no final do século VI a.C., e antes que se tenham passado cem anos ela já tinha silenciado a sua voz; pois quando, no século IV a.C, Aristóteles resolve, em sua *Poética*, estabelecer a teoria da tragédia, ele não compreen-

de mais o que é o homem trágico, que se lhe tornou, por assim dizer, estrangeiro."[4]

Assim, se por um lado Aristóteles pode ser considerado um "estrangeiro" analisando teoricamente a tragédia e, de um modo geral, o conjunto das artes poético-miméticas, por outro não podemos esquecer que ele é um inovador em relação a Platão, pois a sua compreensão da *mímēsis* trágica se afasta sensivelmente da concepção platônica. De fato, assim como tivera em Platão o seu adversário de respeito, nos diz Costa Lima, a *mímēsis* antiga encontrou em Aristóteles "o seu grande sistematizador".[5] Em verdade, Aristóteles não se cansa de elogiar a tragédia e a sua *Poética* termina mesmo com a afirmação da supremacia da tragédia sobre a poesia épica.[6]

Teoria poética

A tragédia, tema central do que nos restou da *Poética*, além de instituir o objeto de uma teoria sobre a atividade poética, constitui, para Aristóteles, uma espécie de apogeu das manifestações artísticas do seu tempo. Isso porque ela será tomada como o resultado de um conjunto de expressões artísticas que envolve a música (a composição da melodia), a poesia (a elaboração do enredo e da métrica, assim como a caracterização das personagens e a reflexão ou o pensamento introduzido) e a cena teatral propriamente dita (abrangendo o trabalho dos atores e a produção dos cenários). Nada

---

[4] Jean-Pierre Vernant e Pierre Vidal-Naquet, *Mythe et tragédie en Grèce ancienne*, Paris, La Découverte, 2001, p. 21.

[5] Luiz Costa Lima, *Mímesis: desafio ao pensamento*, Rio de Janeiro, Civilização Brasileira, 2000, p. 31.

[6] *Poética*, 1462b13.

disso, no entanto, se constituiria como espetáculo trágico se não fosse o trabalho primeiro do poeta. Aristóteles considera a tarefa do poeta trágico, isto é, a composição do enredo (*mýthos*), como a parte fundamental da tragédia. A atividade do poeta é pensada, sobretudo, a partir da noção de "trama (composição) dos fatos (acontecimentos)", expressão que em grego se diz *sýstasis tōn pragmátōn*, a reunião das ações na forma específica de um enredo trágico. As outras partes da tragédia são sem dúvida importantes, mas certamente não incidiríamos em erro se disséssemos que são tomadas por Aristóteles como *categorias* da *sýstasis tōn pragmátōn*. Assim, consideramos a hipótese de que Aristóteles nos apresente a composição do poema mimético por excelência, a tragédia, como sendo formada, primeira e essencialmente, pela composição do enredo, que nos remeteria diretamente à constituição das personagens (*éthē*), ao pensamento introduzido (*diánoia*), à elocução (*léxis*), ao espetáculo visual (*ópsis*) e à composição do canto (*melopoiía*). É possível imaginar que cada uma dessas partes, à exceção do *mýthos*, constitua o objeto de uma ciência própria.

Embora nem todos estejam de acordo, é possível pensar que a *Poética* constitui para Aristóteles uma *tékhnē* — desde que se entenda essa noção não apenas como um conjunto de regras a ser seguido pelo autor mimético, mas também como um sistema de divisão, que contempla o número de partes envolvidas no processo de criação, e de valoração, que permite determinar o grau de importância das partes envolvidas nesse processo. Originalmente, a *tékhnē* é a atividade que permitiu a distinção entre o homem e o animal selvagem, o *a-lógos* — literalmente, o "sem discurso". Todos, homens e animais sem *lógos*, destinam-se à morte e estão submetidos à temporalidade. A *tékhnē* foi tomada como uma atividade divina que só veio a pertencer aos homens após o roubo cometido por Prometeu, o benfeitor das criaturas indefesas e limitadas que sobrevivem em um ambiente hostil e selvagem.

Foram essas criaturas indefesas que receberam, das mãos do deus, o fogo e as habilidades técnicas necessárias ao uso do fogo. A *tékhnē* seria, portanto, a condição primeira para o desenvolvimento de uma civilização ou mesmo de uma "humanidade". E se levarmos em consideração o que diz Ésquilo em seu *Prometeu Acorrentado* (v. 252), os homens teriam recebido, junto com o fogo e a capacitação técnica, as "cegas esperanças" (*typhlàs elpídas*), que lhes permitiriam não conhecer a sua inexorável condição. Assim, a racionalidade das operações técnicas ou artísticas levaria o homem a um território de idealizações que, paradoxalmente, o conduziria ao desconhecimento da morte, pois sem esse "desconhecimento" eles não seriam capazes de suportar o peso da própria existência. A *tékhnē* seria então um *phármakos* — um remédio, mas também um veneno —, que caracterizaria a própria condição humana, pois ao mesmo tempo em que capacitaria o homem para a vida num ambiente hostil e selvagem, o faria esquecer a sua própria condição, em proveito de uma idealização técnica, ou seja, em proveito da idealização de um procedimento que se prestaria à repetição, à imitação, à cópia, à simulação e, de um modo geral, a todos os termos que acrescentariam sentido à noção grega de *mímēsis*. É verdade que Aristóteles praticamente não se refere ao caso de Prometeu em sua *Poética* (uma única citação na seção 18), mas a questão se impõe a toda prova, afinal é o próprio estagirita que insiste em tratar a *poiētikḗ* como um procedimento (uma atividade e mesmo uma inclinação natural) que nos remete, diretamente, à *mímēsis*, pois, como ele próprio afirma:

> "a ação de mimetizar se constitui nos homens desde a infância, e eles se distinguem das outras criaturas porque são os mais miméticos e porque recorrem à *mímēsis* (mimese) para efetuar suas primeiras formas de aprendizagem, e todos se comprazem com as *mímēseis* (mimeses) realizadas". (*Poética*, 1448b5)

Sobre a *mímēsis*

É inegável que a reflexão de Aristóteles sobre a *mímēsis* recebeu forte influência dos poetas trágicos, mas é sobretudo o diálogo e o confronto com as hipóteses platônicas sobre a *mímēsis* que marcam o posicionamento aristotélico. De um modo geral, Platão reprova a *mímēsis*. O que nela se apresenta pode determinar um distanciamento face ao conhecimento verdadeiro e face à própria ética, pois nem sempre a atuação mimética está envolvida com o conhecimento do bem e do belo (da verdade). É como se Platão nos dissesse que um artista mimético pode representar a virtude sem nada saber sobre a virtude, pior ainda: sem ser absolutamente virtuoso. Um ator pode aparecer em cena como um homem corajoso e não ser, de fato, um homem corajoso. Por meio da *mímēsis*, também se poderia difundir a representação de uma ação viciosa, pois o poeta mimético se duplica e se multiplica e não está comprometido unicamente com a *mímēsis* das ações virtuosas (corajosas, sábias, prudentes). Essa é uma das grandes acusações que pesa sobre as artes miméticas e que, desde Platão, separa — ou pretende ao menos separar — o universo mimético das artes do campo das ações propriamente reguladas pelo conhecimento ético. É bem verdade que para Platão o aprendizado das artes exerce um papel fundamental na educação das novas gerações, mas isso não impede que por meio da *mímēsis* se produza até mesmo o contrário de um procedimento verdadeiro ou ético. Como sabemos, Platão condena o artista por causa da sua atividade mimética, que é, em outras palavras, o que mais caracteriza a atividade do artista no mundo antigo. Por meio da *mímēsis*, os agentes envolvidos no processo mimético poderiam ter a falsa ideia de que sabem o que em realidade não sabem, visto que apenas mimetizam. Assim, a questão propriamente ética, e é bom

lembrar que Platão avalia as artes sob o ponto de vista de uma ética, pode se afastar quase que inteiramente dos problemas relativos às artes miméticas. Esse é, sem dúvida, o motivo central que leva Platão a condenar a mimética.

Aristóteles, por sua vez, retoma a *mímēsis* como procedimento artístico puro e simples. Ele quer determinar o campo de atuação do que se poderia chamar de "mimético", quer saber quais são essas artes, como funcionam, quais os seus limites e relações mútuas. Aristóteles não mistifica a *mímēsis*, referindo-a a um ideal assim como o fez Platão, mas ele decerto encontra nas manifestações miméticas princípios e elementos constitutivos que terminam propondo, de um modo bastante diverso do de Platão, uma hierarquia para as expressões miméticas.

Ao contrário do que ocorre em Platão, Aristóteles nos situa diante da arte poética em si mesma, em suas espécies consideradas a partir de suas próprias finalidades, no modo como se deve realizá-la, no número e na natureza de suas partes. Não é preciso ser um leitor muito atento de Aristóteles para perceber que, em seu tratado de *Poética*, ele segue um plano de exposição extremamente coerente com a sua *Lógica*. Mas é relevante lembrar que Aristóteles está se referindo a uma atividade poética. Ele praticamente descreve a seus contemporâneos e aos frequentadores de sua escola o que é uma obra poético-mimética, como defini-la, como diferenciá-la das demais obras, e, sobretudo, como realizá-la a contento.

Sobre a tragédia

A tragédia é, para Aristóteles, uma forma magistral de arte poético-mimética. Por essa razão ele opta por se dedicar, preferencialmente, a essa forma de expressão mimética. Aristóteles está basicamente preocupado em apresentar o que as

artes poéticas têm em comum, assim como os elementos em função dos quais é possível diferenciá-las. A primeira preocupação é, portanto, com a definição. Aristóteles é certamente um dos maiores taxonomistas da história. Sua *Poética* pode ser tomada como uma grande categorização, um compêndio, capaz de situar cada uma das partes constituintes de um conjunto bastante complexo. Já sabemos que, em sua "categorização", a tragédia é um caso da arte poético-mimética. Agora é preciso saber — se queremos seguir a metodologia aristotélica — como chegar ao que é a arte poética trágica. Para isso é preciso saber como esse conjunto maior, o das artes poéticas, se diferencia.

Aristóteles nos fornece os elementos com uma precisão excepcional. Ele se serve de um jogo de palavras que seria certamente difícil de traduzir para o nosso idioma. Normalmente se diz que as artes poéticas se diferenciam segundo os meios (*hetérois*), os objetos (*hétera*) e os modos (*hetérōs*). No caso de *hetérois*, as artes se diferenciam na medida em que utilizam tais e tais meios de expressão, como o ritmo, a linguagem e a melodia (ou harmonia). No que tange à *hétera*, as artes poéticas se diferenciam na medida em que representam situações melhores, piores ou semelhantes às que supostamente ocorreram. No que diz respeito à *hetérōs*, as artes miméticas se diferenciam quanto ao modo da ação descrita, ou seja, quando são apresentadas por meio de uma simples narrativa — quando o autor se apresenta na condição de narrador descrevendo uma determinada ação ou assumindo a forma de uma personagem — ou no modo dramático, onde tudo o que temos são personagens em ação sem a figura central de um narrador. Essas três modalidades de diferença (*héteros*) permitem a Aristóteles classificar a vasta gama das atividades poéticas, levando o leitor (ou o seu público ouvinte) à primeira definição da tragédia. A tragédia é uma arte poético-mimética que se diferencia das demais por utilizar todos os meios — ritmo, linguagem e melodia —, por quali-

ficar uma ação nobre e por apresentar o enredo de forma dramática, isto é, não por meio de uma narrativa, mas de atores em cena. Ela nada tem a ver, portanto, com a história, pois Aristóteles se refere à unidade de uma ação e não à complexidade de um acontecimento *histórico*. O que se opõe à "história" (*mýthos*) verossímil e necessária, compreendida como *enredo*, é a "história" do particular, sem unidade poética ou sem unidade de composição. A verossimilhança e a necessidade se opõem assim à narrativa *di'apangelías*, isto é, "histórica", no sentido de narrativa particular e não no sentido aristotélico de composição do *mýthos*. Aristóteles insiste:

> "Com efeito, o historiador e o poeta diferem entre si não por descreverem os eventos em versos ou em prosa (poder-se-ia apresentar os relatos de Heródoto em versos, pois não deixariam de ser relatos históricos por se servirem ou não dos recursos da metrificação), mas porque um se refere aos eventos que de fato ocorreram, enquanto o outro aos que poderiam ter ocorrido."

E finalmente conclui:

> "Eis por que a poesia é mais filosófica e mais nobre do que a história, pois a poesia se refere, de preferência, ao universal; a história, ao particular."[7]

Ora, o que diferencia a *mímēsis* trágica da narrativa histórica é, além do modo dramático, a presença de um *télos*, de uma finalidade para a ação representada. Para Aristóteles, a história tomada como *apangelía* não tem finalidade, ou seja, não possui um desfecho necessário, enquanto que o enredo

---

[7] *Poética*, 1451a37-1451b7.

trágico se orienta, justamente, pela finalidade a ser alcançada. Por meio do enredo trágico a catarse deve ser alcançada. A catarse constitui o acontecimento final para o qual concorrem todos os elementos da tragédia, mas, como o enredo tem predominância sobre as demais partes — Aristóteles o considera como a parte mais importante (*mégiston*) —, a sua composição deve ser considerada como um elemento preponderante na promoção do acontecimento trágico por excelência, ou seja, a catarse. O fato de o mito, ou seja, a trama dos fatos ou o enredo, ter finalidade (*télos*) gera a necessidade de que a sua composição seja elaborada segundo uma precisa ordenação técnica. Reza a boa técnica de composição de mitos (entendendo o mito como enredo dotado de finalidade e suscetível à representação cênica) que eles constituam um todo — com princípio, meio e fim — e que possam dispor de uma extensão precisa — que não sejam nem muito extensos nem muito curtos. Em outras palavras, que o mito, ou enredo, tenha uma ordenação com encadeamento necessário e com extensão determinada, expressa no ato mesmo de representar ou de dramatizar, capaz de produzir uma *metábasis*, uma transformação ou uma passagem, em geral brusca, na ordem dos acontecimentos.

Édipo, por exemplo, passa o tempo todo se esquivando do seu "destino", para, num determinado momento, realizar o que fora prescrito pelo oráculo. Ao agir de um determinado modo, Édipo estava, sem o saber, agindo de outro modo; ou melhor ainda: estava agindo de modo contrário ao que julgava agir. Essa mudança de direcionamento é própria à *mímēsis* trágica. Ao se distanciar dos pais adotivos, que considerava como legítimos, estava se reunindo aos pais verdadeiros, que Édipo tomou como inimigo a ser vencido e morto, no caso do pai, e como amante ou esposa, no caso da mãe. Quando se revela a Édipo essa modificação no sentido da ação, pois tanto Édipo quanto a plateia passam a conhecer o que antes não conheciam, a catarse já deveria estar prestes a

ocorrer. Pois nela, todo o pavor e a compaixão, suscitados pela dramatização, serão purgados ou depurados. A catarse é esse ato derradeiro de "purificação" ou de "descarga" emocional, sem o qual a tragédia não atingiria o seu objetivo. Como bem define no livro VI de sua *Poética*:

> "É pois a tragédia a *mímēsis* (mimese) de uma ação de caráter elevado, completa e de certa extensão, em linguagem ornamentada, com cada uma das espécies de ornamento distintamente distribuídas em suas partes; *mímēsis* que se efetua por meio de ações dramatizadas e não por meio de uma narração, e que, em função da compaixão e do pavor, realiza a catarse de tais emoções."[8]

Tal definição é esclarecedora. É possível que Aristóteles tenha deixado escapar algum aspecto, mas certamente ninguém antes dele conseguiu determinar tão bem o teor, a abrangência e a função dessa modalidade de arte mimética que ele privilegiou em sua *Poética*. Contrariamente a Platão, Aristóteles investe no enredo (*sýstasis tōn pragmátōn*) como critério maior da produção trágica, ou seja, como a parte determinante para a atividade poética que ele tentou definir. Platão se afastou da tragédia justamente por que a considerou distante dos preceitos éticos para ele determinantes. Aristóteles, por sua vez, enaltece o mito, tornando o caráter da personagem (aquilo que a caracteriza) um efeito construído, sobretudo, na composição do enredo, e que, se bem realizado, deveria produzir a *metábasis* (*peripéteia*, *anagnṓrisis* e *páthos*, traduzidas, respectivamente, como "reviravolta", "reconhecimento" e "comoção emocional") pela qual o drama

---

[8] *Poética*, 1449b24.

trágico atinge o seu termo com a catarse do pavor e da compaixão gerados pela própria ação dramatizada.

Eis então algumas poucas preleções iniciais sobre a forma como Aristóteles articula os princípios, os elementos (as partes) e a finalidade da atividade poético-mimética, cujo ápice ele acredita poder situar numa manifestação mimética *por excelência*: a tragédia. A *Poética* de Aristóteles é, de fato, tardia. Ela é bem posterior ao período áureo da tragédia — em que Ésquilo, Sófocles e Eurípides compuseram e "mimetizaram" os mais conhecidos eventos da poesia trágica —, mas constitui a primeira formulação abrangente e teoricamente fundamentada da qual temos conhecimento e, desde que foi escrita, jamais deixou de influenciar gerações e mais gerações de poetas dramáticos — voltados para a busca ou para a recusa dos critérios estabelecidos por Aristóteles — e estudiosos — interessados em saber o que é uma poética e, mais precisamente, o que é uma poética aplicada à atividade mimética. E ainda que a tragédia seja uma produção até certo ponto datada, a sua verve originária nunca deixou de produzir os seus efeitos e inquietações, isto é, desde que Téspis de Icária compôs os seus primeiros versos dramáticos.[9]

Vida e obra

Aristóteles nasceu em 384 a.C. (ano da 99ª Olimpíada), na cidade de Estagira, na região da Calcídica, sob domínio do reino da Macedônia, ou seja, numa cidade situada nos limites da civilização helênica. Sua mãe possuía uma propriedade em Cálcis, na ilha da Eubeia, onde mais tarde Aristóteles irá se refugiar e morrer. Seu pai chamava-se Nicômaco e

---

[9] Considerado pela tradição o inventor da tragédia como forma teatral, o dramaturgo Téspis nasceu em Icária no século VI a.C., e teria vencido o primeiro concurso de tragédias, realizado em Atenas em 533 a.C.

foi médico pessoal do rei Amintas II (pai de Filipe II e avô de Alexandre). Habitualmente um médico deveria educar o seu próprio filho, seguindo assim a tradição da época, mas no caso de Aristóteles isso não foi possível, e a influência do deus Asclépio, do qual Nicômaco se considerava um descendente, não pôde ser passada, ao menos integralmente, a seu filho. Nicômaco morre deixando Aristóteles órfão ainda bem cedo, antes, portanto, de receber do pai a formação integral em medicina. Costumamos, no entanto, dizer que a influência do pai não deixou de marcar a inteligência de Aristóteles, que sempre concebeu o conhecimento como um organismo, elaborando um método experimental fundado no respeito aos fatos.

Plutarco, em seu estudo sobre a vida de Alexandre (Livro VIII),[10] nos remete a uma passagem em que o próprio Alexandre teria indagado Aristóteles a respeito de sua formação, querendo saber quem de fato eram os seus mestres. A resposta obtida não poderia ter sido mais elucidativa: "aprendi com as próprias coisas e elas não me ensinaram a mentir", o que atesta o caráter empírico e científico dos interesses (práticos e teóricos) do estagirita. De fato, Aristóteles foi educado por um tutor, Proxeno de Atarnea, e, aos dezessete anos (por volta de 366 a.C.), ele se muda para Atenas, tornando-se membro da Academia de Platão. Ele deverá ficar na escola platônica por cerca de vinte anos, mais precisamente até a morte de Platão. Sua vida intelectual se divide em dois períodos atenienses, intercalados pelo período em que viveu fora de Atenas como preceptor de Alexandre da Macedônia. No final da sua vida, ele retorna à ilha de Eubeia.

Admite-se que Aristóteles logo se distinguiu na Academia, passando de mero discípulo a "explicador" ou "comen-

---

[10] A série de biografias intitulada *Vidas paralelas dos homens ilustres* ou, simplesmente, *Vidas paralelas* (Βίοι παράλληλοι, *Bíoi parállēloi*), constituída de 46 biografias, foi composta entre os anos 100 e 110.

tador"[11] e, em seguida, a encarregado dos cursos de Retórica. Platão apreciava muito Aristóteles e o chamava, alguns dizem que com certa dose de ironia, de "o leitor" (*anagnóstēs*), por conta, certamente, da sua avidez pela leitura e pelo seu notável enciclopedismo, ou de "o cérebro" ou "o espírito" (*noûs*) da escola. A possível ironia platônica talvez se deva ao fato de que os gregos não tinham o hábito de ler, mas sim de ouvir a leitura, via de regra feita, como podemos observar em diversos relatos, por um escravo. Aristóteles tinha, portanto, hábitos que não condiziam com os dos nobres atenienses. Apesar de sua origem grega por parte materna, ele foi sempre considerado, em Atenas, um "meteco", um estrangeiro que tinha autorização para residir na *pólis*, distinto do cidadão, o *eupátrida*, e do escravo. Ao meteco cabia pagar uma taxa especial e a obrigação de cumprir o serviço militar, tendo direito à proteção judicial, mas sem poder ser proprietário fundiário. A derrota dos atenienses na guerra do Peloponeso, a incapacidade política de Atenas para unir as cidades gregas formando uma federação pan-helênica e a ascensão do poderio militar macedônico devem ter criado situações difíceis para Aristóteles em Atenas. Além disso, a morte de Platão, em 347 a.C., e a escolha do novo dirigente da Academia, Espeusipo — que suscitou certo rancor no estagirita —, certamente constituíram fatores decisivos para Aristóteles deixar Atenas. Finalmente, em 343 a.C., Filipe da Macedônia o recruta como preceptor de Alexandre, na época com treze anos de idade. Nesse momento de sua vida, Aristóteles parece ter desfrutado do mesmo sonho de Platão em Siracusa, ou seja, o de ver suas ideias aplicadas a uma situação política efetiva, tendo como discípulo um descendente real. Alexandre tinha grande consideração por Aristóteles, e o mestre já havia, nessa época, adotado o modelo peripatético, pois preferia ensi-

---

[11] Aristóteles explicava, a outros discípulos e ao público em geral, pontos específicos da obra e do pensamento de Platão.

nar passeando (*peripateîn*), provavelmente pelos jardins da corte de Pela. Plutarco nos conta que a admiração de Alexandre por Aristóteles era tão grande que chegava a considerá-lo como um pai, devendo a Filipe a vida e ao estagirita a arte de bem viver. Em 335 a.C., com a partida de Alexandre para a Ásia, Aristóteles retorna a Atenas por um período de treze anos. Ele passa então a ensinar pelo método peripatético perto do bosque consagrado a *Apolo Lýkeios* (um local destinado a ginástica e a palestras, muito utilizado pelos atenienses, e que provavelmente acabou dando nome a sua "escola", o Liceu). É possível que Alexandre tenha ajudado Aristóteles nessa empreitada de retorno a Atenas, sem que possamos saber se de fato assim ocorreu. O que sabemos é que Aristóteles entra em conflito com os representantes da Academia platônica, sobretudo Xenócrates, então seu diretor, o que justificaria o seu interesse em fundar uma nova escola (ainda que o Liceu como escola aristotélica só exista a partir de Teofrasto, sucessor de Aristóteles).

Sobre a sua obra, Diogenes Laércio nos diz que Aristóteles redigiu cerca de 445.270 linhas. Admite-se (a partir de I. Bekker, Berlim, 1831) a seguinte cronologia para seus escritos: *Lógica* (*Órganon*) e *Física* (livros escritos antes da fundação do Liceu), *Da geração e da corrupção*, *Do cosmos*, *Do céu*, *Dos meteoros*, *Da alma*, *Parva Naturalia* (pequenos tratados de física, fisiologia e estudos sobre a alma), *História dos animais*, *Das partes dos animais* (e três outros tratados de zoologia), diversos tratados "menores" (de ótica, botânica e meteorologia), *Problemas* (*Problemas homéricos*), *Retórica a Alexandre*, *Metafísica*, *Economia*, *Grande moral*, *Ética a Eudemo*, *Ética a Nicômaco* (*Ética Nicomaqueia*), *Constituição de Atenas* (ou dos atenienses), *Das virtudes e dos vícios*, *Política*, *Retórica* e, por fim, a *Poética*. Temos ainda os *Diálogos* de juventude, escritos à moda de Platão, dos quais poucos fragmentos chegaram aos nossos dias. É preciso falar ainda do vasto trabalho "Sobre a filosofia", cujo

desaparecimento nos deixa tão frustrados quanto o desaparecimento da parte dedicada à comédia em sua *Poética*. No Liceu, o estagirita costumava reservar as manhãs para os "passeios" (*peripátēsis*) com os jovens "iniciados" (*epóptēs*), quando versava sobre assuntos esotéricos, vedados ao grande público; à tarde, ele se ocupava com os assuntos exotéricos, isto é, abertos a um público maior, quando abordava temas políticos, retóricos e morais.

Aristóteles morreu em 322 a.C., com cerca de 63 anos de idade, de uma doença do sistema digestivo. Deixou Atenas em 323 a.C., ano da morte de Alexandre. As razões para sua partida são, pelo menos, duas: a forte reação antimacedônica suscitada pela morte de Alexandre e um processo por impiedade, por ter composto um hino honrando "como a um deus" o tirano Hérmias, seu amigo. Ele teria se lembrado do processo movido contra Sócrates, tendo dito que não era possível dar aos atenienses uma outra ocasião para se cometer um segundo crime contra a filosofia. Refugiou-se então em Cálcis, pátria de sua mãe, deixando a sua "escola" e a biblioteca aos cuidados de Teofrasto. Se os dados históricos de que dispomos estão corretos, então Aristóteles morreu um ano após o início do seu exílio voluntário em Cálcis.

O lugar da *Poética* na obra de Aristóteles

Quanto à posição da *Poética* na obra de Aristóteles ainda não se chegou a um consenso determinante. A maior parte dos estudiosos consideram a possibilidade de que o projeto da *Poética* envolva a obra de Aristóteles como um todo. O que significa dizer que a *Poética* é um tratado, uma arte ou uma técnica, que se dissemina por todos os períodos da vida intelectual de seu autor e que, muito provavelmente, recebeu um tratamento especial no último período, ou seja, quando se encontrava em Atenas.

Considera-se a obra de Aristóteles como compreendendo três períodos. O inicial, correspondente à primeira estadia do estagirita em Atenas na condição de discípulo de Platão, se daria entre 367 e 347 a.C. Nesse período, Aristóteles estaria sob forte influência do mestre e, ainda que a sua percepção da poesia épica e da poesia dramática se distinga substancialmente da de Platão, é possível admitir que a reflexão platônica sobre as artes — desenvolvida em diálogos como *Íon*, *Hípias Maior*, *Fedro*, *República* (Livro III) e *Leis* (Livro II), entre outros — tenha suscitado em Aristóteles o interesse por desenvolver a sua própria teoria sobre a representação artística. No entanto, não é possível avaliar o quanto Aristóteles já se interessava pelos temas abordados na *Poética* nesse primeiro período, já que, infelizmente, suas obras então produzidas não chegaram aos nossos dias.[12]

O segundo período se daria na corte da Macedônia, na condição de preceptor de Alexandre, entre 342 e 336 a.C. Sabemos o quanto Aristóteles se interessou, nessa época, pelas questões relacionadas à obra de Homero. O estagirita teria oferecido a Alexandre um exemplar da *Ilíada*, que teria se tornado o livro de cabeceira do jovem rei dos macedônicos.

O terceiro período ocorreria durante a segunda estadia oficial do estagirita em Atenas, momento em que Aristóteles teria ensinado em Atenas no Liceu, por volta de 335 a 323 a.C. A seção III da sua *Poética* parece oferecer os indícios necessários para se acreditar que a redação desse tratado se deu em Atenas. Como afirma Magnien, Aristóteles parece se posicionar geograficamente em Atenas quando nos diz que

"[...] também os dóricos reivindicam para si a origem da tragédia e da comédia (a comédia é reivin-

---

[12] Só nos restam algumas linhas do diálogo *Sobre os poetas*, pertencente à primeira fase da obra de Aristóteles.

dicada a uma só vez pelos megáricos daqui, que dizem que ela surgiu no momento em que estavam sob regime democrático; e pelos megáricos da Sicília, pois é desse local que advém o poeta Epicarmo, bem anterior a Quiônidas e a Magnes; a tragédia é requerida por alguns dos dóricos que habitam o Peloponeso)." (*Poética*, 1448a30)[13]

Além disso, o caráter de incompletude da *Poética*, assim como as inúmeras frases inconclusas, com várias orações subordinadas, nos permitem notar o quanto a obra ainda estava aberta a novas investidas e complementos, provavelmente apresentados durante as suas "aulas" no Liceu. O apêndice nº 1 do livro de Stephen Halliwell, *Aristotle's Poetics* (1998), nos oferece uma excelente discussão sobre a possível datação do texto. Mas o autor constata que mesmo os trabalhos mais recentes (Solmsen, Lienhard, De Montmolin e Else) não conseguem determinar uma data precisa para a composição desse polêmico trabalho de Aristóteles. Uma constatação é, no entanto, definitiva: a *Poética*, primeira obra do gênero, inaugura uma tradição. Nesse sentido, repetindo a frase de H. Laizé, podemos dizer, com alguma segurança, "que a *Poética* constitui o pré-texto de toda poética futura".[14]

O plano da *Poética*

O texto de Aristóteles, tal como chegou aos nossos dias, é composto de 26 seções ou capítulos que são tradicionalmente apresentados do seguinte modo:

---

[13] Aristote, *Poétique*, tradução de Michel Magnien, Paris, Librairie Générale Française, 1990, p. 20.

[14] Hubert Laizé, *Aristote: Poétique*, Paris, PUF, 1999, p. 24.

Seções 1 a 5: Introdução à Poética

Seção 1
Considerações básicas: delimitação do tema e definição da poética (1447a8);
As artes miméticas (47a13);
Critério de diferenciação: *médium* (meio), *qualis* (qualidade ou objeto) e *modus* (modo) de se produzir a mimese (47a15);
A diferença segundo os meios (47a18).

Seção 2
A diferença segundo as qualidades ou segundo os objetos (48a1).

Seção 3
A diferença segundo os modos (48a20);
A semelhança entre a tragédia e a comédia (48a24);
Etimologia de drama e comédia (48a30).

Seção 4
Origens da arte poética: a tendência natural do homem à mimese (48b4);
História da literatura e do teatro (48b20);
Nascimento da tragédia e da comédia (49a2).

Seção 5
Definição de comédia e de cômico (49a32);
Origens da comédia (49a37);
Relação e diferença entre epopeia e tragédia (49b9).

Seção 6: Definição da tragédia

A tragédia e suas partes constitutivas (49b24);

As seis partes constitutivas da tragédia: enredo, caracteres, elocução, pensamento, espetáculo e melopeia (50a7);
Importância relativa das seis partes: a mais importante dessas partes é a trama dos fatos (50a15);
Reviravolta e reconhecimento (50a35);
Classificação das seis partes da tragédia (50a38).

Seções 7 a 18: Composição da tragédia

Seções 7 e 8
Princípios gerais do enredo trágico: a tragédia é a mimese de uma ação conduzida a seu termo, formando um todo e tendo certa extensão (50b21);
Definição de "todo": começo, meio e fim (50b26);
A beleza como extensão ordenada (50b35);
O limite da extensão: a extensão segundo a verossimilhança ou a necessidade (51a6);
A unidade da ação (51a16).

Seção 9
Poesia e história: a verossimilhança e a necessidade (51 a36), o universal e o particular (51b5);
Os nomes dos personagens: arbitrários ou forjados e conhecidos ou existentes (51b11);
As duas emoções da tragédia: pavor e compaixão (52 a1).

Seção 10
Enredos simples e complexos (52a2).

Seção 11
A reviravolta [*peripéteia*] (52a22);
O reconhecimento [*anagnórisis*] (52a29);
A comoção emocional: *páthos* (52b9).

Seção 12
A extensão da tragédia e as suas divisões: prólogo, episódio, êxodo e canto do coro (52b14);
Definições (52b19).

Seção 13
A situação trágica por excelência (52b28);
O herói trágico: situação intermediária (53a7).

Seção 14
A origem das emoções trágicas: pavor e compaixão (53 b1);
O prazer próprio à tragédia (53b8);
Os acontecimentos temerosos e dignos de compaixão (piedosos) (53b14);
História das famílias que se prestam à tragédia (54a9).

Seção 15
Sobre os caracteres: verossimilhança e necessidade. Os quatro objetivos: bondade, conveniência, semelhança e coerência (54a16);
Eliminação do artifício ao *deus ex machina* [*apò mēkhanḗs*] (54a37);
A mimese de homens melhores (54b8).

Seção 16
O reconhecimento por meio de signos inatos ou adquiridos (54b19);
O reconhecimento produzido pelo poeta (54b31);
O reconhecimento em função da memória (54b37);
O reconhecimento que provém do raciocínio (55a4);
O melhor reconhecimento: o que advém dos próprios fatos (54a16).

Seção 17
Os episódios na tragédia e na epopeia: a visibilidade da cena (55a22);
O desenvolvimento dos episódios (55b14).

Seção 18
O enlace e o desenlace [*désis* e *lýsis*] (55b24);
As quatro espécies de tragédia: complexa, patética, de caracteres e a de "episódio" (55b32)
Tragédia e epopeia: estrutura e extensão (56a10);
O coro (56a25).

Seções 19 a 25: Teoria e elocução poética

Seção 19
Pensamento e elocução: o pensamento e o domínio da *Retórica* (56a33);
As figuras de elocução: a arte do ator (56b8).

Seção 20
A elocução: definição e partes da elocução — letra (elemento/*stoikheîon*), sílaba, conjunção, nome, verbo, articulação, flexão e enunciado (56b20);
Definições (56b22).

Seção 21
A elocução poética: espécies de nomes (57a31);
Genealogia dos nomes (57b1);
Definição de metáfora (57b6);
Os outros nomes (57b33);
Nomes masculinos, femininos e intermediários (neutros) (58a8).

Seção 22
Clareza e nobreza da elocução poética (58a18);
A elocução que convém (58b15).

Seções 23 e 24
Poesia épica e poesia trágica: a composição do poema (59a17);
    O exemplo de Homero (59a29);
    Espécies e partes (59b8);
    A extensão (59b31);
    O assombro (60a11);
    O impossível e o verossimilhante (60a26).

Seção 25
Problemas críticos: problemas e soluções (60b5);
As três situações miméticas (60b9);
Duas modalidades de erro: segundo a própria arte poética e o erro acidental (60b13);
    Objeções e soluções (60b22).

Seção 26: Conclusão

Mimese épica e mimese trágica (61b26);
Superioridade da tragédia sobre a epopeia (62b12).

Nota sobre a tradução

A tradução foi realizada diretamente a partir do texto grego, editado por R. Kassel (1965),[15] mais tarde retomado por D. W. Lucas (1968). Procurei confrontar, sempre que possível, a tradução que ora apresento com as mais recentes traduções, o que significa dizer que muitas vezes me apropriei de soluções já apresentadas por outros tradutores. Fiz o possível para, como se diz no jargão, "não reinventar a pólvora". É bom lembrar que não apresento aqui uma tradução comentada e sim uma tradução com algumas notas explicativas, onde procuro, sempre que julguei necessário, acentuar as opções de outros tradutores. Espero, em nome da consideração que se deve ao pesquisador, ao estudioso e ao leitor de um modo geral, que as próximas edições possam incorporar ao texto todas as modificações e correções necessárias; estas mesmas que só a passagem dos anos e as investidas, contra e a favor da obra traduzida, podem suscitar.

As fontes para o estabelecimento do texto e o aparato crítico da *Poética* de Aristóteles são constituídas, fundamentalmente, de cinco documentos, a saber: dois manuscritos gregos, dois manuscritos latinos e um manuscrito árabe. A numeração utilizada nesta tradução é a que foi empregada por Immanuel Bekker (Berlim, 1831). Mantive a convenção adotada por Kassel para indicar os trechos duvidosos, ou seja, [...] para as supressões (*delenda*); <...> para as adições (*addenda*); †...† para texto corrompido, que se encontra em estado precário ou mesmo impossível para a leitura; e *** para lacunas.

Introduzo ainda, no início de cada seção e antes de algumas partes específicas, subtítulos que não estão presentes

---

[15] A reimpressão utilizada foi a de 1982, publicada na coleção dos textos clássicos da Oxford University Press.

no tratado de Aristóteles. Eles foram introduzidos unicamente no afã de facilitar a leitura e o reconhecimento dos temas tratados pelo estagirita (esses acréscimos, que não pertencem ao texto de Aristóteles, bem como transliterações e um ou outro termo estratégico para a compreensão, introduzo também entre colchetes).

Manuscritos

A = *Parisinus Gr. 1741* (séculos X-XI)
B = *Riccardianus 46* (século XII)
Ar = *Parisinus Arab. 2376* (*c.* século X)
Lat = Tradução latina de G. de Moerbeke (1278)
[O = *Etonensis*, Bibl. Coll. 129 (*c.* 1300), e
T = *Toletanus*, Bibl. Capit. 47, 10 (*c.* 1280)]
Rec = apógrafos de A ou de B.

Περὶ ποιητικῆς*

[1447α8] Περὶ ποιητικῆς αὐτῆς τε καὶ τῶν εἰδῶν αὐτῆς, ἥν τινα δύναμιν ἕκαστον ἔχει, καὶ πῶς δεῖ συνίστασθαι τοὺς μύθους [10] εἰ μέλλει καλῶς ἕξειν

* Texto grego estabelecido a partir de *Aristotelis De arte poetica liber*, edição de Rudolf Kassel, Oxford, Oxford University Press (Bibliotheca Oxoniensis), 1965.

Poética

[1. Considerações básicas]

[1447a8] Da arte poética,[1] dela mesma e de suas espécies, da função que cada espécie tem, do modo como se devem compor[2] os enredos [10] — se a composição poética se

---

[1] A construção da frase não nos permite saber se Aristóteles está se referindo à arte poética como um todo, atendo-se ao conjunto das artes miméticas sonoras, ou se ele já está se referindo especificamente à tragédia. Tudo indica que ele parte de uma orientação geral, e nesse caso a mimese seria o elemento norteador, para, logo a seguir, tratar das espécies de artes miméticas, que ele enumera de modo certamente impreciso. Também é possível identificar, nesse mesmo parágrafo inicial, a função fundamental exercida pela composição do mito (que traduzo por enredo) e a enumeração das demais partes, ou seja, a formação dos caracteres, o pensamento, a elocução, a melopeia e o espetáculo, o que nos remeteria especificamente à tragédia e não ao poema mimético de modo geral (que incluiria outras formas de poesia mimética, como a epopeia e a comédia). Dupont-Roc e Lallot consideram que essa questão não é fundamental, pois o estudo da poesia em Aristóteles tende a se confundir com o estudo do gênero ideal, modelo de todos os outros, ou seja, a tragédia (1980, pp. 143-4, n. 1).

[2] "Compor", "reunir", "estruturar", "agenciar" (os feitos ou as ações). A tradução do verbo *sunístêmi* por "compor" é, de modo geral, bem aceita, mas acarreta nuanças interpretativas que podem causar confusão, pois não se trata de compor no sentido pleno de efetuar uma invenção ou criação literária, mas de uma maneira de reunir determinados feitos ou acontecimentos. O poeta é, nesse caso, poeta mimético, ou seja, ele descreve, de modo narrativo ou dramático, uma situação que remete a uma ação ocorrida. Penso que "composição" é uma boa hipótese de tradução,

ἡ ποίησις, ἔτι δὲ ἐκ πόσων καὶ ποίων ἐστὶ μορίων, ὁμοίως δὲ καὶ περὶ τῶν ἄλλων ὅσα τῆς αὐτῆς ἐστι μεθόδου, λέγωμεν ἀρξάμενοι κατὰ φύσιν πρῶτον ἀπὸ τῶν πρώτων.

Ἐποποιία δὴ καὶ ἡ τῆς τραγῳδίας ποίησις ἔτι δὲ κωμῳδία καὶ ἡ διθυραμβοποιητικὴ καὶ τῆς αὐλητικῆς [15] ἡ πλείστη καὶ κιθαριστικῆς πᾶσαι

destina à excelência — e ainda de quantas e de quais são suas partes, assim como de todas as outras questões que resultam do mesmo método; eis sobre o que falaremos, começando, como é natural, pelos princípios básicos.³

Assim, a epopeia e a poesia trágica,⁴ também a cômica, a composição ditirâmbica e a maior parte da aulética [15] e da citarística, todas são, tomadas em seu conjunto, produ-

---

mas apenas se o termo, afastado de seu paradigma romântico, for compreendido como o ato poético criativo de pôr em conjunto (*com-por*) os feitos que, uma vez mimetizados, constituem o enredo ou o mito reapresentado. De modo geral, nenhuma das opções é, por si só, suficientemente boa, razão pela qual traduzo ora de um modo, ora de outro, procurando sempre a melhor solução para o momento específico em que Aristóteles se refere à composição, à reunião ou à trama dos fatos (feitos ou ações).

³ No original, *arxámenoi katà phýsin prõton apò tōn prõtōn*. Há uma repetição de *prõton*, primeiro no singular e depois no genitivo plural; isso cria certas dificuldades para a tradução, que, no entanto, podem ser muito significativas. Aristóteles parece referir-se aos princípios da *Poética* que podem remeter à presença de um primeiro princípio, que seria a mimese. As soluções adotadas por Bywater ("Let us follow the natural order and begin with the primary facts"), Halliwell ("Beginning, as is natural, from first principles") e Else ("Let us begin in the right and natural way, with basic principles") apontam para resultados que remetem à ideia de princípios, ainda que se possa designar a presença de uma hierarquia entre os princípios. De fato, a expressão corresponde a uma fórmula aristotélica, repetida, com algumas variações, em muitos outros textos (*Das partes dos animais*, 646a3, 655b28; *Ética a Eudemo*, 1217a18; *Da geração dos animais*, 737b25). Nas *Refutações sofísticas* a expressão é praticamente repetida, excluindo-se, apenas, o primeiro uso de *prõton* no singular, *légōmen arxámenoi katà phýsin apò tōn prõtōn* [164a21]: "começando, como é natural, pelos princípios". Isso facilita bastante a tradução, pois a repetição de *prõton* é o que cria, nesta passagem, a dificuldade que levou os tradutores da *Poética* a tantas soluções.

⁴ Aristóteles fala, *ipsis litteris*, de "o poema da tragédia", ou seja, o poema trágico, e também, o que seria um sentido bastante plausível, de "composição (*poíēsis*) da tragédia (*tragōidías*)", dando vez à ideia de "composição do poema trágico".

τυγχάνουσιν οὖσαι μιμήσεις τὸ σύνολον·
διαφέρουσι δὲ ἀλλήλων τρισίν, ἢ γὰρ τῷ ἐν ἑτέροις
μιμεῖσθαι ἢ τῷ ἕτερα ἢ τῷ ἑτέρως καὶ μὴ τὸν αὐτὸν
τρόπον.

Ὥσπερ γὰρ καὶ χρώμασι καὶ σχήμασι πολλὰ
μιμοῦνταί τινες ἀπεικάζοντες (οἱ μὲν [20] διὰ τέχνης οἱ δὲ

ções miméticas.⁵ Entretanto, diferem umas das outras em três aspectos: ou bem porque efetuam a mimese em diferentes meios, ou bem de diferentes objetos,⁶ ou bem porque mimetizam diferentemente, isto é, não do mesmo modo.⁷

[A diferença segundo o meio]
De fato, assim como alguns mimetizam muitas coisas, apresentando-as em imagens⁸ por meio de cores e esquemas

---

⁵ Como já observado na introdução, as dificuldades de traduzir *mímēsis* são inúmeras e as soluções transitam, de modo geral, em torno de quatro possibilidades: a manutenção do termo grego *mímēsis*, solução de Halliwell; "processos imitativos" ("imitative processes"), de Else; "representações" ("représentations"), de Dupont-Roc e Lallot; e, simplesmente, "imitações", de Eudoro de Souza. "Produções miméticas" é a solução proposta para fazer referência à "mimética produtiva" ou "criativa" (Mrad, 2004), que se distingue da ideia que temos de representação e de imitação, assim como da *imitatio* latina, pois não se trata da reapresentação imitativa de um modelo, mas de uma técnica capaz de produzir um modo determinado de reunir, dispor ou compor os fatos ocorridos.

⁶ Traduzir *tōi hétera* por "diferentes objetos" é, sem dúvida, consensual nas traduções mais recentes da *Poética* (ver, por exemplo, Dupont-Roc e Lallot, para o francês, e Halliwell, para o inglês), mas não me parece por si só evidente em português. Aristóteles usa apenas o adjetivo *héteros* no dativo plural. A elaboração de uma perífrase para traduzir *tōi hétera* nos levaria a algo como "mimetizar manifestando *diferentes qualidades*, ou seja, de tal modo que a coisa (sujeito, objeto ou ação) mimetizada surja de um modo melhor ou pior".

⁷ Repete-se nesta passagem várias vezes o termo "diferente" para acentuar a opção do texto aristotélico. O estagirita parte aqui do adjetivo (*hetérois* e *hétera*, ambos no plural) e do advérbio (*hetérōs*). A alusão a *medium, qualis* e *modus* advém, sobretudo, da tradução latina (Moerbeke, 1278). Considerei, portanto, a parte final da frase *kaì mề tón autòn trópon* — "e não pelo mesmo *trópon*" (*trópos*, modo) —, uma determinação que serve apenas para a última sequência da frase, ou seja, a que diz respeito ao uso que Aristóteles faz do advérbio *hetérōs*. A outra opção, que não segui, seria submeter essa mesma parte final às três modalidades de diferenciação.

⁸ Ao traduzir *apeikázontes* por "apresentando-as em imagens", pre-

διὰ συνηθείας), ἕτεροι δὲ διὰ τῆς φωνῆς, οὕτω κἀν ταῖς εἰρημέναις τέχναις ἅπασαι μὲν ποιοῦνται τὴν μίμησιν ἐν ῥυθμῷ καὶ λόγῳ καὶ ἁρμονίᾳ, τούτοις δ' ἢ χωρὶς ἢ μεμιγμένοις· οἷον ἁρμονίᾳ μὲν καὶ ῥυθμῷ χρώμεναι μόνον ἥ τε αὐλητικὴ καὶ ἡ κιθαριστικὴ κἂν εἴ τινες [25] ἕτεραι τυγχάνωσιν οὖσαι τοιαῦται τὴν δύναμιν, οἷον ἡ τῶν συρίγγων, αὐτῷ δὲ τῷ ῥυθμῷ [μιμοῦνται] χωρὶς ἁρμονίας ἡ τῶν ὀρχηστῶν (καὶ γὰρ οὗτοι διὰ τῶν σχηματιζομένων ῥυθμῶν μιμοῦνται καὶ ἤθη καὶ πάθη καὶ πράξεις)·

Ἡ δὲ [ἐποποιία] μόνον τοῖς λόγοις ψιλοῖς

(em função [20] da arte ou do hábito); outros o fazem por meio do som,[9] tal como nas artes aqui mencionadas: todas elas efetuam a mimese por meio do ritmo, da linguagem e da melodia,[10] quer separadamente ou em combinações.[11] Por exemplo, a aulética e a citarística, e outras [25] artes que se adaptam à mesma dinâmica, como a siríngica,[12] empregam apenas a melodia e o ritmo; a arte dos dançarinos [mimetiza] só com o ritmo, sem melodia (pois, com efeito, por meio de figurações rítmicas mimetizam personagens, afecções e ações).

A arte que emprega apenas os discursos em prosa,[13] des-

---

tendo distinguir entre mimetizar por meio de "imagens" — o que acontece nas artes visuais, seguindo o modelo da pintura, da escultura e da arquitetura — e mimetizar por meio do "som", como na música e nas artes poéticas propriamente ditas (poema épico, ditirâmbico, trágico, cômico etc.). Note-se que *apeikázō*, "formar a partir de um modelo", remete a *eíkō*, "ser semelhante a" (como uma cópia ou imitação). Mimetizar em imagens e em sons corresponderá à clássica distinção entre figurar e representar, remetendo à cópia nas artes visuais ou à cópia nas artes sonoras (música e poesia). É conveniente lembrar que Aristóteles também se serve do modelo das artes visuais para se referir às artes poéticas (relativas ao poema).

[9] A palavra *phōnḗ* é empregada, usualmente, para designar a voz, mas o contexto em que Aristóteles a utiliza autoriza a traduzir apenas por "som", permitindo introduzir, sob a égide das artes que mimetizam por meio do som, também a aulética e a siríngica.

[10] O termo é *harmonía*, que prefiro traduzir por "melodia", fazendo referência aos modos gregos em oposição à noção atual de "harmonia" como reunião de sons soando conjuntamente.

[11] Else (1967, pp. 31-3) considera que apenas a linguagem e a melodia se apresentam conjunta ou separadamente. Nesse caso, o ritmo pertenceria a todas as artes.

[12] A arte daqueles que tocam a flauta campestre ou flauta de Pan, composta por vários tubos de tamanhos diversos.

[13] A expressão *mónon toîs lógois psiloîs* pode designar aqui apenas a linguagem em prosa, sem acompanhamento musical, como preferiu Else (1967, p. 16) quando se refere ao uso aristotélico de *psiloîs* (dativo plural: "isento de", "desprovido"). O uso de "discursos em prosa" foi necessário

<καὶ> ἡ τοῖς [1447β] μέτροις καὶ τούτοις εἴτε μιγνῦσα μετ' ἀλλήλων εἴθ' ἑνί τινι γένει χρωμένη τῶν μέτρων ἀνώνυμοι τυγχάνουσι μέχρι τοῦ νῦν· οὐδὲν γὰρ ἂν [10] ἔχοιμεν ὀνομάσαι κοινὸν τοὺς Σώφρονος καὶ Ξενάρχου μίμους καὶ τοὺς Σωκρατικοὺς λόγους οὐδὲ εἴ τις διὰ τριμέτρων ἢ ἐλεγείων ἢ τῶν ἄλλων τινῶν τῶν τοιούτων ποιοῖτο τὴν μίμησιν. Πλὴν οἱ ἄνθρωποί γε συνάπτοντες τῷ μέτρῳ τὸ ποιεῖν ἐλεγειοποιοὺς τοὺς δὲ ἐποποιοὺς ὀνομάζουσιν, οὐχ ὡς [15] κατὰ τὴν μίμησιν ποιητὰς ἀλλὰ κοινῇ κατὰ τὸ μέτρον προσαγορεύοντες· καὶ γὰρ ἂν ἰατρικὸν ἢ φυσικόν τι διὰ τῶν μέτρων ἐκφέρωσιν, οὕτω καλεῖν εἰώθασιν· οὐδὲν δὲ κοινόν ἐστιν Ὁμήρῳ

providos de acompanhamento, [1447b] ou[14] os versos[15] — estes quer combinando as métricas entre si, quer utilizando um único gênero de métrica —, permanece, até o presente, anônima. De fato, não temos um nome comum para designar os mimos de Sófron[16] [10] e de Xenarco, e os diálogos socráticos, quanto menos para designar a mimese elaborada por meio de trímetros, ou de versos elegíacos, ou de quaisquer outros do mesmo gênero.[17] À exceção daqueles homens que relacionam a composição poética[18] à métrica e assim nomeiam uns de poetas elegíacos, outros de poetas épicos, designando-os [15] pelo nome comum à métrica utilizada e não em função da mimese efetuada. De fato, tem-se o costume de nomear desse modo aqueles que expõem, por meio da métrica utilizada, uma questão médica ou científica;[19] mas não há

---

para fazer jus ao plural, utilizado por Aristóteles. Outra possibilidade de tradução seria a que foi adotada por Lecumberri (2004, p. 34): "el arte que imita sólo con meras palabras y con los metros".

[14] Uso è, "ou", em vez de kaì, "e", conforme a lição do *Codex Parisinus Gr. 1741* (sécs. X e XI) e do *Guilelmi codex graecus desperditus*. Cf. Kassel (1982, p. 3).

[15] É possível que *psiloîs* se estenda também aos metros (versos); nesse caso, deve-se compreender que Aristóteles se refere aos versos sem acompanhamento musical ou melódico.

[16] Farsa popular, entremeada de danças e jogos, na qual se imitavam os caracteres e costumes da época. Atribui-se a invenção dos mimos a Sófron de Siracusa (430 a.C.).

[17] O que significa "quaisquer outros do mesmo gênero" não está claro. Como sugere Else (1967, p. 81, n. 8), possivelmente se trata de formas mistas denominadas "epodos", ou seja, composições que usam diversas métricas, como os versos encontrados nos fragmentos de Arquíloco que chegaram até os nossos dias.

[18] De fato, Aristóteles remete à ideia de um "fazer poético", *poieîn*, que traduzo por "composição poética" para facilitar a compreensão do texto. O que está efetivamente em questão aqui é a nomeação que ocorre em função da métrica usada.

[19] A referência aqui é ao que se poderia chamar de "história natural"

καὶ Ἐμπεδοκλεῖ πλὴν τὸ μέτρον, διὸ τὸν μὲν ποιητὴν δίκαιον καλεῖν, τὸν δὲ φυσιολόγον μᾶλλον ἢ [20] ποιητήν· ὁμοίως δὲ κἂν εἴ τις ἅπαντα τὰ μέτρα μιγνύων ποιοῖτο τὴν μίμησιν καθάπερ Χαιρήμων ἐποίησε Κένταυρον μικτὴν ῥαψῳδίαν ἐξ ἁπάντων τῶν μέτρων, καὶ ποιητὴν προσαγορευτέον.

Περὶ μὲν οὖν τούτων διωρίσθω τοῦτον τὸν τρόπον. Εἰσὶ δέ τινες αἳ πᾶσι χρῶνται τοῖς [25] εἰρημένοις, λέγω δὲ οἷον ῥυθμῷ καὶ μέλει καὶ μέτρῳ, ὥσπερ ἥ τε τῶν διθυραμβικῶν ποίησις καὶ ἡ τῶν νόμων καὶ ἥ τε τραγῳδία καὶ ἡ κωμῳδία·

nada em comum entre Homero e Empédocles, exceto a métrica; eis por que designamos, com justiça, um de poeta, o outro de naturalista em vez [20] de poeta. De igual modo, se alguém elaborasse a mimese combinando todas as métricas, exatamente como fez Quéremon em seu *Centauro*, uma rapsódia híbrida contendo todos os tipos de métricas,[20] seria preciso designá-lo de poeta.

Sobre essas questões eis, então, as definições que se reportam ao tema. Há autores que empregam todos os meios mencionados [25], quero dizer, o ritmo, o canto e a métrica,[21] como ocorre na poesia dos ditirambos e dos nomos,[22] ou na tragédia e na comédia; diferindo se usam todos os

---

(*physikón*), pois os filósofos pré-socráticos, entre os quais Empédocles (séc. V a.C.), escreviam não sobre mitos, mas sobre a constituição da própria natureza (*phýsis*). Os "poemas filosóficos" de Empédocles receberam o título geral de *Perì phýseōs*, "Sobre a natureza".

[20] Sigo aqui a solução apontada por Halliwell (1995, p. 33): "a hybrid rhapsody containing all the metres".

[21] A princípio, pode-se julgar que Aristóteles apresenta aqui outra divisão, não inteiramente diferente da primeira (1447a23: *rhythmōi kaì lógoi kaì harmoníai*; ritmo, linguagem e melodia), embora mais específica: *rhythmōi kaì mélei kaì métrōi*; ritmo, canto e métrica. Fica assim evidenciada certa proeminência do ritmo (sempre enumerado em primeiro lugar); nesse caso, o ritmo e o canto acentuam o aspecto musical, e o ritmo e a métrica enfatizam o *lógos*. Sobre a proeminência do ritmo na divisão segundo os meios, ver a justificativa de Else (1967, p. 79, n. 3).

[22] Não sabemos muito sobre os *nómoi*, provavelmente um gênero de poesia narrativa, uma ode — tal como o treno, o hino, o peã — entoada em honra a um deus. Platão se refere aos *nómoi* nas *Leis* (Livro III, 700b) como uma modalidade de ditirambo: "Dava-se precisamente o nome de leis, ou nomos, a uma outra espécie de ditirambo, com a designação genérica de citarédica. [...] Com o correr do tempo, assumiram os poetas o papel de juízes nas transgressões das regras musicais, todos eles, sem dúvida, naturalmente bem dotados, porém jejunos da justiça e do direito das Musas; tomados pelo frenesi bacântico mais do que fora admissível e atolados nos prazeres, misturaram trenos com hinos, peãs com ditirambos, imitaram a flauta na cítara e reduziram tudo a tudo, caluniando incons-

διαφέρουσι δὲ ὅτι αἱ μὲν ἅμα πᾶσιν αἱ δὲ κατὰ μέρος. Ταύτας μὲν οὖν λέγω τὰς διαφορὰς τῶν τεχνῶν ἐν οἷς ποιοῦνται τὴν μίμησιν.

[1448α] Ἐπεὶ δὲ μιμοῦνται οἱ μιμούμενοι πράττοντας, ἀνάγκη δὲ τούτους ἢ σπουδαίους ἢ φαύλους εἶναι (τὰ γὰρ ἤθη σχεδὸν ἀεὶ τούτοις ἀκολουθεῖ μόνοις, κακίᾳ γὰρ καὶ ἀρετῇ τὰ ἤθη διαφέρουσι πάντες), ἤτοι βελτίονας ἢ καθ' ἡμᾶς ἢ χείρονας [5] ἢ καὶ τοιούτους, ὥσπερ οἱ γραφεῖς· Πολύγνωτος μὲν γὰρ κρείττους, Παύσων δὲ

meios de uma só vez ou em partes distintas. Digo então que essas são as diferenças entre as artes quanto aos meios de construir a mimese.

[2. A diferença segundo o objeto]

[1448a] Visto que aqueles que realizam a mimese mimetizam[23] personagens em ação, é necessário que estes sejam de elevada ou de baixa índole (as personagens seguem quase sempre esses dois únicos tipos, pois é pelo vício e pela virtude que se diferenciam todos os caracteres),[24] em verdade ou melhores que nós, ou piores, ou tais quais — [5] assim como fazem os pintores: Polignoto retrata[25] personagens melhores;

---

cientemente a música, por pura ignorância [...]" (tradução de Carlos Alberto Nunes).

[23] O uso feito por Aristóteles de *mimoûntai* e *mimoúmenoi*, ambos na voz médio-passiva, cria dificuldades de compreensão se traduzidos, em português, na voz passiva. Por essa razão, emprega-se aqui a voz ativa.

[24] No original, *tà éthē*, que se relaciona ao modo de agir de uma personagem, seu caráter, suas características, e que ora traduzo por "as personagens", ora por "os caracteres".

[25] No original, *eikázō*, "retrata" ou "imita". Na tradução, procuro enfatizar a diferença entre a mimese pictural (retratar ou copiar a partir de uma imagem/objeto) e a representação poética. Os exemplos aqui utilizados pelo autor advêm da pintura. Seria interessante indagar por que Aristóteles, uma vez se referindo às produções miméticas relacionadas ao uso do som (e da voz), emprega, neste momento preciso, exemplos provenientes da arte pictórica. Talvez para lembrar que sua concepção de *mímēsis* deve muito à concepção platônica, mais próxima do processo de imitação pictural (relação entre modelo "ideal" e cópia, *eikṓn*), e na qual, no entanto, ele deverá insistir, produzindo outro critério para as mimeses sonoras ou poéticas, mais próximas ao que se passa nas artes poéticas propriamente ditas, ou seja, nas que se servem do som e que se referem à representação de uma ação por meio da narração ou da ação pura e simples das personagens, como ocorre na tragédia e na comédia.

χείρους, Διονύσιος δὲ ὁμοίους εἴκαζεν. Δῆλον δὲ ὅτι καὶ τῶν λεχθεισῶν ἑκάστη μιμήσεων ἕξει ταύτας τὰς διαφορὰς καὶ ἔσται ἑτέρα τῷ ἕτερα μιμεῖσθαι τοῦτον τὸν τρόπον. Καὶ γὰρ ἐν ὀρχήσει καὶ αὐλήσει καὶ [10] κιθαρίσει ἔστι γενέσθαι ταύτας τὰς ἀνομοιότητας, καὶ [τὸ] περὶ τοὺς λόγους δὲ καὶ τὴν ψιλομετρίαν, οἷον Ὅμηρος μὲν βελτίους, Κλεοφῶν δὲ ὁμοίους, Ἡγήμων δὲ ὁ Θάσιος <ὁ> τὰς παρῳδίας ποιήσας πρῶτος καὶ Νικοχάρης ὁ τὴν Δειλιάδα χείρους· ὁμοίως δὲ καὶ περὶ τοὺς διθυράμβους καὶ περὶ τοὺς [15] νόμους, ὥσπερ †γᾶς† Κύκλωπας Τιμόθεος καὶ Φιλόξενος μιμήσαιτο ἄν τις. Ἐν αὐτῇ δὲ τῇ

Pauson, piores; Dionísio, semelhantes —, pois é evidente que cada uma das mimeses mencionadas se apoiará nessas distinções, e será diferente na medida em que se mimetizam, nesse sentido, objetos diferentes. De fato, essas dessemelhanças[26] podem se apresentar [10] na dança, na aulética e na citarística;[27] e também no que diz respeito às obras em prosa e à poesia sem acompanhamento musical:[28] por exemplo, Homero mimetizou personagens melhores; Cleofão, semelhantes; Hegêmon de Taso, <o> primeiro a escrever paródias, e Nicócares, autor da *Delíada*, personagens piores. No que tange aos ditirambos e [15] aos nomos acontece da mesma forma, pois alguém poderia mimetizar como ocorre †com efeito†[29] em Timóteo e em Filóxeno em seus *Ciclopes*. É sob

---

[26] No original, *anomoiótētas*, que traduzo por "dessemelhanças" para marcar a variação entre *diaphorá* (diferente) e *héteros* (outro), que Aristóteles utiliza nesta mesma passagem.

[27] No original, *aúlēsis* e *kitharísis*, que indicam aqui, respectivamente, a ação de tocar aulo, designação comum a vários tipos de flauta, e cítara, instrumento de cordas.

[28] A tradução de *lógos* por "obras em prosa" parece-me a solução mais viável, pois leva em conta o uso do acusativo plural. Pelo que se depreende, Aristóteles propõe neste trecho uma breve distinção entre a prosa (*lógos*), isto é, o discurso sem metrificação (e nesse sentido poderíamos pensar também nos *diálogos*), e a poesia puramente métrica, ou seja, sem acompanhamento musical.

[29] Conforme estabelecido na introdução, o sinal indica que o texto está corrompido, o que inviabiliza sua compreensão integral (*gâs* ou *gàr Kýklōpas*). É possível que Aristóteles tenha oferecido algum detalhe sobre a diferenciação, quanto ao objeto (*qualis*), no caso dos ditirambos e dos nomos, ou que esses últimos exemplos sigam o caso de Hegêmon e Nicócares, mimetizando personagens inferiores. Pode ser o caso de um único Ciclope, como observa Else, o celebrado Polifemo, construído de modo nobre por Timóteo, em seu nomos, e de modo ignóbil (satiricamente) por Filóxeno, em seu ditirambo. No entanto, é possível que Aristóteles apresente aqui uma terceira divisão, sem que se possa saber se há ou não diferença quanto ao objeto no caso do nomos e do ditirambo. Assim, na primeira divisão, haveria a dança, a aulética e a citarística — é preciso se

διαφορᾷ καὶ ἡ τραγῳδία πρὸς τὴν κωμῳδίαν διέστηκεν· ἡ μὲν γὰρ χείρους ἡ δὲ βελτίους μιμεῖσθαι βούλεται τῶν νῦν.

Ἔτι δὲ τούτων τρίτη διαφορὰ τὸ ὡς ἕκαστα τούτων [20] μιμήσαιτο ἄν τις. Καὶ γὰρ ἐν τοῖς αὐτοῖς καὶ τὰ αὐτὰ μιμεῖσθαι ἔστιν ὁτὲ μὲν ἀπαγγέλλοντα, ἢ ἕτερόν τι γιγνόμενον ὥσπερ Ὅμηρος ποιεῖ ἢ ὡς τὸν αὐτὸν καὶ μὴ μεταβάλλοντα, ἢ πάντας ὡς πράττοντας καὶ ἐνεργοῦντας †τοὺς μιμουμένους†.

essa mesma diferença que repousa a distinção entre comédia e tragédia, ou seja, na medida em que uma quer mimetizar personagens piores e a outra melhores do que de fato são.[30]

[3. A diferença segundo o modo]

Além dessas, há uma terceira diferença: o modo [20] como alguém poderia mimetizar em cada uma dessas artes. Pois é possível mimetizar com os mesmos meios e com os mesmos objetos, ou pela via de narrações — tornando-se outro, como faz Homero, ou permanecendo em si mesmo sem se transformar em personagens —, ou pela via do conjunto das personagens que atuam e agem †mimetizando†.[31]

---

reportar aos modos gregos (frígio, lídio, jônico, eólio e dórico, e suas variações) para compreender as modalidades de diferenciação, quanto ao objeto, que podem ser encontradas nas composições musicais e na dança; de fato o *éthos* musical constitui tema pouco estudado por Platão (ver, sobretudo, o Livro III da *República*) ou por Aristóteles (ver, sobretudo, o Livro VIII de sua *Política*). Na segunda divisão viriam as obras em prosa e as métricas sem acompanhamento musical. Finalmente, numa terceira divisão, os ditirambos (cantos em louvor a Dioniso) e os nomos, em que os versos são apresentados melodicamente.

[30] Para traduzir *tôn nûn*, isto é, do que são "no momento", referindo-se, provavelmente, a um suposto acontecimento puro e simples, como teria ocorrido antes do enobrecimento e do "aviltamento" que caracterizam às construções das personagens trágicas e cômicas, respectivamente.

[31] Aristóteles, segundo creio, refere-se a duas possibilidades: à narração (que por sua vez pode ser direta ou indireta, ou seja, com o narrador extradiegético, fora do acontecimento narrado, ou intradiegético, quando o narrador toma a forma de uma personagem e fala) e à dramatização. Esta passagem é particularmente difícil de traduzir, haja vista a corrupção do próprio texto, indicada pelo sinal †. Else (1967, p. 18) considera que Aristóteles apresenta neste trecho três modos: (1) o modo misto, "by narrating part of the time and dramatizing the rest of the time" ("mixte mode"), (2) a simples narração ("straight narrative") e (3) o modo puramente mimético ("straight dramatic mode"). É bem verdade que a poesia épi-

Ἐν τρισὶ δὴ ταύταις διαφοραῖς ἡ μίμησίς ἐστιν, [25] ὡς εἴπομεν κατ' ἀρχάς, ἐν οἷς τε <καὶ ἃ> καὶ ὥς. Ὥστε τῇ μὲν ὁ αὐτὸς ἂν εἴη μιμητὴς Ὁμήρῳ Σοφοκλῆς, μιμοῦνται γὰρ ἄμφω σπουδαίους, τῇ δὲ Ἀριστοφάνει, πράττοντας γὰρ μιμοῦνται καὶ δρῶντας ἄμφω. Ὅθεν καὶ δράματα καλεῖσθαί τινες αὐτά φασιν, ὅτι μιμοῦνται δρῶντας. Διὸ

Essas são, como dissemos desde o início, as três diferenças [25] que se aplicam à mimese: os meios, <os objetos>[32] e o modo. Assim, Sófocles seria, em certo sentido, o mesmo tipo de artista mimético que Homero, pois ambos mimetizam personagens nobres; em outro sentido, o mesmo que Aristófanes,[33] pois ambos mimetizam personagens que agem e dramatizam. Daí alguns terem declarado que tais composições[34] devem ser nomeadas poemas "dramáticos" {drámata}, pois nelas se mimetizam personagens em ação {drõntas}.[35] Eis por

---

ca já fora caracterizada por Platão (*República*, III, 396e) como aquela que se serve de ambas as formas, ou seja, da narração e do drama (mimético). Platão fala da simples narração (*haplē diégesis*), do drama — ou seja, do que ocorre *dià miméseis* — e do uso dessas duas possibilidades conjuntamente, como ocorre na poesia épica. Para Platão, a oposição entre "exposição pura e simples" e "por imitação" é o que caracteriza a forma dupla adotada por Homero.

[32] A adição de "os objetos" (*kaì há*) está presente na maior parte das cópias. O manuscrito A fornece, no entanto, apenas dois critérios: *en hoîs*, "segundo os meios", e *kaì hốs*, "segundo os modos". De fato, após *trisì*, aludindo à presença de três critérios de diferenciação, seria de esperar também a presença de *kaì há*, "segundo os objetos ou as qualidades", o que pode justificar a *addenda*. A tradução latina de Moerbeke segue a mesma orientação de A, ou seja, não leva em conta a *addenda*. Cf. Dupont-Roc e Lallot (1980, p. 161, n. 2).

[33] Estranhamente, em função do uso do genitivo e do dativo, a comparação se dá, aqui, em relação a Sófocles, e não em relação a Homero, como seria de esperar. De todo modo, é preciso observar que Aristóteles quer chegar a uma compreensão do "poema dramático", ou seja, sem narrador — nas duas acepções (narrador enquanto narrador e enquanto narrador que assume a figura de uma personagem) — e com personagens diretamente em ação.

[34] Tudo indica que Aristóteles continua a se referir aqui às obras de Sófocles e Aristófanes, exemplos de produção poético-mimética que se caracterizam, no que tange à distinção quanto ao modo, pelo uso de "personagens em ação". A relação entre Sófocles e Homero se dá segundo o objeto (*qualis*). O que se segue é uma discussão etimológica sobre a origem do termo "drama".

[35] A hipótese filológica aqui apresentada por Aristóteles parte da

καὶ [30] ἀντιποιοῦνται τῆς τε τραγῳδίας καὶ τῆς κωμῳδίας οἱ Δωριεῖς (τῆς μὲν γὰρ κωμῳδίας οἱ Μεγαρεῖς οἵ τε ἐνταῦθα ὡς ἐπὶ τῆς παρ' αὐτοῖς δημοκρατίας γενομένης καὶ οἱ ἐκ Σικελίας, ἐκεῖθεν γὰρ ἦν Ἐπίχαρμος ὁ ποιητὴς πολλῷ πρότερος ὢν Χιωνίδου καὶ Μάγνητος· καὶ τῆς τραγῳδίας ἔνιοι [35] τῶν ἐν Πελοποννήσῳ) ποιούμενοι τὰ ὀνόματα σημεῖον· αὐτοὶ μὲν γὰρ κώμας τὰς περιοικίδας καλεῖν φασιν, Ἀθηναίους δὲ δήμους, ὡς κωμῳδοὺς οὐκ ἀπὸ τοῦ κωμάζειν λεχθέντας ἀλλὰ τῇ κατὰ κώμας πλάνῃ ἀτιμαζομένους ἐκ τοῦ ἄστεως· [1448β] καὶ τὸ ποιεῖν αὐτοὶ μὲν δρᾶν, Ἀθηναίους δὲ πράττειν προσαγορεύειν.

    Περὶ μὲν οὖν τῶν διαφορῶν καὶ πόσαι καὶ τίνες τῆς μιμήσεως εἰρήσθω ταῦτα.

que [30] também os dóricos reivindicam para si a origem da tragédia e da comédia (a comédia é reivindicada a uma só vez pelos megáricos daqui, que dizem que ela surgiu no momento em que estavam sob regime democrático; e pelos megáricos da Sicília, pois é desse local que advém o poeta Epicarmo, bem anterior a Quiônidas e a Magnes; a tragédia é requerida por alguns [35] dos dóricos que habitam o Peloponeso), tomando as palavras como signo de evidência; pois declaram nomear as aldeias periféricas de *kỗmas*[36] — enquanto os atenienses as nomeiam "demos" — e que o termo "comediantes" {*kōmōidoùs*}[37] não provém de "estar possuído" {*kōmázein*},[38] tal como é dito, mas porque vagavam entre as aldeias {*kỗmas*} na condição de degradados, expatriados de suas cidades; [1448b] e também porque eles {os dóricos} atribuíam a *poieîn* {fazer} o termo *drân*, enquanto os atenienses *práttein*.[39]

Eis, então, o que havia a ser dito sobre as diferenças, quantas e quais são, dos critérios que se aplicam à mimese.

---

noção de *drámata* ("poemas dramáticos") até chegar a *drỗntas*, presente particípio ativo de *dráō* ("agir, fazer, executar"). O substantivo e o verbo provêm de uma única raiz.

[36] O sentido desta palavra pode estender-se a ponto de incluir a ideia de colônias ou mesmo de aldeias, designando o processo de expansão de suas cidades ou até o processo de colonização.

[37] Aqueles que compõem ou representam uma comédia.

[38] *Kōmázō* significa, neste caso, como suponho, celebrar as festas de Dioniso por meio de cantos e danças. É possível que os celebrantes se deixassem tomar pelo entusiasmo dionisíaco ou que, como se costuma ouvir, se metamorfoseassem em sátiros.

[39] A etimologia proposta por Aristóteles é, de fato, uma explicação para o que os dóricos (Peloponeso) e os atenienses (Ática) provavelmente entendiam por *poieîn* — fazer, agir, produzir. Os dóricos usavam o termo *drân*, infinitivo de *dráō*, e os atenienses *práttein*, infinitivo de *prássō*. O termo *drámata*, para designar "poemas dramáticos", tem, portanto, segundo o testemunho de Aristóteles, origem dórica.

Ἐοίκασι δὲ γεννῆσαι μὲν ὅλως τὴν ποιητικὴν αἰτίαι [5] δύο τινὲς καὶ αὗται φυσικαί. Τό τε γὰρ μιμεῖσθαι σύμφυτον τοῖς ἀνθρώποις ἐκ παίδων ἐστὶ καὶ τούτῳ διαφέρουσι τῶν ἄλλων ζῴων ὅτι μιμητικώτατόν ἐστι καὶ τὰς μαθήσεις ποιεῖται διὰ μιμήσεως τὰς πρώτας, καὶ τὸ χαίρειν τοῖς μιμήμασι πάντας.

Σημεῖον δὲ τούτου τὸ συμβαῖνον [10] ἐπὶ τῶν ἔργων· ἃ γὰρ αὐτὰ λυπηρῶς ὁρῶμεν, τούτων τὰς εἰκόνας τὰς μάλιστα ἠκριβωμένας χαίρομεν θεωροῦντες, οἷον θηρίων τε μορφὰς τῶν ἀτιμοτάτων καὶ νεκρῶν. Αἴτιον δὲ καὶ τούτου, ὅτι μανθάνειν οὐ μόνον τοῖς φιλοσόφοις ἥδιστον ἀλλὰ καὶ τοῖς ἄλλοις ὁμοίως, ἀλλ᾽ ἐπὶ βραχὺ [15] κοινωνοῦσιν αὐτοῦ. Διὰ γὰρ τοῦτο χαίρουσι τὰς εἰκόνας ὁρῶντες, ὅτι συμβαίνει θεωροῦντας μανθάνειν καὶ συλλογίζεσθαι τί ἕκαστον, οἷον ὅτι οὗτος ἐκεῖνος· ἐπεὶ ἐὰν μὴ τύχῃ προεωρακώς, οὐχ ᾗ μίμημα ποιήσει τὴν ἡδονὴν ἀλλὰ διὰ τὴν ἀπεργασίαν ἢ τὴν χροιὰν ἢ διὰ τοιαύτην τινὰ ἄλλην αἰτίαν. [20]

Κατὰ φύσιν δὲ ὄντος ἡμῖν τοῦ μιμεῖσθαι καὶ τῆς ἁρμονίας καὶ τοῦ ῥυθμοῦ (τὰ γὰρ μέτρα

[4. Origens da arte poética]

Duas causas, ambas naturais, parecem ter dado origem à arte poética como um todo. De fato [5], a ação de mimetizar se constitui nos homens desde a infância, e eles se distinguem das outras criaturas porque são os mais miméticos e porque recorrem à mimese para efetuar suas primeiras formas de aprendizagem, e todos se comprazem com as mimeses realizadas.[40]

Prova disso é o que ocorre na prática: com efeito [10], quando observamos situações dolorosas, em suas imagens mais depuradas, sentimos prazer ao contemplá-las; por exemplo, diante das formas dos animais mais ignóbeis e dos cadáveres. A causa disso é que conhecer apraz não apenas aos filósofos, mas, de modo semelhante, também aos outros homens, ainda que [15] participem disso em menor grau. Pois sentem prazer ao observar as imagens e, uma vez reunidos, aprendem a contemplar e a elaborar raciocínios {*syllogízesthai*} sobre o que é cada coisa, e dirão, por exemplo, que este é tal como aquele. E desde que não tenham por acaso se deparado anteriormente com tal coisa, o prazer não se construirá em função da mimese, mas do resultado, ou da tonalidade obtida, ou de qualquer outra causa desse mesmo tipo. [20]

Uma vez que a atividade mimética nos é natural, e também o uso da melodia e do ritmo (pois é evidente que os

---

[40] Como primeira causa natural, Aristóteles diz que a ação de mimetizar é comum aos homens, visto que eles se desenvolvem conjuntamente, e desde a mais tenra idade, mimetizando (são as mais miméticas das criaturas e tomam a *mímēsis* como sua primeira forma de conhecimento); como segunda causa natural, Aristóteles menciona o prazer ou a satisfação (*khaírein*) que os homens se proporcionam quando se prestam à prática da imitação, ou simplesmente à *mímēsis* (*toîs mimḗmasi*), aos exercícios miméticos ("works of imitation", na tradução de Halliwell, 1995, p. 37).

ὅτι μόρια τῶν ῥυθμῶν ἐστι φανερὸν) ἐξ ἀρχῆς οἱ πεφυκότες πρὸς αὐτὰ μάλιστα κατὰ μικρὸν προάγοντες ἐγέννησαν τὴν ποίησιν ἐκ τῶν αὐτοσχεδιασμάτων. Διεσπάσθη δὲ κατὰ τὰ οἰκεῖα ἤθη ἡ ποίησις· [25] οἱ μὲν γὰρ σεμνότεροι τὰς καλὰς ἐμιμοῦντο πράξεις καὶ τὰς τῶν τοιούτων, οἱ δὲ εὐτελέστεροι τὰς τῶν φαύλων, πρῶτον ψόγους ποιοῦντες, ὥσπερ ἕτεροι ὕμνους καὶ ἐγκώμια.

Τῶν μὲν οὖν πρὸ Ὁμήρου οὐδενὸς ἔχομεν εἰπεῖν τοιοῦτον ποίημα, εἰκὸς δὲ εἶναι πολλούς, ἀπὸ δὲ Ὁμήρου ἀρξαμένοις [30] ἔστιν, οἷον ἐκείνου ὁ Μαργίτης καὶ τὰ τοιαῦτα. Ἐν οἷς κατὰ τὸ ἁρμόττον καὶ τὸ ἰαμβεῖον ἦλθε μέτρον_ διὸ καὶ ἰαμβεῖον καλεῖται νῦν, ὅτι ἐν τῷ μέτρῳ τούτῳ ἰάμβιζον ἀλλήλους. Καὶ ἐγένοντο τῶν παλαιῶν οἱ μὲν ἡρωικῶν οἱ δὲ ἰάμβων ποιηταί. Ὥσπερ δὲ καὶ τὰ σπουδαῖα μάλιστα ποιητὴς Ὅμηρος [35] ἦν (μόνος γὰρ οὐχ ὅτι εὖ

metros fazem parte dos ritmos), aqueles que, desde o início, eram naturalmente mais bem dotados para esse fim conduziram e deram, pouco a pouco, origem à poesia a partir de improvisações. A poesia se dividiu segundo caracterizações próprias:[41] de um lado, os mais elevados mimetizavam as belas ações [25] e aquelas dos homens que agem desse modo; de outro, os menos elevados mimetizavam as ações infames, compondo, em primeiro lugar, difamações {invectivas}; enquanto aqueles outros, hinos e elogios.

De fato, antes de Homero não temos como citar quem tenha composto poemas desse tipo,[42] mas é verossímil que muitos assim o tenham feito; a partir de Homero, isso se torna possível, começando com o *Margites*[43] do próprio Homero e com outros poemas do mesmo gênero. [30] Nos poemas "invectivos" veio a se introduzir, como convém, a métrica iâmbica — eis por que agora são denominados poemas "iâmbicos" —, pois esses eram os versos utilizados para a troca de injúrias. Assim, entre os antigos, uns se tornaram poetas de versos heroicos; outros, de versos iâmbicos. Quan-

---

[41] Vale observar que Aristóteles havia nos remetido, em 1448a10, a três possibilidades: 1) Homero mimetizou personagens melhores (*beltíous*); 2) Cleofão, semelhantes (*homoíous*); 3) Hegêmon de Taso, o primeiro a escrever paródias, e Nicócares, autor da *Delíada*, personagens piores (*kheírous*). Na divisão atual ele faz referência apenas a duas divisões, o que suscita a dúvida sobre o caráter poético da mimese que se dá apenas por semelhança "exata" (*hómoios*), sem que o mimetizado se modifique para melhor ou pior.

[42] Tudo indica que Aristóteles trata aqui do primeiro tipo, ou seja, dos poemas que mimetizam as ações infames (invectivas ou vitupérios).

[43] O *Margites* é um poema cômico épico, considerado uma paródia da *Odisseia* e que foi na Antiguidade — por Platão e Aristóteles, entre outros — tido como obra de Homero, o que modernamente se refuta. O protagonista Margites, reconhecido por sua ignorância e estupidez, era natural de Cólofon, mesma cidade em que o autor da *Ilíada* teria nascido. Poucos fragmentos desse poema muito apreciado durante toda a Antiguidade chegaram até nós.

ἀλλὰ καὶ μιμήσεις δραματικὰς ἐποίησεν), οὕτως καὶ τὸ τῆς κωμῳδίας σχῆμα πρῶτος ὑπέδειξεν, οὐ ψόγον ἀλλὰ τὸ γελοῖον δραματοποιήσας· ὁ γὰρ Μαργίτης ἀνάλογον ἔχει, ὥσπερ Ἰλιὰς καὶ ἡ Ὀδύσσεια πρὸς τὰς τραγῳδίας, [1449a] οὕτω καὶ οὗτος πρὸς τὰς κωμῳδίας.

Παραφανείσης δὲ τῆς τραγῳδίας καὶ κωμῳδίας οἱ ἐφ' ἑκατέραν τὴν ποίησιν ὁρμῶντες κατὰ τὴν οἰκείαν φύσιν οἱ μὲν ἀντὶ τῶν ἰάμβων κωμῳδοποιοὶ [5] ἐγένοντο, οἱ δὲ ἀντὶ τῶν ἐπῶν τραγῳδοδιδάσκαλοι, διὰ τὸ μείζω καὶ ἐντιμότερα τὰ σχήματα εἶναι ταῦτα ἐκείνων. Τὸ μὲν οὖν ἐπισκοπεῖν εἰ ἄρα ἔχει ἤδη ἡ τραγῳδία τοῖς εἴδεσιν ἱκανῶς ἢ οὔ, αὐτό τε καθ' αὑτὸ κρῖναι καὶ πρὸς τὰ θέατρα, ἄλλος λόγος. Γενομένη δ' οὖν ἀπ' ἀρχῆς [10] αὐτοσχεδιαστικῆς—καὶ αὐτὴ καὶ ἡ κωμῳδία, καὶ ἡ μὲν ἀπὸ τῶν ἐξαρχόντων τὸν διθύραμβον, ἡ δὲ ἀπὸ τῶν τὰ φαλλικὰ ἃ ἔτι καὶ νῦν ἐν πολλαῖς τῶν πόλεων διαμένει νομιζόμενα—κατὰ μικρὸν ηὐξήθη προαγόντων ὅσον ἐγίγνετο φανερὸν αὐτῆς· καὶ πολλὰς μεταβολὰς μεταβαλοῦσα

to a Homero, tal como foi o supremo poeta de temas elevados (pois não apenas compunha de modo excelente, como se dedicou às mimeses dramáticas) [35], foi também o primeiro a delinear as formas da comédia; dando forma dramática não à invectiva, mas ao cômico. Com efeito, uma analogia se impõe: a *Ilíada* e a *Odisseia* estão para as tragédias [1449a] assim como o *Margites* está para as comédias.

Quando a tragédia e a comédia surgiram, cada poeta se atrelou, em função de sua própria natureza, a esta ou àquela modalidade de poesia: uns se tornaram produtores de comédias, em vez de poemas iâmbicos; outros, de tragédias, em vez de epopeias [5], pois estas formas são mais complexas[44] e mais estimadas do que aquelas outras. Quanto a verificar se a tragédia já atingiu ou não em nossos dias uma forma suficientemente desenvolvida em suas diferentes espécies — julgar tal questão em si e em relação às audiências teatrais —, trata-se, com efeito, do objeto de outro tratado. Qualquer que seja seu estado atual, a própria tragédia e a comédia surgiram de um primeiro motivo improvisado [10]: a primeira provém daqueles que conduziam o ditirambo; a outra, dos que conduziam os cantos fálicos,[45] composições ainda hoje muito estimadas em nossas cidades. A tragédia se desenvolveu pouco a pouco, à medida que progredia cada uma das partes que nela se manifestavam. E após muitas transforma-

---

[44] Traduzo *meízō* por "mais complexas" e não "maiores". Aristóteles parece fiel à ideia de que a tragédia e a comédia derivam do poema épico e das invectivas, respectivamente, e, agregando-lhes mais elementos, tornam-se mais complexas e mais estimadas do que os poemas que lhes deram origem. Ao contrário de Platão, Aristóteles é um entusiasta da poesia dramática.

[45] Entoados nas dionisíacas, festas celebradas em honra de Dioniso em várias cidades da Grécia, os "cantos fálicos" eram executados por cantores chamados "falóforos" que, aos gritos, proclamavam que suas cantorias não eram para as virgens. Em tais cortejos, frequentemente uma prostituta liderava um cordão em que todos cantavam obscenidades.

ἡ [15] τραγῳδία ἐπαύσατο, ἐπεὶ ἔσχε τὴν αὑτῆς φύσιν.

Καὶ τό τε τῶν ὑποκριτῶν πλῆθος ἐξ ἑνὸς εἰς δύο πρῶτος Αἰσχύλος ἤγαγε καὶ τὰ τοῦ χοροῦ ἠλάττωσε καὶ τὸν λόγον πρωταγωνιστεῖν παρεσκεύασεν· τρεῖς δὲ καὶ σκηνογραφίαν Σοφοκλῆς. Ἔτι δὲ τὸ μέγεθος· ἐκ μικρῶν μύθων καὶ [20] λέξεως γελοίας διὰ τὸ ἐκ σατυρικοῦ μεταβαλεῖν ὀψὲ ἀπεσεμνύνθη, τό τε μέτρον ἐκ τετραμέτρου ἰαμβεῖον ἐγένετο. Τὸ μὲν γὰρ πρῶτον τετραμέτρῳ ἐχρῶντο διὰ τὸ σατυρικὴν καὶ ὀρχηστικωτέραν εἶναι τὴν ποίησιν, λέξεως δὲ γενομένης αὐτὴ ἡ φύσις τὸ οἰκεῖον μέτρον εὗρε· μάλιστα γὰρ [25] λεκτικὸν τῶν μέτρων τὸ ἰαμβεῖόν ἐστιν· σημεῖον δὲ τούτου, πλεῖστα γὰρ ἰαμβεῖα λέγομεν ἐν τῇ διαλέκτῳ τῇ πρὸς ἀλλήλους, ἑξάμετρα δὲ ὀλιγάκις καὶ ἐκβαίνοντες τῆς λεκτικῆς ἁρμονίας.

ções ocorridas, ela se fixou justo quando atingiu sua natureza própria. [15]

Ésquilo foi o primeiro a elevar o número de atores de um para dois; ele diminuiu as partes relativas ao uso do coro e tornou o diálogo {*lógos*} apto a desempenhar o papel de protagonista. Sófocles elevou para três o número de atores e introduziu a cenografia. Em seguida, quanto à extensão, deixando de lado as histórias breves e a elocução cômica provinda do elemento satírico, [20] a tragédia se transformou, atingindo, com o tempo, uma forma mais elaborada,[46] e a métrica passou do tetrâmetro ao iâmbico. De fato, a princípio faziam uso do tetrâmetro porque a forma da composição era, como a satírica, mais associada à dança, mas, quando o diálogo[47] foi introduzido, a própria natureza da tragédia revelou qual era a métrica apropriada; pois, de todas as métricas, a mais apropriada à fala [25] é a iâmbica. Prova disso é que utilizamos na fala, à medida que conversamos uns com os outros, muitos trímetros iâmbicos; enquanto os hexâmetros raramente, e apenas quando nos afastamos do registro da fala coloquial.[48]

---

[46] Adequada, portanto, ao elogio ou à glorificação — compreendendo o aoristo passivo utilizado por Aristóteles, *apesemnúnthē*, como referindo-se ao ato de dignificar.

[47] Aristóteles emprega o substantivo no genitivo singular, *lexéōs*, que designa a expressão ou elocução (da fala), que traduzo, entretanto, por "diálogo", pois a composição satírica, ainda que mais associada à expressão corporal e à dança, também incluía a versificação trocaica, sendo o tetrâmetro trocaico constituído por uma sílaba longa e outra breve, ou seja, uma fala, ainda que dissociada da fala coloquial normalmente adotada na conversação ou no diálogo.

[48] Entenda-se: quando nos afastamos do registro "melódico" da fala coloquial. É difícil saber por que Aristóteles introduz nesta passagem o termo grego para "harmonia", *tēs lektikḗs harmonías*, a melodia da fala, aqui traduzido como "registro", já que a argumentação seguida anteriormente se restringia à métrica e ao ritmo. Normalmente se traduz "harmonia" por "melodia", para evitar a confusão com a noção de harmonia

Ἔτι δὲ ἐπεισοδίων πλήθη. Καὶ τὰ ἄλλ' ὡς [30] ἕκαστα κοσμηθῆναι λέγεται ἔστω ἡμῖν εἰρημένα· πολὺ γὰρ ἂν ἴσως ἔργον εἴη διεξιέναι καθ' ἕκαστον.

Há ainda as modificações que dizem respeito ao número de episódios.[49] E, como se diz, quanto ao modo de ordenar[50] cada uma das partes, que seja suficiente o que foi dito por nós, pois teríamos, certamente, [30] muito trabalho para discorrer sobre cada uma em particular.

---

como reunião de diversas notas consonantes, o que os gregos, de fato, não conheciam. Musicalmente, os gregos entendiam por "harmonia" o que se designa por "modos" (modo dórico, frígio, eólico etc.), ou seja, uma sequência linear de sons. Aristóteles parece dizer aqui que o registro "melódico" da fala estava mais associado à métrica iâmbica. Trata-se, certamente, de admitir uma melodia para a fala, ou seja, associada à métrica iâmbica, o que não é, de forma alguma, evidente. Seria possível pensar, outrossim, que Aristóteles faz apenas uma referência, pouco circunscrita ao contexto da discussão, a um registro modal da fala coloquial (o que não significa dizer que a fala é, a todo instante, melódica) e que só nos servimos de uma métrica datílica (hexâmetro) quando nos afastamos do registro ou do tom da fala coloquial. Muitos autores preferem verter, nesta passagem, "harmonia" para "tom". Eudoro de Souza, a exemplo de tantos outros, traduz da seguinte forma: "Demonstra-o o fato de muitas vezes proferirmos jambos na conversação, e só raramente hexâmetros, quando nos elevamos acima do *tom* comum" (1993, p. 33). A tradução espanhola de Lecumberri segue o mesmo caminho: "raras veces empleamos hexámetros y solamente saliendonos del *tono* conversacional" (2004, p. 45). Else: "*tone-pattern* of ordinary speech" (1967, p. 23). Preferi seguir aqui a tradução de Halliwell, que, tal como a tradução proposta por Dupont-Roc e Lallot, parece evitar todos esses problemas que o texto de Aristóteles suscita, ou seja, "colloquial *register*" (1995, p. 43) e "registre parlé" (1980, p. 47).

[49] Na tragédia, o episódio circunscreve os diálogos entre uma atuação e outra do coro. Algumas tragédias, pouco complexas, seriam curtas ou breves, contando com poucos episódios. Aristóteles argumenta em favor das tragédias complexas.

[50] É preciso aqui fazer jus ao duplo significado do verbo *kosmeô*: "ordenar, organizar", mas também "embelezar, ornamentar". Preferi "ordenar", dando ênfase à ideia de tempo, ou seja, de como as artes poéticas se modificaram e de como se atingiu o gênero dramático, tão elogiado por Aristóteles em sua *Poética*.

Ἡ δὲ κωμῳδία ἐστὶν ὥσπερ εἴπομεν μίμησις φαυλοτέρων μέν, οὐ μέντοι κατὰ πᾶσαν κακίαν, ἀλλὰ τοῦ αἰσχροῦ ἐστι τὸ γελοῖον μόριον. Τὸ γὰρ γελοῖόν ἐστιν [35] ἁμάρτημά τι καὶ αἶσχος ἀνώδυνον καὶ οὐ φθαρτικόν, οἷον εὐθὺς τὸ γελοῖον πρόσωπον αἰσχρόν τι καὶ διεστραμμένον ἄνευ ὀδύνης. Αἱ μὲν οὖν τῆς τραγῳδίας μεταβάσεις καὶ δι' ὧν ἐγένοντο οὐ λελήθασιν, ἡ δὲ κωμῳδία διὰ τὸ μὴ σπουδάζεσθαι ἐξ ἀρχῆς ἔλαθεν· [1449β] καὶ γὰρ χορὸν κωμῳδῶν ὀψέ ποτε ὁ ἄρχων ἔδωκεν, ἀλλ' ἐθελονταὶ ἦσαν. Ἤδη δὲ σχήματά τινα αὐτῆς ἐχούσης οἱ λεγόμενοι αὐτῆς ποιηταὶ μνημονεύονται. Τίς δὲ πρόσωπα ἀπέδωκεν ἢ προλόγους ἢ [5] πλήθη ὑποκριτῶν καὶ ὅσα τοιαῦτα, ἠγνόηται. Τὸ δὲ μύθους ποιεῖν [Ἐπίχαρμος καὶ Φόρμις] τὸ μὲν ἐξ ἀρχῆς ἐκ Σικελίας ἦλθε, τῶν δὲ Ἀθήνησιν

[5. Comédia]

A comédia é, como se disse, a mimese de homens inferiores; não, todavia, de toda espécie de vício: o cômico é apenas uma parte do feio.[51] Poder-se-ia dizer que o cômico é um determinado erro[52] e uma vergonha que não causam dor e [35] destruição; como bem exemplifica a máscara cômica: ela é feia e disforme, sem expressar dor. Com efeito, se, por um lado, as transformações da tragédia e os autores que a introduziram não foram ignorados, por outro, a origem da comédia, visto que nenhum interesse sério lhe foi inicialmente dedicado, permaneceu oculta. Foi apenas tardiamente que o coro das comédias [1449b] foi organizado pelo arconte;[53] pois, anteriormente, era constituído por voluntários. A comédia já possuía certas formas características quando os assim chamados poetas cômicos puderam ser rememorados. De fato, não se sabe quem introduziu máscaras, prólogos, número de atores e outros elementos da mesma natureza. A ideia de compor enredos[54] se deve a Epicarmo e Fórmide:[55] ela [5] proveio, originalmente, da Sicília; depois, entre os

---

[51] Aristóteles usa cinco termos diferentes para se referir à comédia: *phaulóterōn*, *kakía*, *aiskhrón*, *hamártēma* e *aískhos*, que traduzo por "homens inferiores", "vício", "feio", "erro" e "vergonha", respectivamente. Esse agrupamento de termos associados ao cômico — o risível, *geloîos* —, ao mesmo tempo em que cria dificuldades, enriquece o texto de Aristóteles, efetivamente muito conciso e, não obstante, extremamente complexo.

[52] No original, *hamártēma*. A noção de erro, falha, falta ou mesmo ignorância também será fundamental para a compreensão aristotélica da tragédia.

[53] Magistrado que se incumbia da preparação e organização dos concursos de tragédias e comédias.

[54] O termo empregado aqui é *mýthos*, que traduzo por "enredo".

[55] Os nomes Epicarmo e Fórmide estão entre colchetes no estabelecimento de Kassel, indicando, portanto, uma supressão. Segundo Lecumberri, Fórmide era contemporâneo de Epicarmo, autor cômico a quem se

Κράτης πρῶτος ἦρξεν ἀφέμενος τῆς ἰαμβικῆς ἰδέας καθόλου ποιεῖν λόγους καὶ μύθους.

Ἡ μὲν οὖν ἐποποιία τῇ τραγῳδίᾳ μέχρι μὲν τοῦ [10] μετὰ μέτρου λόγῳ μίμησις εἶναι σπουδαίων ἠκολούθησεν· τῷ δὲ τὸ μέτρον ἁπλοῦν ἔχειν καὶ ἀπαγγελίαν εἶναι, ταύτῃ διαφέρουσιν· ἔτι δὲ τῷ μήκει· ἡ μὲν ὅτι μάλιστα πειρᾶται ὑπὸ μίαν περίοδον ἡλίου

atenienses, Crates foi o primeiro a se afastar da forma iâmbica e a compor diálogos e enredos de caráter universal.[56]

[Epopeia e tragédia]
A epopeia acompanha[57] a tragédia até o ponto de ser a mimese de homens de caráter elevado por meio de linguagem metrificada,[58] mas se diferencia [10] por ter a epopeia uma métrica uniforme e por ser uma narrativa.[59] E ainda quanto à extensão: pois a tragédia tende, tanto quanto possível, a se limitar a um único período de sol ou a exceder minimamen-

---

atribuem cinco obras: *Admeto*, *Alcínoo*, *Alcíone*, *Iliupersis* ou *Cavalo*, e *Cefeu* ou *Perseu*.

[56] Segundo Aristóteles, Crates teria sido o primeiro ateniense a se afastar do poema invectivo contra uma pessoa em particular (como ocorria nos poemas de Arquíloco) e a compor enredos e diálogos de caráter geral ou universal. A oposição que o autor sugere se dá entre o "particular", que tanto caracteriza os poemas invectivos, e o "universal" — *kathólou*, advérbio — da comédia. Halliwell (1995, p. 45) traduz *kathólou* por "overall structure", manifestando assim, com vigor, a distinção entre a temática dos poemas invectivos e o caráter universal e "totalizante" dos temas tratados nos diálogos e enredos cômicos.

[57] No original, *akolouthéo*, usado aqui no aoristo, que poderia ser traduzido por "seguir" (uma mesma orientação), no sentido em que se diz que o poema épico segue pela mesma via da tragédia; daí, pois, "acompanhar". Alguns tradutores preferem usar "assemelhar": "A epopeia se assemelha à tragédia".

[58] Em Kassel, *metà métrou lógoi*; em B, *métrou metà lógou*; em A, *métrou megálou*. Essa variação entre as cópias A e B e a opção adotada por Kassel cria possibilidades diversas para a tradução. No caso de A, seria possível traduzir, como Else, por "good size", ou seja, a epopeia *acompanha* a tragédia na medida em que é um poema com métrica "grande"; melhor dizendo, por se servir também de hexâmetros datílicos (heroicos), embora o hexâmetro seja uma medida métrica de uso muito pouco frequente nas tragédias. Aristóteles volta à questão na seção 26 (1462a15). Cf. Dupont-Roc e Lallot (1980, p. 182, n. 5).

[59] Aristóteles se refere aqui à distinção quanto ao modo. O termo empregado é *apangelía*, "narrativa", "relato".

εἶναι ἢ μικρὸν ἐξαλλάττειν, ἡ δὲ ἐποποιία
ἀόριστος τῷ χρόνῳ καὶ τούτῳ διαφέρει,
καίτοι [15] τὸ πρῶτον ὁμοίως ἐν ταῖς
τραγῳδίαις τοῦτο ἐποίουν καὶ ἐν τοῖς
ἔπεσιν. Μέρη δ' ἐστὶ τὰ μὲν ταὐτά, τὰ δὲ
ἴδια τῆς τραγῳδίας· διόπερ ὅστις περὶ
τραγῳδίας οἶδε σπουδαίας καὶ φαύλης, οἶδε
καὶ περὶ ἐπῶν· ἃ μὲν γὰρ ἐποποιία ἔχει,
ὑπάρχει τῇ τραγῳδίᾳ, ἃ δὲ αὐτῇ, οὐ πάντα
ἐν τῇ [20] ἐποποιίᾳ.

    Περὶ μὲν οὖν τῆς ἐν ἑξαμέτροις μιμητικῆς καὶ
περὶ κωμῳδίας ὕστερον ἐροῦμεν· περὶ δὲ
τραγῳδίας λέγωμεν ἀναλαβόντες αὐτῆς ἐκ τῶν
εἰρημένων τὸν γινόμενον ὅρον τῆς οὐσίας.
    Ἔστιν οὖν τραγῳδία μίμησις πράξεως
σπουδαίας [25] καὶ τελείας μέγεθος
ἐχούσης, ἡδυσμένῳ λόγῳ χωρὶς ἑκάστῳ
τῶν εἰδῶν ἐν τοῖς μορίοις, δρώντων καὶ οὐ

te o período de um dia, enquanto a epopeia não se limita no tempo. Por isso a epopeia difere da tragédia, embora no princípio os poetas utilizassem [15] nas tragédias, tal como nos poemas épicos, um tempo igualmente ilimitado. Quanto às partes constitutivas, algumas são comuns aos dois gêneros, outras peculiares apenas à tragédia. Eis por que todo aquele que sabe dizer se uma tragédia é boa ou ruim sabe se pronunciar também sobre a epopeia, pois os elementos que constituem a epopeia se encontram na tragédia, mas nem todos os elementos da tragédia se encontram na epopeia. [20]

[6. A tragédia e suas partes constitutivas]

Falaremos mais tarde sobre a mimese em hexâmetros e sobre a comédia. Discorramos agora sobre a tragédia, retomando dela, a partir do desenvolvimento do que dissemos, a definição de sua essência.[60]

É pois a tragédia a mimese de uma ação de caráter elevado [25], completa e de certa extensão, em linguagem ornamentada,[61] com cada uma das espécies de ornamento distintamente[62] distribuídas em suas partes; mimese que se efetua

---

[60] A seção 6 constitui, provavelmente, a parte mais conceitual e central de toda a *Poética*. De fato, Aristóteles inicia a partir do que se poderia chamar de ponto de vista ético, valorizando o que foi dito na seção 2, ou seja, o agente; logo a seguir, porém, a importância maior recai sobre a mimese das ações, ou seja, o que é determinante para a construção do enredo; apenas em segundo lugar há formação do caráter, *deúteron dè tà éthē*, 1449b39. Aristóteles não se limita ao que já havia dito, pois até então o autor não havia feito qualquer menção à catarse. Cf. Dupont-Roc e Lallot (1980, p. 186, n. 2).

[61] Ou "prazerosa", como prefere Else, alternativa adotada por muitos tradutores para *hedusménōi*.

[62] Considerei que o sintagma inicial *hēdusménōi lógōi* constitui um primeiro sentido. Halliwell prefere crer que o sentido se forma adiante,

δι' ἀπαγγελίας, δι' ἐλέου καὶ φόβου περαίνουσα τὴν τῶν τοιούτων παθημάτων κάθαρσιν.

Λέγω δὲ ἡδυσμένον μὲν λόγον τὸν ἔχοντα ῥυθμὸν καὶ ἁρμονίαν [καὶ μέλος], τὸ δὲ χωρὶς τοῖς [30] εἴδεσι τὸ διὰ μέτρων ἔνια μόνον περαίνεσθαι καὶ πάλιν ἕτερα διὰ μέλους.

Ἐπεὶ δὲ πράττοντες ποιοῦνται τὴν

por meio de ações dramatizadas e não por meio de uma narração, e que, em função da compaixão e do pavor, realiza a catarse de tais emoções.

Por "linguagem ornamentada" quero me referir àquela que tem ritmo, melodia [e canto].[63] Por "distintamente distribuídas" [30] quero distinguir aquelas partes que se realizam apenas por meio dos metros daquelas outras que, por sua vez, utilizam o canto.[64]

Uma vez que são personagens em ação que efetuam a

---

introduzindo *khōrìs hekástōi tōn eidōn*, "in language embellished by distinct forms"; mas, assim fazendo, obriga-se a não traduzir *hekástōi*. A opção, embora não a tenha seguido, não é ruim, pois, mais à frente, em 1449b29-30, Aristóteles retoma a questão sem se referir à forma dativa de *hékastos* e sim a *khōrìs toîs eídesi*, ou seja, "distinta [ou separadamente] em suas formas". A linguagem atrativa, ornamentada ou aprazível (*hedusménon*) é aquela que se distingue por realizar o aprazível por meio da métrica e/ou do canto. Efetivamente, a parte mais importante da tragédia não é nem a métrica nem o canto, mas o *mýthos*, ou seja, o próprio *lógos*, que não pode estar dissociado de *hedusménon*.

[63] Como já mencionado, os gregos não distinguiam entre harmonia e melodia; portanto, não se deve traduzir *harmonía* por "harmonia", mas por "melodia", remetendo o leitor sobretudo aos modos gregos. Porém o problema aqui não está na tradução de *harmonía* por "melodia" e sim na introdução, que Kassel apresenta entre colchetes, do termo *mélos* — *kaì mélos*—, admitindo-se assim a possibilidade de uma excisão que Halliwell acata em sua tradução (1995, p. 37). O problema persiste, pois *harmonía* e *mélos* são praticamente sinônimos. Dupont-Roc e Lallot sustentam que Aristóteles, com o termo, referia-se à melopeia (*mélos, melopoiía*), uma das partes da tragédia (1980, pp. 193-4). "Melodia" e "canto modal" são, de fato, expressões equivalentes, mas talvez seja possível suscitar a diferença sutil entre a parte musical instrumental, de caráter modal, e a parte cantada, igualmente modal.

[64] A oposição ocorre aqui entre uma métrica sem melodia e outra com melodia, ou seja, entre uma métrica conduzida pelos procedimentos métricos de versificação e outra servindo de base ou mesmo sendo conduzida pela melodia. Assim pensando, deve-se admitir que o ritmo pertence tanto à melodia quanto ao verso sem acompanhamento melódico, *tò dià métrōn énia mónon*.

μίμησιν, πρῶτον μὲν ἐξ ἀνάγκης ἂν εἴη τι μόριον τραγῳδίας ὁ τῆς ὄψεως κόσμος· εἶτα μελοποιία καὶ λέξις, ἐν τούτοις γὰρ ποιοῦνται τὴν μίμησιν. Λέγω δὲ λέξιν μὲν αὐτὴν τὴν τῶν [35] μέτρων σύνθεσιν, μελοποιίαν δὲ ὃ τὴν δύναμιν φανερὰν ἔχει πᾶσαν.

Ἐπεὶ δὲ πράξεώς ἐστι μίμησις, πράττεται δὲ ὑπό τινων πραττόντων, οὓς ἀνάγκη ποιούς τινας εἶναι κατά τε τὸ ἦθος καὶ τὴν διάνοιαν (διὰ γὰρ τούτων καὶ τὰς πράξεις εἶναί φαμεν ποιάς τινας, [1450α] [πέφυκεν αἴτια δύο τῶν πράξεων εἶναι, διάνοια καὶ ἦθος] καὶ κατὰ ταύτας καὶ τυγχάνουσι καὶ ἀποτυγχάνουσι πάντες), ἔστιν δὲ τῆς μὲν πράξεως ὁ μῦθος ἡ μίμησις, λέγω γὰρ

mimese, a princípio a organização do espetáculo há de ser necessariamente uma parte da tragédia; em seguida tem-se a composição do canto e a elocução, pois esses são os meios de construir a mimese. Por "elocução" entendo a própria organização[65] dos metros [35]; por "composição do canto", aquilo cuja dinâmica é evidente.

Uma vez que a tragédia é a mimese de uma ação que se efetua por meio da atuação das personagens, que devem, necessariamente, possuir qualidades segundo o caráter e o pensamento [1450a] (o pensamento e o caráter [são as duas causas naturais das ações], pois é por meio desses fatores que também se qualificam as ações e segundo as ações todos são bem-sucedidos ou malsucedidos),[66] e o enredo é a mimese de uma ação — pois digo que o enredo é a combinação[67] dos

---

[65] Neste trecho, opto por traduzir *sýnthesin* por "organização" (ordenação), em vez de "combinação" ou "trama".

[66] Nesta frase longa e extremamente conceitual de Aristóteles, tive de mudar a ordem da apresentação das questões suscitadas, ou seria necessário fazer duas interrupções no meio de uma mesma sequência de ideias — "pois é por meio desses fatores que se qualificam as ações [o pensamento e o caráter são as duas causas naturais das ações], e é por meio das ações que todos conquistam a boa ou a má fortuna" (*kaì tynkhánousi kaì apotynkhánousi*) —, o que preferi evitar.

[67] A tradução de *sýnthesis* por "combinação" visa tornar mais claro o trabalho do poeta mimético, entendendo-o não como a criação de uma história "nova", mas antes a realização de uma junção, de uma combinação, de um arranjo ou mesmo de uma "trama" de determinados acontecimentos (fatos), aqueles mesmos que afetaram a vida de algumas famílias e sobre os quais opera a invenção poética. Caso contrário, o processo mimético por excelência estaria comprometido, e talvez não se pudesse mais falar de mimese. Se a poesia lírica não é tratada por Aristóteles em sua *Poética*, isso se deve provavelmente ao fato de o estagirita não a considerar um exemplo significativo de poesia mimética. Nesse sentido, seria possível dizer que a poesia mimética não remete a um contexto unicamente ficcional (ou que reporte unicamente à vida particular do poeta); mesmo porque não há motivos para crer que os gregos consideravam seus *mitos* meramente a partir de um ponto de vista ficcional. O mito ou enredo

μῦθον τοῦτον τὴν [5] σύνθεσιν τῶν πραγμάτων, τὰ δὲ ἤθη, καθ' ὃ ποιούς τινας εἶναί φαμεν τοὺς πράττοντας, διάνοιαν δέ, ἐν ὅσοις λέγοντες ἀποδεικνύασίν τι ἢ καὶ ἀποφαίνονται γνώμην_ ἀνάγκη οὖν πάσης τῆς τραγῳδίας μέρη εἶναι ἕξ, καθ' ὃ ποιά τις ἐστὶν ἡ τραγῳδία· ταῦτα δ' ἐστὶ μῦθος καὶ ἤθη καὶ λέξις καὶ [10] διάνοια καὶ ὄψις καὶ μελοποιία.

fatos [5]; os "caracteres", o que nos permite dizer que as personagens em ação possuem tal ou tal qualidade; e o "pensamento", todas as passagens que viabilizam, aos que falam em cena, demonstrar algo ou manifestar algum conhecimento —, é necessário que, como um todo, a tragédia seja constituída de seis partes — por meio das quais possui tal ou tal qualidade —, a saber: enredo, caracteres, elocução, pensamento, espetáculo e melopeia.[68] [10]

---

trágico é, antes de tudo, a urdidura de uma história ocorrida e, de regra, conhecida e reconhecida pelos espectadores. Ainda que se possa falar de tragédias com personagens, em parte ou inteiramente, inventadas, o processo mimético remete, sem dúvida, à memória, à memória voluntária, mesmo quando a invenção faz surgir um modo específico de construir o enredo. A construção de um enredo sempre introduz uma ou outra inovação; pois, quando se trata de um mito, nunca se deve falar de uma única versão. E, quando há dúvida quanto à autoria de determinada tragédia, é o reconhecimento do estilo que muitas vezes ajuda a dirimir o problema. De fato, quando o poeta trágico compõe uma tragédia, ele sabe que está se referindo à história (ou ao mito) de Édipo, de Antígona, de Prometeu etc., e assim constrói a trama dos fatos.

[68] O problema de toda esta longa frase consiste em saber qual é a oração principal cuja subordinada inicia com "uma vez que" (*epeì dè*). Considerei o texto estabelecido por Kassel, que só coloca ponto após a enumeração de *todas* as partes que constituem a tragédia: enredo (*mýthos*), caráter (*éthē*), elocução (*léxis*), pensamento (*diánoia*), espetáculo (*ópsis*) e melopeia (*melopoiía*). A solução adotada é decerto controversa, mas é preciso lembrar que nesta passagem muitas traduções divergem entre si. Adoto, portanto, a mesma solução proposta por Else, Kassel e Lucas, o que me permitiu evitar a repetição que fatalmente ocorreria, na oração principal ou na subordinada, se a principal fosse "[...] *estin dè tēs mèn práxeōs ho mýthos he mímēsis*": "[...] *o enredo é a mimese de uma ação*". Essa solução foi, no entanto, adotada por Dupont-Roc e Lallot e por Halliwell. Há ainda a solução seguida por Hardy, Gernez e Eudoro de Souza, segundo a qual a oração que faria o papel da principal seria "o pensamento e o caráter são as duas causas naturais das ações" ("E como a tragédia é a imitação de uma ação [...] daí vem por consequência o serem duas as causas naturais que determinam as ações: pensamento e caráter", Eudoro de Souza, 1993, p. 39). O problema foi muito bem exposto por Dupont-Roc e Lallot (1980, pp. 197-8, n. 8).

Οἷς μὲν γὰρ μιμοῦνται, δύο μέρη ἐστίν, ὡς δὲ μιμοῦνται, ἕν, ἃ δὲ μιμοῦνται, τρία, καὶ παρὰ ταῦτα οὐδέν. τούτοις μὲν οὖν †οὐκ ὀλίγοι αὐτῶν† ὡς εἰπεῖν κέχρηνται τοῖς εἴδεσιν· καὶ γὰρ †ὄψις ἔχει πᾶν† καὶ ἦθος καὶ μῦθον καὶ λέξιν καὶ μέλος καὶ διάνοιαν ὡσαύτως. [15]

Μέγιστον δὲ τούτων ἐστὶν ἡ τῶν πραγμάτων σύστασις. Ἡ γὰρ τραγῳδία μίμησίς ἐστιν οὐκ

Com efeito, quanto aos meios de efetuar a mimese, a tragédia é composta de duas partes;[69] quanto ao modo, de apenas uma;[70] quanto aos objetos, de três;[71] além dessas não há mais nenhuma. De fato, nessas partes — nesses elementos específicos, por assim dizer — †não poucos poetas se fiaram†, pois †o espetáculo contém, de igual modo, tudo isso†: personagem, enredo, elocução, canto e pensamento.[72] [15]

[Importância relativa das seis partes]
A mais importante dessas partes é a trama dos fatos,[73] pois a tragédia é a mimese não de homens, mas das ações e

---

[69] Ou seja, elocução e melopeia.

[70] Ou seja, o espetáculo.

[71] Ou seja, mito, caracteres (personagens) e pensamento.

[72] Esta parte final, recapitulativa, possui numerosos problemas que fazem crer que o texto foi corrompido. Else preferiu deixar de lado todo este trecho, que consta no estabelecimento proposto por Kassel, optando apenas por "These then are the constituent forms they use". Procurei manter o sinal †, que indica onde tais problemas ocorrem.

[73] Aristóteles se refere à composição do mito ou da história, ou seja, ao trabalho efetivo do dramaturgo (a trama dos fatos ou das ações). Encontrar uma tradução para essa perífrase cunhada por Aristóteles — *he tōn pragmátōn sýstasis* — não é tarefa fácil. Há um cabedal de possibilidades. Para citar apenas algumas: "structuring of incidents" (Else), "structure of events" (Halliwell), "l'assemblage des actions accomplies" (Hardy), "l'agencement des faits en système" (Dupont-Roc e Lallot). De fato, *he tōn pragmátōn sýstasis* deveria constar na lista de expressões aristotélicas que precisam ser citadas no próprio idioma dos gregos. *Sýstasis* remete à noção de sistema, à formação ou mesmo à composição de um sistema estruturado dos fatos (a *re-união* ou a *com-posição* dos acontecimentos/fatos/ações). Acompanho aqui a tradução adotada por Eudoro de Souza, sobretudo por ter optado por um termo que, salvo pouquíssimas reservas, pertence ao léxico da literatura, ou seja, "a *trama* dos fatos" ("trama": sucessão de acontecimentos que constituem a ação de uma obra de ficção; entrecho, enredo, intriga). É bem verdade que não há muita diferença entre "combinação dos fatos" — *sýnthesis tōn pragmátōn* —, usada por Aristóteles um pouco antes (em 1450a5), e "trama dos fatos" — *tōn pragmátōn sýs-*

ἀνθρώπων ἀλλὰ πράξεων καὶ βίου [καὶ εὐδαιμονία καὶ κακοδαιμονία ἐν πράξει ἐστίν, καὶ τὸ τέλος πρᾶξίς τις ἐστίν, οὐ ποιότης· εἰσὶν δὲ κατὰ μὲν τὰ ἤθη ποιοί τινες, κατὰ δὲ τὰς [20] πράξεις εὐδαίμονες ἢ τοὐναντίον]· οὔκουν ὅπως τὰ ἤθη μιμήσωνται πράττουσιν, ἀλλὰ τὰ ἤθη συμπεριλαμβάνουσιν διὰ τὰς πράξεις· ὥστε τὰ πράγματα καὶ ὁ μῦθος τέλος τῆς τραγῳδίας, τὸ δὲ τέλος μέγιστον ἁπάντων.

Ἔτι ἄνευ μὲν πράξεως οὐκ ἂν γένοιτο τραγῳδία, ἄνευ δὲ ἠθῶν γέ [25] νοιτ' ἄν· αἱ γὰρ τῶν νέων τῶν πλείστων ἀήθεις τραγῳδίαι εἰσίν, καὶ ὅλως ποιηταὶ πολλοὶ τοιοῦτοι, οἷον καὶ τῶν γραφέων Ζεῦξις πρὸς Πολύγνωτον πέπονθεν· ὁ μὲν γὰρ Πολύγνωτος ἀγαθὸς ἠθογράφος, ἡ δὲ Ζεύξιδος γραφὴ οὐδὲν ἔχει ἦθος.

da vida [a felicidade e a infelicidade[74] se constituem na ação, e o objetivo visado é uma ação, não uma qualidade; pois, segundo os caracteres, os homens possuem determinadas qualidades, mas, segundo as ações, eles são felizes ou o contrário]. Então, não [20] é para constituir caracteres que aqueles que atuam se dedicam à mimese, os caracteres é que são introduzidos pelas ações. Assim sendo, os fatos e o enredo constituem a finalidade da tragédia, e a finalidade é, de tudo, o que mais importa.

Além disso, sem ação não poderia haver tragédia, mas poderia havê-la sem caráter. De fato, as tragédias escritas pela maior parte [25] dos autores modernos são desprovidas de caráter, e, em geral, esse é o caso de muitos poetas. A mesma impressão provém dos pintores, quando comparamos Zêuxis a Polignoto; pois Polignoto é um bom pintor do caráter, enquanto a pintura de Zêuxis não possui qualquer traço que represente o caráter.

---

tasis. São, de fato, expressões sinônimas. Considerei, no entanto, a conveniência de empregar, neste ponto da tradução, dois termos em vez de apenas um, afinal o autor se serve de dois: *sýnthesis* e *sýstasis*. É preciso acentuar, também, a diferença entre *pragmátōn* e *práxeōs* — isto é, entre "fatos" (acontecimentos) e "ações" —, que é, sem dúvida, sutil, pois o acontecimento ou o fato constitui uma ação.

[74] *Eudaimonía* e *kakodaimonía*, normalmente traduzidos por "felicidade" e "infelicidade" ou "infortúnio", têm aqui o sentido claro de boa e má ventura, indicando o resultado de uma ação e o sentimento que a acompanha. Aristóteles quer ressaltar a diferença entre a ação, que determina o destino do herói, e sua qualidade, ou seu caráter, que o torna bom ou mau. A ação, no caso da *Poética*, é, ao menos a princípio, independente da qualidade dos caracteres. O homem bom pode ser atingido pelo infortúnio, como acontece, em geral, na situação trágica. O que o autor diz é que as ações determinam a ventura e a desventura, independentemente do caráter; e que, em poesia, o *éthos* é constituído pela ação dramatizada. É importante aqui propor uma relação entre ventura e desventura, determinadas pela ação, e o estado de felicidade ou seu contrário, como estado de espírito decorrente da ação. Por isso Aristóteles usa o termo *eudaimonía* e, adiante, *eudaímones*.

Ἔτι ἐάν τις ἐφεξῆς θῇ ῥήσεις ἠθικὰς
καὶ λέξει [30] καὶ διανοίᾳ εὖ πεποιημένας,
οὐ ποιήσει ὃ ἦν τῆς τραγῳδίας ἔργον,
ἀλλὰ πολὺ μᾶλλον ἡ καταδεεστέροις
τούτοις κεχρημένη τραγῳδία, ἔχουσα δὲ
μῦθον καὶ σύστασιν πραγμάτων. Πρὸς δὲ
τούτοις τὰ μέγιστα οἷς ψυχαγωγεῖ ἡ
τραγῳδία τοῦ μύθου μέρη ἐστίν, αἵ τε
περιπέτειαι καὶ [35] ἀναγνωρίσεις.

Ἔτι σημεῖον ὅτι καὶ οἱ ἐγχειροῦντες ποιεῖν
πρότερον δύνανται τῇ λέξει καὶ τοῖς ἤθεσιν
ἀκριβοῦν ἢ τὰ πράγματα συνίστασθαι, οἷον
καὶ οἱ πρῶτοι ποιηταὶ σχεδὸν ἅπαντες.

Ἀρχὴ μὲν οὖν καὶ οἷον ψυχὴ ὁ μῦθος τῆς
τραγῳδίας, δεύτερον δὲ τὰ ἤθη (παραπλήσιον
γάρ ἐστιν καὶ ἐπὶ τῆς γραφικῆς· [1450β] εἰ γάρ
τις ἐναλείψειε τοῖς καλλίστοις φαρμάκοις
χύδην, οὐκ ἂν ὁμοίως εὐφράνειεν καὶ
λευκογραφήσας εἰκόνα)· ἔστιν τε μίμησις

Além disso, se um autor apresentar uma sequência de expressões plenas de caráter ético, bem construídas [30] no que tange à elocução e ao pensamento, nem por isso terá realizado a tarefa da tragédia; muito mais bem-sucedida será aquela na qual esses elementos forem menos presentes, tendo mantido, no entanto, o enredo e a trama dos fatos. Reunamos a isso o fato de os mais importantes meios, em função dos quais a tragédia conduz os ânimos,[75] estarem presentes no enredo, a saber: as [35] reviravoltas[76] e os reconhecimentos.

Eis ainda outro indício:[77] aqueles que se iniciam em poesia atingem a proficiência em elocução e na formação dos caracteres antes de serem capazes de efetuar a trama dos fatos, tal como ocorreu com quase todos os poetas antigos.

Portanto, o enredo é o princípio, como que a alma, da tragédia; em segundo lugar [1450b] estão os caracteres (de fato, algo semelhante se passa com a pintura: pois se um pintor aplicasse aleatoriamente as mais belas cores[78] a uma superfície, o resultado não teria o mesmo encanto de uma imagem delineada em preto e branco).[79] A tragédia é a mi-

---

[75] O verbo *psykhagōgéō*, aqui empregado, significa originariamente "o ato de conduzir as almas" (para o Hades), e será mais tarde usado para designar a atividade pedagógica. Sigo a solução adotada por Eudoro de Souza.

[76] No original, *peripéteiai*, de onde vem o termo "peripécia" em português.

[77] Ou seja, outro indício da superioridade do enredo.

[78] No original, *pharmakós*, ou seja, o medicamento, a droga, a resina, a tintura, o filtro ("os mais belos filtros"), que traduzo aqui por "cores", remetendo diretamente ao trabalho do pintor.

[79] É apenas por aproximação que se chega aqui à imagem de um desenho delineado em preto e branco, isto é, com grande nitidez. O termo usado por Aristóteles remete à ideia de uma imagem delineada apenas em branco sobre um fundo escuro (*leucografia*), como era corrente na pintura dos vasos gregos antigos. A tradução por "em preto e branco" visa tornar mais clara a compreensão em português. De fato, o que importa é a com-

πράξεως καὶ διὰ ταύτην μάλιστα τῶν πραττόντων.

Τρίτον δὲ ἡ διάνοια· τοῦτο δέ [5] ἐστιν τὸ λέγειν δύνασθαι τὰ ἐνόντα καὶ τὰ ἁρμόττοντα, ὅπερ ἐπὶ τῶν λόγων τῆς πολιτικῆς καὶ ῥητορικῆς ἔργον ἐστίν· οἱ μὲν γὰρ ἀρχαῖοι πολιτικῶς ἐποίουν λέγοντας, οἱ δὲ νῦν ῥητορικῶς. Ἔστιν δὲ ἦθος μὲν τὸ τοιοῦτον ὃ

mese de uma ação e, sobretudo por causa da ação, a mimese de homens que agem.[80]

Em terceiro lugar temos o pensamento, que consiste na capacidade [5] de dizer o que é pertinente e adequado; o que equivale, no que tange aos discursos, à tarefa da política e da retórica, pois, com efeito, os antigos poetas faziam falar as personagens na condição de políticos, enquanto os de nossos dias os fazem falar como retóricos.[81] "Caráter" é a modali-

---

paração ao que se passa entre a construção do mito trágico e a constituição dos caracteres: o mito em primeiro lugar, os caracteres em segundo. A analogia é simples: o mito está para a leucografia assim como a pintura com cores está para a formação dos caracteres. Aristóteles enfatiza, portanto, a importância do enredo sobre a caracterização das personagens. No caso da tragédia, a opinião do autor é clara: o enredo toma a vez do traçado, em "preto e branco", por onde o "colorido" dos caracteres se orienta ou mesmo se manifesta. A composição desse "quadro" não remete de forma alguma a uma crítica às tonalidades do colorido, mas à falta de adequação entre as cores e o traçado do desenho.

[80] Mais uma vez, Aristóteles realça a importância da ação sobre o agente no caso da tragédia. Segundo ele, a ação trágica por excelência seria aquela que comporta uma atitude nobre por parte do herói, que, no entanto, está suscetível à desmedida, vítima, muitas vezes, de um conjunto de ações anteriores que lhe determinam a condição e a ação. O caráter elevado do herói trágico é decerto um fator importante para Aristóteles, mas a ação não decorre da qualidade do caráter. Para o estagirita, é a ação que é primeira e, nesse sentido, anterior ao caráter. Édipo pode ter assassinado o próprio pai, e Medeia, por vingança e ciúme, os próprios filhos, mas a atitude diante da ação nefasta é que é fundamental para a composição do caráter, trabalhado, por assim dizer, pela ação. Não se trata, pois, do agente que determina a ação, mas, ao contrário, da ação que evoca e equivoca o agente. É na ação que o herói trágico erra e ignora o movimento das ações que o encerram.

[81] Sobre esta questão, ver a explicação de Dupont-Roc e Lallot (1980, p. 207, n. 15), que remete a duas tragédias nas quais se evidencia a divisão entre interesse político e interesse retórico. A reflexão ou o pensamento voltado para o discurso político (discurso de cidadania ou de exercício da cidadania) caracterizaria os antigos poetas dramáticos e a reflexão que orienta o discurso para a oratória caracterizaria os dramaturgos do tempo

δηλοῖ τὴν προαίρεσιν, ὁποία τις [ἐν οἷς οὐκ ἔστι δῆλον ἢ [10] προαιρεῖται ἢ φεύγει] διόπερ οὐκ ἔχουσιν ἦθος τῶν λόγων ἐν [10α] οἷς μηδ' ὅλως ἔστιν ὅ τι προαιρεῖται ἢ φεύγει ὁ λέγων διάνοια δὲ ἐν οἷς ἀποδεικνύουσί τι ὡς ἔστιν ἢ ὡς οὐκ ἔστιν ἢ καθόλου τι ἀποφαίνονται.

Τέταρτον δὲ †τῶν μὲν λόγων† ἡ λέξις· λέγω δέ, ὥσπερ πρότερον εἴρηται, λέξιν εἶναι τὴν διὰ τῆς ὀνομασίας ἑρμηνείαν, ὃ καὶ ἐπὶ τῶν ἐμμέτρων καὶ [15] ἐπὶ τῶν λόγων ἔχει τὴν αὐτὴν δύναμιν.

Τῶν δὲ λοιπῶν ἡ μελοποιία μέγιστον τῶν ἡδυσμάτων, ἡ δὲ ὄψις ψυχαγωγικὸν μέν, ἀτεχνότατον δὲ καὶ ἥκιστα οἰκεῖον τῆς ποιητικῆς· ἡ γὰρ τῆς

dade de pronunciamento em que se pode manifestar uma escolha qualificada — eis por que não há caráter em discursos nos quais não se manifesta absolutamente uma escolha ou que escapa [10] a tal tarefa. Há pensamento quando se demonstra algo tal como é, ou como não é, ou quando se enuncia algo de universal.

Das partes mencionadas, a quarta, †no que tange à linguagem†, é a elocução. Entendo por "elocução", como disse,[82] a manifestação de sentido[83] que ocorre em função da escolha das palavras, e que possui a mesma efetividade quer tratemos de versos [15] ou de prosa.

No que tange às partes que restam, a melopeia[84] é o maior dos ornamentos,[85] enquanto o efeito visual do espetáculo cênico, embora fortemente capaz de conduzir os ânimos, é o menos afeito à arte e o menos próprio à poética aqui

---

em que viveu Aristóteles. Como política e retórica se conjugam, e a retórica é a técnica ou a arte do discurso político, é possível que Aristóteles, ao admitir a distinção entre os poetas antigos e os de seu tempo, estivesse apenas se referindo a uma certa menos-valia dos "atuais", preocupados sobretudo com a vitória no campo do discurso, em detrimento da aplicação objetiva. Os poetas "atuais" seriam mais "teóricos", na medida em que vulgarmente se opõe teoria à prática, reflexão à ação. As tragédias citadas por Dupont-Roc e Lallot são *Antígona*, de Sófocles, em que se evidencia o conflito ético-político da personagem central, e *As Troianas*, de Eurípides, que se reporta ao uso mais formal das "querelas" retóricas.

[82] Aristóteles se refere à definição anterior de *léxis*, em 1449b34.

[83] *Hermēneía*, ou seja, "interpretação", que traduzo por "manifestação do sentido".

[84] Na Grécia antiga, entende-se por "melopeia" o tratado de composição, ou seja, o conjunto dos princípios e regras que regem a composição de melodias. Muitos tradutores preferem verter *melopoíia* por "canto" (*mélos*).

[85] No original, *mégiston tōn hēdysmátōn*: "o mais importante (o maior) dos ornamentos" (encantamentos ou embelezamentos), sempre acentuando o sentido de fruição (prazerosa). Else prefere traduzir por "the greatest of the sensous attractions".

τραγῳδίας δύναμις καὶ ἄνευ ἀγῶνος καὶ ὑποκριτῶν ἔστιν, ἔτι δὲ κυριωτέρα περὶ τὴν ἀπεργασίαν [20] τῶν ὄψεων ἡ τοῦ σκευοποιοῦ τέχνη τῆς τῶν ποιητῶν ἐστιν.

Διωρισμένων δὲ τούτων, λέγωμεν μετὰ ταῦτα ποίαν τινὰ δεῖ τὴν σύστασιν εἶναι τῶν πραγμάτων, ἐπειδὴ τοῦτο καὶ πρῶτον καὶ μέγιστον τῆς τραγῳδίας ἐστίν. Κεῖται δὴ ἡμῖν τὴν τραγῳδίαν τελείας καὶ ὅλης πράξεως εἶναι

exposta. De fato, a força da tragédia pode ser verificada sem o benefício do concurso público e da ação efetiva dos atores;[86] além disso, para a completude dos efeitos visuais do espetáculo cênico, a arte do cenógrafo é mais decisiva que a dos poetas. [20]

[7. Princípios gerais do enredo trágico]

Uma vez definidas essas partes,[87] falemos, em continuidade, sobre qual deve ser a trama dos fatos, pois esse é o elemento primeiro, e o mais importante, da tragédia. Ficou estabelecido[88] que a tragédia é a mimese de uma ação conduzida a seu termo, formando um todo e tendo certa exten-

---

[86] No original, *áneu agōnos kaì hypokritōn*. Trata-se, sem dúvida, de uma das afirmações mais polêmicas e mal compreendidas de Aristóteles. Ela se justifica, entretanto, quando se pensa que o estagirita procura aqui restringir o âmbito de entendimento da arte poética, valorizando a construção do mito ou da história (a ação), a formação das personagens e sua respectiva caracterização, a expressão ou elocução poética e o pensamento veiculado. Em momento algum Aristóteles afirma que o elemento visual/cênico e o melódico não tomam parte na construção da tragédia, muito embora a experiência trágica esteja, para ele, garantida mesmo sem o espetáculo visual e o trabalho efetivo dos atores. Ele parece dizer, no entanto, que a arte poética (ou a arte poético-mimética, como preferem alguns tradutores) é, sobretudo, aquela que remete à formação do texto (diálogo dramático, caracterização das personagens, elocução e pensamento). Nada impede a referência a uma poética musical ou mesmo a uma poética cenográfica, mas a música e a cenografia necessitam de conhecimentos específicos que a *Poética* proposta por Aristóteles não chega a abordar. A técnica relativa à construção de cenários, o posicionamento dos atores em cena (a interpretação *in loco*) e o conteúdo musical específico, já em sua época objeto de tratados de harmonia, parecem não pertencer diretamente ao âmbito das questões tratadas pela *Poética* (embora constituam também, para o autor, partes da tragédia).

[87] Cf. seção 6, 1450a15.
[88] Cf. seção 6, 1540b24-5.

[25] μίμησιν ἐχούσης τι μέγεθος· ἔστιν γὰρ ὅλον καὶ μηδὲν ἔχον μέγεθος.

Ὅλον δέ ἐστιν τὸ ἔχον ἀρχὴν καὶ μέσον καὶ τελευτήν. Ἀρχὴ δέ ἐστιν ὃ αὐτὸ μὲν μὴ ἐξ ἀνάγκης μετ' ἄλλο ἐστίν, μετ' ἐκεῖνο δ' ἕτερον πέφυκεν εἶναι ἢ γίνεσθαι· τελευτὴ δὲ τοὐναντίον ὃ αὐτὸ μὲν μετ' ἄλλο πέφυκεν εἶναι ἢ [30] ἐξ ἀνάγκης ἢ ὡς ἐπὶ τὸ πολύ, μετὰ δὲ τοῦτο ἄλλο οὐδέν· μέσον δὲ ὃ καὶ αὐτὸ μετ' ἄλλο καὶ μετ' ἐκεῖνο ἕτερον. Δεῖ ἄρα τοὺς συνεστῶτας εὖ μύθους μήθ' ὁπόθεν ἔτυχεν ἄρχεσθαι μήθ' ὅπου ἔτυχε τελευτᾶν, ἀλλὰ κεχρῆσθαι ταῖς εἰρημέναις ἰδέαις.

Ἔτι δ' ἐπεὶ τὸ καλὸν καὶ ζῷον καὶ ἅπαν [35] πρᾶγμα ὃ συνέστηκεν ἐκ τινῶν οὐ μόνον ταῦτα τεταγμένα δεῖ ἔχειν ἀλλὰ καὶ μέγεθος ὑπάρχειν μὴ τὸ τυχόν· τὸ γὰρ καλὸν ἐν μεγέθει καὶ τάξει ἐστίν, διὸ οὔτε πάμμικρον ἄν τι γένοιτο καλὸν ζῷον (συγχεῖται γὰρ ἡ θεωρία ἐγγὺς τοῦ ἀναισθήτου χρόνου γινομένη) οὔτε παμμέγεθες [1451a] (οὐ γὰρ ἅμα ἡ θεωρία γίνεται ἀλλ' οἴχεται τοῖς θεωροῦσι τὸ ἓν καὶ τὸ ὅλον ἐκ τῆς θεωρίας) οἷον εἰ μυρίων

são; pois é possível constituir um todo sem que se atinja qualquer extensão devida. [25]

"Todo" é o que possui começo, meio e fim. "Começo" é o que em si não é, por necessidade, antecedido de outro, mas após o qual algo de diferente naturalmente existe ou se manifesta; ao contrário, "fim" é o que naturalmente é antecedido, por necessidade ou na maior parte dos casos, de outro, mas após o qual [30] nada advém;[89] "meio" é o que em si vem após outro e após o qual algo de diferente advém. Assim, os enredos bem compostos não devem nem começar nem terminar em função de um ponto escolhido ao acaso, mas se conformar às ideias aqui mencionadas.

Além disso, uma vez que é belo, seja um ser vivente, seja qualquer coisa que resulte da composição das partes, não deve ter suas partes submetidas apenas a uma [35] certa ordem, mas também a uma extensão que não seja fruto do acaso; de fato, o belo se encontra na extensão e na ordenação, eis por que um ser vivente não seria belo se fosse muito pequeno (pois a visão se confunde na duração que se constitui de modo imperceptível), assim como também não o seria se fosse muito grande (pois a visão não se constituiria numa única visada, escapando à percepção dos [1451a] espectadores a unidade e a totalidade),[90] tal como ocorreria no caso de

---

[89] No original, literalmente: "após o qual não há nada (de outro)". O uso de "advir" aqui tem a intenção de produzir a ideia de continuidade e de sequência temporal, pois o "todo" — com começo, meio e fim — é justamente o que remete à ideia de ordenação temporal, ao contrário da noção de "extensão", desenvolvida por Aristóteles a seguir, mais relacionada à espacialidade, embora esta também diga respeito ao tempo. Em 1450b38-9, Aristóteles afirma que a percepção de determinada extensão "se confunde na duração {khrónos} que se constitui de modo imperceptível".

[90] Sigo os parênteses propostos na edição de Kassel.

σταδίων εἴη ζῷον· ὥστε δεῖ καθάπερ ἐπὶ τῶν σωμάτων καὶ ἐπὶ τῶν ζῴων ἔχειν μὲν μέγεθος, τοῦτο δὲ εὐσύνοπτον εἶναι, οὕτω [5] καὶ ἐπὶ τῶν μύθων ἔχειν μὲν μῆκος, τοῦτο δὲ εὐμνημόνευτον εἶναι.

Τοῦ δὲ μήκους ὅρος <ὁ> μὲν πρὸς τοὺς ἀγῶνας καὶ τὴν αἴσθησιν οὐ τῆς τέχνης ἐστίν· εἰ γὰρ ἔδει ἑκατὸν τραγῳδίας ἀγωνίζεσθαι, πρὸς κλεψύδρας ἂν ἠγωνίζοντο, †ὥσπερ ποτὲ καὶ ἄλλοτέ φασιν†. Ὁ δὲ κατ' αὐτὴν τὴν [10] φύσιν τοῦ πράγματος ὅρος, ἀεὶ μὲν ὁ μείζων μέχρι τοῦ σύνδηλος εἶναι καλλίων ἐστὶ κατὰ τὸ μέγεθος· ὡς δὲ ἁπλῶς διορίσαντας εἰπεῖν, ἐν ὅσῳ μεγέθει κατὰ τὸ εἰκὸς ἢ τὸ ἀναγκαῖον ἐφεξῆς γιγνομένων συμβαίνει εἰς εὐτυχίαν ἐκ δυστυχίας ἢ ἐξ εὐτυχίας εἰς δυστυχίαν μεταβάλλειν, ἱκανὸς [15] ὅρος ἐστὶν τοῦ μεγέθους.

Μῦθος δ' ἐστὶν εἷς οὐχ ὥσπερ τινὲς οἴονται ἐὰν περὶ ἕνα ᾖ· πολλὰ γὰρ καὶ ἄπειρα τῷ ἑνὶ συμβαίνει, ἐξ ὧν ἐνίων οὐδέν

um ser que medisse dez mil estádios.[91] Segue-se que tal como os corpos e os seres viventes devem ter certa extensão, e esta apreensível num único espectro da visão, assim também os enredos devem possuir certa extensão,[92] e esta bem apreensível [5] pela memória.

O limite da extensão, se levamos em conta as condições dos concursos dramáticos e a impressão causada no espectador, não diz respeito à arte poética; pois se fosse preciso apresentar cem tragédias, apresentar-se-iam em função de um tempo marcado pela clepsidra, †como dizem que acontecia, de quando em quando, em outras épocas.† Segundo o limite que se ajusta à própria natureza [10] do fato descrito, desde que mantida a clareza do conjunto, o mais longo é sempre o mais belo quanto à extensão. Para fixar uma regra simples, podemos dizer que a extensão na qual se pode expressar a passagem da adversidade à prosperidade ou da prosperidade à adversidade em uma sequência de acontecimentos que se mantêm unidos segundo a verossimilhança ou a necessidade nos fornece um parâmetro [15] satisfatório para a extensão.

[8. A unidade da ação]

A unidade do enredo não se forma, como creem alguns, do fato de apresentar um único herói;[93] pois há muitos e variados acontecimentos, reunidos em torno de um só herói,

---

[91] O estádio era a mais longa medida linear grega, correspondendo aproximadamente a 180 metros.

[92] De fato, Aristóteles não emprega aqui o termo *mégêthos*, que traduzo por "extensão", e sim *mékos*, que considerei, no caso, sinônimo de *mégêthos*.

[93] Ou seja, a unidade da personagem (do herói) não constitui condição suficiente ou mesmo necessária para a unidade do mito.

ἐστιν ἕν· οὕτως δὲ καὶ πράξεις ἑνὸς πολλαί εἰσιν, ἐξ ὧν μία οὐδεμία γίνεται πρᾶξις. Διὸ πάντες ἐοίκασιν [20] ἁμαρτάνειν ὅσοι τῶν ποιητῶν Ἡρακληίδα Θησηίδα καὶ τὰ τοιαῦτα ποιήματα πεποιήκασιν· οἴονται γάρ, ἐπεὶ εἷς ἦν ὁ Ἡρακλῆς, ἕνα καὶ τὸν μῦθον εἶναι προσήκειν. Ὁ δ' Ὅμηρος ὥσπερ καὶ τὰ ἄλλα διαφέρει καὶ τοῦτ' ἔοικεν καλῶς ἰδεῖν, ἤτοι διὰ τέχνην ἢ διὰ φύσιν· Ὀδύσσειαν [25] γὰρ ποιῶν οὐκ ἐποίησεν ἅπαντα ὅσα αὐτῷ συνέβη, οἷον πληγῆναι μὲν ἐν τῷ Παρνασσῷ, μανῆναι δὲ προσποιήσασθαι ἐν τῷ ἀγερμῷ, ὧν οὐδὲν θατέρου γενομένου ἀναγκαῖον ἦν ἢ εἰκὸς θάτερον γενέσθαι, ἀλλὰ περὶ μίαν πρᾶξιν οἵαν λέγομεν τὴν Ὀδύσσειαν συνέστησεν, ὁμοίως δὲ καὶ τὴν [30] Ἰλιάδα. Χρὴ οὖν, καθάπερ καὶ ἐν ταῖς ἄλλαις μιμητικαῖς ἡ μία μίμησις ἑνός ἐστιν, οὕτω καὶ τὸν μῦθον, ἐπεὶ πράξεως μίμησίς ἐστι, μιᾶς τε εἶναι καὶ ταύτης ὅλης, καὶ τὰ μέρη συνεστάναι τῶν πραγμάτων οὕτως ὥστε μετατιθεμένου τινὸς μέρους ἢ ἀφαιρουμένου διαφέρεσθαι καὶ κινεῖσθαι τὸ ὅλον· ὃ γὰρ προσὸν [35] ἢ μὴ προσὸν μηδὲν ποιεῖ ἐπίδηλον, οὐδὲν μόριον τοῦ ὅλου ἐστίν.

Φανερὸν δὲ ἐκ τῶν εἰρημένων καὶ ὅτι οὐ τὸ τὰ γενόμενα λέγειν, τοῦτο ποιητοῦ ἔργον ἐστίν, ἀλλ' οἷα ἂν γένοιτο καὶ τὰ δυνατὰ κατὰ τὸ εἰκὸς ἢ τὸ

que não constituem qualquer unidade. Assim, um mesmo herói pode realizar muitas ações sem que se estabeleça uma ação única. Por isso parecem errar [20] todos os poetas que compuseram uma *Heracleida* ou uma *Teseida* ou outros poemas do mesmo gênero, por entenderem que, sendo Héracles um único personagem, uma tal unidade deveria também se dar no enredo. Porém Homero, que se distingue em todos os aspectos, também quanto a essa questão parece ter visto com clareza, graças à sua arte ou à sua habilidade natural [25], pois, tendo composto a *Odisseia*, não descreveu em versos o conjunto de tudo o que ocorreu a Ulisses, como o ferimento que sofreu nas encostas do Parnaso ou a loucura que simulou quando os gregos se reuniam; pois o fato de se realizar um desses dois eventos não era determinante, por necessidade ou verossimilhança, para a manifestação do outro — como dizemos, Homero compôs a *Odisseia* em torno de uma ação una, e de igual modo a *Ilíada*. Assim, tal como em [30] outras artes miméticas, é necessário que haja mimese de um único evento, como ocorre com o enredo, que é a mimese de uma ação, ou seja, de uma ação única e que forma um todo; desse modo, as partes, que constituem os acontecimentos ocorridos, devem ser compostas de tal modo que a reunião ou a exclusão de uma delas diferencie e modifique a ordem do todo. De fato, aquilo que é acrescido ou suprimido sem que se produza qualquer consequência apreensível não é parte do todo. [35]

[9. Poesia e história]

Também fica evidente, a partir do que foi dito, que a tarefa do poeta não é a de dizer o que de fato ocorreu, mas o que é possível e poderia ter ocorrido segundo a verossimilhança[94]

---

[94] "Verossimilhança" no sentido de "probabilidade".

ἀναγκαῖον. Ὁ γὰρ ἱστορικὸς καὶ ὁ ποιητὴς οὐ τῷ ἢ ἔμμετρα λέγειν ἢ ἄμετρα διαφέρουσιν [1451β] (εἴη γὰρ ἂν τὰ Ἡροδότου εἰς μέτρα τεθῆναι καὶ οὐδὲν ἧττον ἂν εἴη ἱστορία τις μετὰ μέτρου ἢ ἄνευ μέτρων)· ἀλλὰ τούτῳ διαφέρει, τῷ τὸν μὲν τὰ γενόμενα [5] λέγειν, τὸν δὲ οἷα ἂν γένοιτο. Διὸ καὶ φιλοσοφώτερον καὶ σπουδαιότερον ποίησις ἱστορίας ἐστίν· ἡ μὲν γὰρ ποίησις μᾶλλον τὰ καθόλου, ἡ δ' ἱστορία τὰ καθ' ἕκαστον λέγει. Ἔστιν δὲ καθόλου μέν, τῷ ποίῳ τὰ ποῖα ἄττα συμβαίνει λέγειν ἢ πράττειν κατὰ τὸ εἰκὸς ἢ τὸ ἀναγκαῖον, οὗ [10] στοχάζεται ἡ ποίησις ὀνόματα ἐπιτιθεμένη· τὸ δὲ καθ' ἕκαστον, τί Ἀλκιβιάδης ἔπραξεν ἢ τί ἔπαθεν.

Ἐπὶ μὲν οὖν τῆς κωμῳδίας ἤδη τοῦτο δῆλον γέγονεν· συστήσαντες γὰρ τὸν μῦθον διὰ τῶν εἰκότων οὕτω τὰ τυχόντα ὀνόματα ὑποτιθέασιν, καὶ οὐχ ὥσπερ οἱ ἰαμβοποιοὶ περὶ τὸν καθ'

ou a necessidade. Com efeito, o historiador [1451b] e o poeta diferem entre si não por descreverem os eventos em versos ou em prosa (poder-se-iam apresentar os relatos de Heródoto em versos, pois não deixariam de ser relatos históricos por se servirem ou não dos recursos da metrificação), mas porque um se refere aos eventos que de fato ocorreram, enquanto o outro aos que poderiam ter ocorrido. [5] Eis por que a poesia é mais filosófica e mais nobre do que a história: a poesia se refere, de preferência, ao universal; a história, ao particular. Universal é o que se apresenta a tal tipo de homem que fará ou dirá tal tipo de coisa em conformidade com a verossimilhança ou a necessidade; eis ao que a poesia visa, muito embora atribua nomes às personagens. Particular [10] é o que fez Alcibíades ou o que lhe aconteceu.[95]

Quanto à comédia, tal orientação[96] é evidente desde o início, pois nela o enredo é composto em função de fatos verossimilhantes, atribuindo-se nomes às personagens de modo arbitrário e não como os poetas iâmbicos,[97] que se referem

---

[95] Aristóteles emprega dois verbos no aoristo: *épraxen* e *épathen*. O aoristo indica a ação pura e simples, sem considerar a duração. Considera, portanto, como Alcibíades agiu (*práxis*) e sofreu (*páthos*), ou seja, o modo particular de agir que caracterizou um momento específico da vida de Alcibíades e o modo particular com o qual ele sofreu certa afecção/paixão.

[96] Isto é, a orientação que remete ao caráter universal da poesia.

[97] Na poesia iâmbica, tal como na poesia lírica (qualificação criada durante o período helenístico), o poeta fala diretamente ao ouvinte; o acontecimento se refere, portanto, à experiência particular. A poesia iâmbica se caracterizava pelo tom pessoal, pela expressão poética da alegria do viver e pela sátira, o que a distanciava da poesia épica e da elegia, de caráter mais trágico. A relação da poesia iâmbica com a comédia não se dá — eis o que podemos concluir da frase de Aristóteles — em função do acontecimento verossímil mimetizado —, mas pelo emprego da métrica iâmbica, mais próxima da fala do que os dáctilos (hexâmetros) épicos. O metro mais usado era o trímetro iâmbico, e os principais representantes da poesia iâmbica são Arquíloco de Paros, Semônides de Amorgos e Hipônax de Éfeso.

ἕκαστον [15] ποιοῦσιν. Ἐπὶ δὲ τῆς τραγῳδίας τῶν γενομένων ὀνομάτων ἀντέχονται. Αἴτιον δ' ὅτι πιθανόν ἐστι τὸ δυνατόν· τὰ μὲν οὖν μὴ γενόμενα οὔπω πιστεύομεν εἶναι δυνατά, τὰ δὲ γενόμενα φανερὸν ὅτι δυνατά· οὐ γὰρ ἂν ἐγένετο, εἰ ἦν ἀδύνατα. Οὐ μὴν ἀλλὰ καὶ ἐν ταῖς τραγῳδίαις ἐν ἐνίαις μὲν ἓν [20] ἢ δύο τῶν γνωρίμων ἐστὶν ὀνομάτων, τὰ δὲ ἄλλα πεποιημένα, ἐν ἐνίαις δὲ οὐθέν, οἷον ἐν τῷ Ἀγάθωνος Ἀνθεῖ· ὁμοίως γὰρ ἐν τούτῳ τά τε πράγματα καὶ τὰ ὀνόματα πεποίηται, καὶ οὐδὲν ἧττον εὐφραίνει. Ὥστ' οὐ πάντως εἶναι ζητητέον τῶν παραδεδομένων μύθων, περὶ οὓς αἱ τραγῳδίαι εἰσίν, [25] ἀντέχεσθαι. Καὶ γὰρ γελοῖον τοῦτο ζητεῖν, ἐπεὶ καὶ τὰ γνώριμα ὀλίγοις γνώριμά ἐστιν, ἀλλ' ὅμως εὐφραίνει πάντας.

Δῆλον οὖν ἐκ τούτων ὅτι τὸν ποιητὴν μᾶλλον τῶν μύθων εἶναι δεῖ ποιητὴν ἢ τῶν μέτρων, ὅσῳ ποιητής κατὰ τὴν μίμησίν ἐστιν, μιμεῖται δὲ τὰς πράξεις. Κἂν ἄρα συμβῇ [30]

ao indivíduo particular. Na tragédia, no entanto, os autores se limitam aos nomes [15] existentes. A causa disso é que o possível determina a persuasão. Ora, as coisas que não ocorreram, nós ainda não acreditamos que sejam possíveis; as que ocorreram, é evidente que são possíveis, pois não teriam acontecido se fossem impossíveis. No entanto, em algumas tragédias apenas um ou dois nomes são conhecidos, os outros são inventados[98] [20] e em algumas não há nem ao menos um; como ocorre no *Antheu* de Agáthon,[99] em que as ações realizadas e os nomes atribuídos são igualmente inventados sem que isso diminua o encanto da peça. Assim não é necessário procurar, em todos os casos, ater-se aos mitos tradicionais que constituem o objeto de nossas tragédias. Limitar-se a tal procura seria risível, [25] pois os mitos conhecidos são conhecidos por poucos, e ainda assim agradam[100] a todos.

Do que foi dito até então fica evidente que o poeta deve ser antes o artífice de enredos do que de versos, pois é poeta em virtude da mimese e porque elabora a mimese de ações. Então, mesmo quando compõe em função de eventos que de

---

[98] O verbo usado por Aristóteles é *pepoiēména*, particípio de *poiéō*, que pode ser traduzido por "construído poeticamente".

[99] O ateniense Agáthon (século V a.C.) redigiu um número considerável de tragédias. Ele pode ser considerado o dramaturgo grego mais importante depois de Ésquilo, Sófocles e Eurípides. De suas tragédias nos chegaram apenas fragmentos. Obteve o primeiro prêmio no concurso dos Lenéanos em 316 a.C e, no dia seguinte à vitória, ofereceu um banquete que inspirou Platão a redigir o *Simpósion* (*O Banquete*). Nesse diálogo, Platão o menciona como um homem culto que procura dissimular sua vaidade profissional (194b) apresentando-se como "homem virtuoso". Perde, no entanto, a boa medida quando percebe que a sua definição do amor não se sustenta diante das investidas de Sócrates.

[100] De fato, trata-se aqui do mesmo verbo, *euphraínō*, que traduzo ora por "charme" (diminuir o charme), ora por "agradar" (encantar). O termo remete, sem dúvida, à questão do prazer produzido pela atividade mimética. Halliwell (1995, p. 61) e Else (1967, p. 14) traduzem por "prazer" ("pleasure").

γενόμενα ποιεῖν, οὐθὲν ἧττον ποιητής ἐστι· τῶν γὰρ γενομένων ἔνια οὐδὲν κωλύει τοιαῦτα εἶναι οἷα ἂν εἰκὸς γενέσθαι [καὶ δυνατὰ γενέσθαι], καθ' ὃ ἐκεῖνος αὐτῶν ποιητής ἐστιν.

 Τῶν δὲ ἁπλῶν μύθων καὶ πράξεων αἱ ἐπεισοδιώδεις εἰσὶν χείρισται· λέγω δ' ἐπεισοδιώδη μῦθον ἐν ᾧ τὰ [35] ἐπεισόδια μετ' ἄλληλα οὔτ' εἰκὸς οὔτ' ἀνάγκη εἶναι. Τοιαῦται δὲ ποιοῦνται ὑπὸ μὲν τῶν φαύλων ποιητῶν δι' αὐτούς, ὑπὸ δὲ τῶν ἀγαθῶν διὰ τοὺς ὑποκριτάς· ἀγωνίσματα γὰρ ποιοῦντες καὶ παρὰ τὴν δύναμιν παρατείνοντες τὸν μῦθον πολλάκις διαστρέφειν ἀναγκάζονται τὸ ἐφεξῆς. [1452α] Ἐπεὶ δὲ οὐ μόνον τελείας ἐστὶ πράξεως ἡ μίμησις ἀλλὰ καὶ φοβερῶν καὶ

fato ocorreram, nem por isso é menos poeta [30]; pois nada impede que certos eventos, tendo de fato ocorrido, sejam de tal natureza que é verossímil [e possível] que tenham ocorrido: por isso mesmo, o autor de tais composições é poeta.

Dos enredos e ações simples os piores são aqueles compostos em episódios.[101] Entendo por enredos "episódicos" aqueles em que a sucessão de episódios não é determinada nem pela verossimilhança nem pela [35] necessidade. Tais peças são compostas por maus poetas, por causa de suas próprias faltas; e por bons poetas, na medida em que se preocupam com os atores: compondo peças para concursos e prolongando o enredo além do limite possível,[102] são, com frequência, constrangidos[103] a romper com a sequência das ações. [1452a] Uma vez que a mimese tem por finalidade não apenas a ação conduzida a seu termo, mas também os acontecimentos que suscitam o pavor e a compaixão,[104] e que tais

---

[101] Como esclarece Magnien (1990, p. 164, n. 10), Aristóteles entende aqui o "episódio" como "uma aventura secundária reunida à ação central com o objetivo de amplificar ou ornamentar, mas sem necessidade interna".

[102] Para além do limite que comporta a ação descrita.

[103] São obrigados ou mesmo forçados, por causa da introdução abusiva de ornamentos e ampliações — provavelmente bem explorados pelos atores —, a distorcer o nexo necessário ou verossímil que Aristóteles acredita existir entre as ações descritas.

[104] *Phóbos* e *éleos*, termos que costumam ser traduzidos também por "terror" e "piedade"; em Halliwell, "fearful" e "pitiable", em Else, "fear" e "pity" e em Dupont-Roc e Lallot, "frayeur" e "pitié". Não é fácil encontrar soluções de tradução, em português, para essas duas palavras tão importantes para a determinação do trágico em Aristóteles. "Terror" poderia remeter a determinações exageradas, como o "terror" que está subentendido na expressão "filme de terror". De fato, a palavra utilizada por Aristóteles remete ao pavor que acomete ator e público no momento exato, por exemplo, em que Édipo se descobre como parricida e incestuoso. Seria bom se tivéssemos uma palavra que estivesse a meio caminho entre medo e terror. Optei por "pavor", mas não sem hesitação. Quanto ao uso

ἐλεεινῶν, ταῦτα δὲ γίνεται καὶ μάλιστα [καὶ μᾶλλον] ὅταν γένηται παρὰ τὴν δόξαν δι' ἄλληλα· τὸ γὰρ θαυ [5] μαστὸν οὕτως ἕξει μᾶλλον ἢ εἰ ἀπὸ τοῦ αὐτομάτου καὶ τῆς τύχης, ἐπεὶ καὶ τῶν ἀπὸ τύχης ταῦτα θαυμασιώτατα δοκεῖ ὅσα ὥσπερ ἐπίτηδες φαίνεται γεγονέναι, οἷον ὡς ὁ ἀνδριὰς ὁ τοῦ Μίτυος ἐν Ἄργει ἀπέκτεινεν τὸν αἴτιον τοῦ θανάτου τῷ Μίτυι, θεωροῦντι ἐμπεσών· ἔοικε γὰρ τὰ τοιαῦτα [10] οὐκ εἰκῇ γίνεσθαι· ὥστε ἀνάγκη τοὺς τοιούτους εἶναι καλλίους μύθους.

Εἰσὶ δὲ τῶν μύθων οἱ μὲν ἁπλοῖ οἱ δὲ πεπλεγμένοι· καὶ γὰρ αἱ πράξεις ὧν μιμήσεις οἱ μῦθοί εἰσιν ὑπάρχουσιν εὐθὺς οὖσαι τοιαῦται. Λέγω δὲ ἁπλῆν μὲν πρᾶξιν ἧς [15] γινομένης ὥσπερ ὥρισται συνεχοῦς καὶ μιᾶς ἄνευ περιπετείας ἢ ἀναγνωρισμοῦ ἡ

emoções, uma após a outra, se realizam, sobretudo, contra nossa expectativa,[105] segue-se que os enredos desse tipo são necessariamente os mais belos: de fato, o assombro terá maior efeito nesse caso do que [5] se surgisse espontaneamente ou em função do acaso; pois, mesmo entre os acontecimentos que são considerados frutos do acaso, os mais aptos a produzir assombro são aqueles que parecem ocorrer propositalmente[106] — como ocorreu com a estátua de Mítis, em Argos, tomada como a causa da morte daquele que matou o próprio Mítis, caindo-lhe sobre a cabeça quando este a contemplava —, pois tal conjunto de fatos não [10] parece ocorrer por acaso.

[10. Enredos simples e complexos]

Dos enredos, uns são simples, outros complexos, pois também as ações, cujos enredos mimetizam, possuem, efetivamente, essas mesmas características. Entendo por "simples" a ação que ocorre, como se definiu,[107] de modo contínuo e uno, mas sem [15] que se dê, no que tange à modificação[108] da ação, reviravolta ou reconhecimento; por "comple-

---

de "compaixão" para traduzir *éleos*, pareceu-me também uma solução possível, na medida em que tento com isso evitar as conotações religiosas hodiernas suscitadas pelo uso de "piedade".

[105] No original, *dóxa*, que traduzo aqui por *expectativa* e não por *opinião*. Do grego *parà tēn dóxan*, "contra a opinião ou a expectativa corrente".

[106] Isto é, ocorrem propositalmente, sem que se possa esperar por um tal desfecho.

[107] Aristóteles se refere, provavelmente, à seção 7 (1451a10): "Para fixar uma regra simples [...] a passagem (transformação) da adversidade à prosperidade ou da prosperidade à adversidade constitui um limite/parâmetro suficiente".

[108] *Metábasis* significa apenas a passagem de um ponto a outro, e

μετάβασις γίνεται, πεπλεγμένην δὲ ἐξ ἧς μετὰ ἀναγνωρισμοῦ ἢ περιπετείας ἢ ἀμφοῖν ἡ μετάβασίς ἐστιν. Ταῦτα δὲ δεῖ γίνεσθαι ἐξ αὐτῆς τῆς συστάσεως τοῦ μύθου, ὥστε ἐκ τῶν προγεγενημένων συμβαίνειν [20] ἢ ἐξ ἀνάγκης ἢ κατὰ τὸ εἰκὸς γίγνεσθαι ταῦτα· διαφέρει γὰρ πολὺ τὸ γίγνεσθαι τάδε διὰ τάδε ἢ μετὰ τάδε.

Ἔστι δὲ περιπέτεια μὲν ἡ εἰς τὸ ἐναντίον τῶν πραττομένων μεταβολὴ καθάπερ εἴρηται, καὶ τοῦτο δὲ ὥσπερ λέγομεν κατὰ τὸ εἰκὸς ἢ ἀναγκαῖον, οἷον ἐν τῷ [25] Οἰδίποδι ἐλθὼν ὡς εὐφρανῶν τὸν Οἰδίπουν καὶ ἀπαλλάξων τοῦ πρὸς τὴν μητέρα φόβου, δηλώσας ὃς ἦν, τοὐναντίον ἐποίησεν· καὶ ἐν τῷ Λυγκεῖ ὁ μὲν ἀγόμενος ὡς ἀποθανούμενος, ὁ δὲ Δαναὸς ἀκολουθῶν ὡς ἀποκτενῶν, τὸν μὲν συνέβη ἐκ τῶν πεπραγμένων ἀποθανεῖν, τὸν δὲ σωθῆναι.

Ἀναγνώρισις [30] δέ, ὥσπερ καὶ τοὔνομα σημαίνει, ἐξ ἀγνοίας εἰς γνῶσιν μεταβολή, ἢ εἰς φιλίαν ἢ εἰς ἔχθραν, τῶν πρὸς

xa", aquela em que a modificação se faz por meio ou do reconhecimento, ou da reviravolta, ou de ambas. Tudo isso deve ocorrer a partir da própria composição do enredo, de tal modo que as ações reunidas tenham uma proveniência e que ocorram ou por necessidade ou segundo a verossimilhança; pois há muita diferença [20] em dizer que tal acontecimento ocorre por causa de outro ou meramente depois de outro.

[11. A reviravolta e o reconhecimento]

Reviravolta, conforme dissemos,[109] é a modificação que determina a inversão das ações,[110] e esta deve se dar, retomando nossa fórmula, segundo o verossímil ou o necessário; como ocorre no *Édipo*: o mensageiro chega pensando que vai reconfortar Édipo [25] e libertá-lo do pavor que sente em face de sua mãe, mas, à medida que revela quem de fato era Édipo, produz, justamente, o inverso; e no *Linceu*: uma personagem é conduzida à morte e Danau a acompanha para matá-la, mas o conjunto das ações decorridas fez Danau morrer, enquanto a outra personagem se salvou.

Reconhecimento, como o próprio nome indica, [30] é a modificação que faz passar da ignorância ao conhecimento, modificação que ocorre na direção da amizade ou da hosti-

---

Aristóteles assinala aqui a passagem que se dá em função da reversão, modificação ou transformação da ação, por meio da reviravolta (*peripéteia*) e do reconhecimento (*anagnórisis*). Apenas o contexto em que o termo é empregado permite compreender *metábasis* como movimento de transformação, de modificação ou mesmo de reversão da ação (da fortuna).

[109] Cf. seções 7 (1451a13-5) e 9 (1452a).

[110] Tenho adotado por critério diferenciar *práxis*, que traduzo por "ação", de *prâgma*, que traduzo por "acontecimento" (fato). O particípio de *prássō* justifica a tradução proposta: ações, a inversão (*enantíon*) ou a reversão das ações.

εὐτυχίαν ἢ δυστυχίαν ὡρισμένων· καλλίστη δὲ ἀναγνώρισις, ὅταν ἅμα περιπετείᾳ γένηται, οἷον ἔχει ἡ ἐν τῷ Οἰδίποδι. Εἰσὶν μὲν οὖν καὶ ἄλλαι ἀναγνωρίσεις· καὶ γὰρ πρὸς ἄψυχα καὶ [35] τὰ τυχόντα †ἐστὶν ὥσπερ εἴρηται συμβαίνει† καὶ εἰ πέπραγέ τις ἢ μὴ πέπραγεν ἔστιν ἀναγνωρίσαι. Ἀλλ' ἡ μάλιστα τοῦ μύθου καὶ ἡ μάλιστα τῆς πράξεως ἡ εἰρημένη ἐστίν· ἡ γὰρ τοιαύτη ἀναγνώρισις καὶ περιπέτεια ἢ ἔλεον ἕξει ἢ φόβον [1452β] (οἵων πράξεων ἡ τραγῳδία μίμησις ὑπόκειται), ἐπειδὴ καὶ τὸ ἀτυχεῖν καὶ τὸ εὐτυχεῖν ἐπὶ τῶν τοιούτων συμβήσεται. Ἐπεὶ δὴ ἡ ἀναγνώρισις τινῶν ἐστιν ἀναγνώρισις, αἱ μέν εἰσι θατέρου πρὸς τὸν ἕτερον μόνον, ὅταν ᾖ δῆλος ἅτερος [5] τίς ἐστιν, ὁτὲ δὲ ἀμφοτέρους δεῖ ἀναγνωρίσαι, οἷον ἡ μὲν Ἰφιγένεια τῷ Ὀρέστῃ ἀνεγνωρίσθη ἐκ τῆς πέμψεως τῆς ἐπιστολῆς, ἐκείνου δὲ πρὸς τὴν Ἰφιγένειαν ἄλλης ἔδει ἀναγνωρίσεως.

Δύο μὲν οὖν τοῦ μύθου μέρη ταῦτ' ἐστί, περιπέτεια [10] καὶ ἀναγνώρισις· τρίτον δὲ πάθος. Τούτων δὲ περιπέτεια μὲν καὶ ἀναγνώρισις εἴρηται, πάθος δέ ἐστι πρᾶξις

lidade, envolvendo a distinção entre o que diz respeito à prosperidade ou à adversidade. A mais bela modalidade de reconhecimento é a que se dá com a reviravolta, como ocorre no *Édipo*. Há ainda outras modalidades de reconhecimento, [35] †como se verifica em função do que dissemos†, que são aquelas referentes a objetos inanimados, quaisquer que sejam eles;[111] saber se o herói efetivou ou não uma ação também constitui matéria para o reconhecimento. Mas a que melhor convém ao enredo e à ação é a que enunciamos primeiramente: de fato, tal combinação entre reconhecimento e reviravolta nos conduzirá à compaixão [1452b] ou ao pavor (pois a tragédia é, como se estabeleceu por princípio, a mimese das ações que suscitam tais emoções); além disso, a adversidade e a prosperidade decorrerão de tais circunstâncias. Visto que o reconhecimento é o reconhecimento que se passa entre personagens, ou bem ocorre reconhecimento de apenas um pelo outro, quando a identidade do último é manifesta, ou bem é preciso que ocorra um reconhecimento [5] mútuo: Ifigênia, por exemplo, foi reconhecida por Orestes, em função do envio de uma carta; mas, para que Ifigênia o reconhecesse, foi preciso outro reconhecimento.

Estas são, portanto, as duas partes do enredo: reviravolta e reconhecimento; há ainda uma terceira: a comoção emocional.[112] Da [10] reviravolta e do reconhecimento já se falou; quanto à comoção emocional, trata-se de uma ação

---

[111] Como ocorre no *Íon*, de Eurípides, tragédia representada provavelmente em 415 a.C.: Íon encontra num berço determinados objetos que lhe permitirão reconhecer sua mãe, Creusa, no momento exato em que ele a mataria. Ocorre, portanto, uma modificação (transformação ou reversão) da ação, causada pela descoberta de elementos inanimados (os objetos de reconhecimento encontrados no berço).

[112] A multiplicidade de expressões propostas para verter o termo *páthos* é grande: "catástrofe", na versão portuguesa de Eudoro de Souza; "événement pathétique", nas versões francesas de Magnien e de Hardy; "effet violent", naquela de Dupont-Roc e Lallot; "suffering", na versão

φθαρτικὴ ἢ ὀδυνηρά, οἷον οἵ τε ἐν τῷ φανερῷ θάνατοι καὶ αἱ περιωδυνίαι καὶ τρώσεις καὶ ὅσα τοιαῦτα.

Μέρη δὲ τραγῳδίας οἷς μὲν ὡς εἴδεσι δεῖ χρῆσθαι [15] πρότερον εἴπομεν, κατὰ δὲ τὸ ποσὸν καὶ εἰς ἃ διαιρεῖται κεχωρισμένα τάδε ἐστίν, πρόλογος ἐπεισόδιον ἔξοδος χορικόν, καὶ τούτου τὸ μὲν πάροδος τὸ δὲ στάσιμον, κοινὰ μὲν ἁπάντων ταῦτα, ἴδια δὲ τὰ ἀπὸ τῆς σκηνῆς καὶ κομμοί.

destrutiva ou dolorosa, como o são as mortes insinuadas em cena, as dores agonizantes, os ferimentos e outros casos semelhantes.

[12. A extensão da tragédia e suas divisões][113]

Falamos, precedentemente, das partes da tragédia que devem ser empregadas como elementos específicos.[114] Se a consideramos agora em sua extensão,[115] eis as partes [15] nas quais ela se divide: prólogo, episódio, êxodo, canto do coro, este último dividido em párodo e estásimo; essas partes são comuns a todas as tragédias, mas o canto dos atores em cena e os *kommoí*[116] são próprios apenas a algumas delas.

---

inglesa de Halliwell; ou simplesmente *páthos* (mantendo o termo grego), na versão inglesa de Else.

[113] Há grande controvérsia quanto à autenticidade desta seção da *Poética*. Muitos pesquisadores consideram-na espúria, pois interrompe o desenvolvimento contínuo das partes do enredo (seções 11 e 13). De fato, elementos linguísticos permitem estabelecer uma relação direta, de continuidade, entre as seções 11 e 13; no entanto, conforme Dupont-Roc e Lallot (1980, p. 235, n. 1), a inserção, um pouco brutal, desta descrição mais exterior e puramente quantitativa do enredo pode explicar-se pela necessidade de prestar novo esclarecimento sobre a questão.

[114] Ou elementos "qualitativos", ou, ainda, "intrínsecos", como preferem alguns tradutores. Trata-se da tradução de *eîdos*, a espécie, o aspecto exterior; no caso, as partes intrinsecamente específicas que constituem a tragédia. O grande gênero seria a arte mimética por excelência, a tragédia, e as suas espécies internas. Aristóteles está, portanto, se referindo às partes enunciadas, no seu conjunto, na seção 6 (enredo, caráter, elocução, pensamento, canto e espetáculo).

[115] Ou seja, do ponto de vista *quantitativo*.

[116] *Kommoí*, plural de *kommós*. A manutenção do termo transliterado foi necessária pois, logo adiante, no parágrafo seguinte, Aristóteles explica o que é o *kommós*, e não há em português uma palavra única que possa traduzir esse canto de lamentação.

Ἔστιν δὲ πρόλογος μὲν μέρος ὅλον τραγῳδίας τὸ πρὸ χοροῦ [20] παρόδου, ἐπεισόδιον δὲ μέρος ὅλον τραγῳδίας τὸ μεταξὺ ὅλων χορικῶν μελῶν, ἔξοδος δὲ μέρος ὅλον τραγῳδίας μεθ' ὃ οὐκ ἔστι χοροῦ μέλος· χορικοῦ δὲ πάροδος μὲν ἡ πρώτη λέξις ὅλη χοροῦ, στάσιμον δὲ μέλος χοροῦ τὸ ἄνευ ἀναπαίστου καὶ τροχαίου, κομμὸς δὲ θρῆνος κοινὸς χοροῦ καὶ [25] ἀπὸ σκηνῆς.

Μέρη δὲ τραγῳδίας οἷς μὲν <ὡς εἴδεσι> δεῖ χρῆσθαι πρότερον εἴπαμεν, κατὰ δὲ τὸ ποσὸν καὶ εἰς ἃ διαιρεῖται κεχωρισμένα ταῦτ' ἐστίν.

Ὧν δὲ δεῖ στοχάζεσθαι καὶ ἃ δεῖ εὐλαβεῖσθαι συνιστάντας τοὺς μύθους καὶ πόθεν ἔσται τὸ τῆς τραγῳδίας [30] ἔργον, ἐφεξῆς ἂν εἴη λεκτέον τοῖς νῦν εἰρημένοις. Ἐπειδὴ οὖν δεῖ τὴν σύνθεσιν εἶναι τῆς καλλίστης τραγῳδίας μὴ ἁπλῆν ἀλλὰ πεπλεγμένην καὶ ταύτην φοβερῶν καὶ ἐλεεινῶν εἶναι μιμητικήν (τοῦτο γὰρ ἴδιον τῆς τοιαύτης μιμήσεώς ἐστιν), πρῶτον μὲν δῆλον ὅτι οὔτε

Prólogo é uma parte completa da tragédia que precede a {primeira} entrada do coro; episódio é uma parte completa da tragédia que se encontra entre os cantos, também completos, do coro [20]; êxodo é uma parte da tragédia, formando um todo,[117] à qual não sucede o canto do coro. Entre os cantos do coro, o párodo é a primeira expressão completa do coro; estásimo é o canto do coro que não comporta versos anapésticos e trocaicos;[118] *kommós* é um canto de lamentação praticado tanto pelo coro quanto pelos atores em [25] cena.

Falamos, precedentemente, das partes da tragédia que devem ser utilizadas <como elementos específicos>. Se a consideramos em sua extensão, eis então quais são as partes distintas nas quais ela se divide.[119]

[13. A situação trágica por excelência]

Em seguida ao que acabamos de enunciar, será preciso apreender o que se deve objetivar e o que se deve evitar quando nos dedicamos à composição do enredo e também por onde seguir para alcançar o efeito próprio à tragédia. De fato, uma [30] vez acordado que a composição da mais bela tragédia não deve ser "simples", mas "complexa", e que tal tragédia deve ser a mimese de fatos temerosos e dignos de compaixão (o que é próprio a essa modalidade de mimese), fica a princípio evidente que não se devem apresentar homens

---

[117] "Formando um todo", que emprego aqui como sinônimo de "completo" (parte completa).

[118] *Anapesto*: pé métrico do sistema greco-latino com quatro tempos, compondo-se de duas sílabas breves seguidas de uma longa. *Troqueu*: pé métrico do sistema greco-latino que se compõe de uma sílaba longa e uma breve.

[119] O texto repete as mesmas palavras usadas no início da seção, o que decerto depõe contra sua autenticidade.

τοὺς ἐπιεικεῖς ἄνδρας δεῖ [35] μεταβάλλοντας φαίνεσθαι ἐξ εὐτυχίας εἰς δυστυχίαν, οὐ γὰρ φοβερὸν οὐδὲ ἐλεεινὸν τοῦτο ἀλλὰ μιαρόν ἐστιν· οὔτε τοὺς μοχθηροὺς ἐξ ἀτυχίας εἰς εὐτυχίαν, ἀτραγῳδότατον γὰρ τοῦτ' ἐστὶ πάντων, οὐδὲν γὰρ ἔχει ὧν δεῖ, οὔτε γὰρ φιλάνθρωπον οὔτε ἐλεεινὸν οὔτε φοβερόν ἐστιν· [1453α] οὐδ' αὖ τὸν σφόδρα πονηρὸν ἐξ εὐτυχίας εἰς δυστυχίαν μεταπίπτειν· τὸ μὲν γὰρ φιλάνθρωπον ἔχοι ἂν ἡ τοιαύτη σύστασις ἀλλ' οὔτε ἔλεον οὔτε φόβον, ὁ μὲν γὰρ περὶ τὸν ἀνάξιόν ἐστιν δυστυχοῦντα, ὁ δὲ [5] περὶ τὸν ὅμοιον, ἔλεος μὲν περὶ τὸν ἀνάξιον, φόβος δὲ περὶ τὸν ὅμοιον, ὥστε οὔτε ἐλεεινὸν οὔτε φοβερὸν ἔσται τὸ συμβαῖνον.

Ὁ μεταξὺ ἄρα τούτων λοιπός. Ἔστι δὲ τοιοῦτος ὁ μήτε ἀρετῇ διαφέρων καὶ δικαιοσύνῃ μήτε διὰ κακίαν καὶ μοχθηρίαν μεταβάλλων εἰς τὴν δυστυχίαν ἀλλὰ δι' [10] ἁμαρτίαν τινά, τῶν ἐν μεγάλῃ δόξῃ ὄντων καὶ εὐτυχίᾳ, οἷον Οἰδίπους καὶ Θυέστης καὶ οἱ ἐκ

excelentes que passam da prosperidade [35] à adversidade — pois isso não desperta pavor nem compaixão, mas repugnância —, nem homens maus que passam da desventura à prosperidade — isso é o que há de menos trágico, pois nada possui do que convém ao trágico: com efeito, não suscita nem benevolência, nem compaixão, nem pavor —, nem [1453a] mesmo quando um homem decididamente cruel passa da prosperidade à adversidade — pois tal maneira de tramar os fatos pode ter a ver com a expectativa humana,[120] mas não suscita nem compaixão nem pavor, pois aquela diz respeito ao que vive a adversidade sem a merecer, enquanto este à adversidade que afeta um semelhante [5], ou seja, a compaixão ocorre em relação ao que não merece; o pavor, em relação ao semelhante, e assim tal ação não suscitará nem compaixão nem pavor.

Resta, então, a situação intermediária, ou seja, aquela do homem que, sem se distinguir muito pela virtude e pela justiça, chega à adversidade não por causa de sua maldade e de seu vício, mas por ter cometido algum erro[121] [10]; como no caso daqueles entes que obtiveram grande reputação e prosperidade, como Édipo, Tiestes e os homens ilustres pro-

---

[120] No sentido de que é humano desejar a queda de um homem decididamente mau, ou seja, a passagem de tal tipo humano da prosperidade à adversidade.

[121] No original, *hamartía*: erro, falta ou falha cometida pelo herói trágico. Platão e outros autores da Antiguidade também se servem desse termo, mas a palavra utilizada para se referir à ignorância que caracteriza os diversos antagonistas de Sócrates e a do próprio Sócrates é *amathía*. Os dois casos, *hamartía* e *amathía*, remetem sempre à ideia de uma falha, ignorância ou erro cometido por aquele que desconhece o teor e as consequências da sua falha. Mais tarde, no latim, *hamartía* dará vez à noção de *peccatum* (pecado), o que certamente abre um novo campo semântico para o termo grego.

τῶν τοιούτων γενῶν ἐπιφανεῖς ἄνδρες. Ἀνάγκη ἄρα τὸν καλῶς ἔχοντα μῦθον ἁπλοῦν εἶναι μᾶλλον ἢ διπλοῦν, ὥσπερ τινές φασι, καὶ μεταβάλλειν οὐκ εἰς εὐτυχίαν ἐκ δυστυχίας ἀλλὰ τοὐναντίον [15] ἐξ εὐτυχίας εἰς δυστυχίαν μὴ διὰ μοχθηρίαν ἀλλὰ δι' ἁμαρτίαν μεγάλην ἢ οἵου εἴρηται ἢ βελτίονος μᾶλλον ἢ χείρονος. Σημεῖον δὲ καὶ τὸ γιγνόμενον· πρῶτον μὲν γὰρ οἱ ποιηταὶ τοὺς τυχόντας μύθους ἀπηρίθμουν, νῦν δὲ περὶ ὀλίγας οἰκίας αἱ κάλλισται τραγῳδίαι συντίθενται, οἷον [20] περὶ Ἀλκμέωνα καὶ Οἰδίπουν καὶ Ὀρέστην καὶ Μελέαγρον καὶ Θυέστην καὶ Τήλεφον καὶ ὅσοις ἄλλοις συμβέβηκεν ἢ παθεῖν δεινὰ ἢ ποιῆσαι.

Ἡ μὲν οὖν κατὰ τὴν τέχνην καλλίστη τραγῳδία ἐκ ταύτης τῆς συστάσεώς ἐστι. Διὸ καὶ οἱ Εὐριπίδῃ ἐγκαλοῦντες τὸ αὐτὸ ἁμαρτάνουσιν ὅτι τοῦτο [25] δρᾷ ἐν ταῖς τραγῳδίαις καὶ αἱ πολλαὶ αὐτοῦ εἰς δυστυχίαν τελευτῶσιν. Τοῦτο γάρ ἐστιν ὥσπερ εἴρηται ὀρθόν· σημεῖον δὲ μέγιστον· ἐπὶ γὰρ τῶν σκηνῶν καὶ τῶν ἀγώνων τραγικώταται αἱ τοιαῦται φαίνονται, ἂν κατορθωθῶσιν, καὶ ὁ Εὐριπίδης, εἰ καὶ τὰ ἄλλα μὴ εὖ οἰκονομεῖ, ἀλλὰ τραγι [30] κώτατός γε τῶν ποιητῶν φαίνεται. Δευτέρα δ' ἡ πρώτη λεγομένη ὑπό τινων ἐστιν

venientes de grandes famílias.[122] Assim, para atingir a beleza é preciso que o enredo seja antes simples do que duplo, como dizem alguns, e que a reversão da fortuna não ocorra em função da passagem da adversidade à prosperidade, mas, ao contrário, da prosperidade à adversidade, e que se dê não por causa da [15] maldade, mas em função de um grande erro cometido pelo herói, que é tal como se enuncia ou melhor, ao invés de pior. Um bom indício decorre do que acontece efetivamente: a princípio, os poetas se serviam de mitos tomados ao acaso; mas agora a composição das mais belas tragédias versa sobre poucas famílias, como as de Alcmêon, Édipo, Orestes, Meleagro [20], Tiestes, Télefo e quantas outras que vieram a fazer ou a padecer terríveis infortúnios. Eis então, conforme a arte, o critério de composição do qual se deve partir para se efetuar a mais bela tragédia.

Por conseguinte, cometem igual erro todos aqueles que acusam Eurípides de proceder dessa forma em suas tragédias, conduzindo muitas delas a um final infausto [25]; pois, como precisamente foi dito, proceder dessa forma é correto. O melhor indício é o seguinte: nas cenas e nos concursos teatrais são as obras desse gênero que se revelam, uma vez conduzidas com correção, como as mais trágicas, e Eurípides, se deixa a desejar quanto à organização do conjunto da obra, revela-se-nos como o mais trágico dos poetas. Apenas em segundo lugar se apresenta o modo de composição que alguns situam como primeiro[123] [30], ou seja, aquele que, tal como a *Odis-*

---

[122] Isto é, de famílias "tais como estas", ou seja, que dispunham de renome semelhante às de Édipo e Tiestes.

[123] Ou seja, o mais relevante, que Aristóteles considera secundário em relação ao modo de proceder praticado por Eurípides. Aristóteles defende Eurípides em função do que se poderia qualificar de orientação primeira da tragédia, que não é outra senão a de conduzir as ações a um final nefasto ou adverso, *dystykhía*.

σύστασις, ἡ διπλῆν τε τὴν σύστασιν ἔχουσα καθάπερ ἡ Ὀδύσσεια καὶ τελευτῶσα ἐξ ἐναντίας τοῖς βελτίοσι καὶ χείροσιν. Δοκεῖ δὲ εἶναι πρώτη διὰ τὴν τῶν θεάτρων ἀσθένειαν· ἀκολουθοῦσι γὰρ οἱ ποιηταὶ κατ᾽ [35] εὐχὴν ποιοῦντες τοῖς θεαταῖς. Ἔστιν δὲ οὐχ αὕτη ἀπὸ τραγῳδίας ἡδονὴ ἀλλὰ μᾶλλον τῆς κωμῳδίας οἰκεία· ἐκεῖ γὰρ οἳ ἂν ἔχθιστοι ὦσιν ἐν τῷ μύθῳ, οἷον Ὀρέστης καὶ Αἴγισθος, φίλοι γενόμενοι ἐπὶ τελευτῆς ἐξέρχονται, καὶ ἀποθνῄσκει οὐδεὶς ὑπ᾽ οὐδενός.

[1453β] Ἔστιν μὲν οὖν τὸ φοβερὸν καὶ ἐλεεινὸν ἐκ τῆς ὄψεως γίγνεσθαι, ἔστιν δὲ καὶ ἐξ αὐτῆς τῆς συστάσεως τῶν πραγμάτων, ὅπερ ἐστὶ πρότερον καὶ ποιητοῦ ἀμείνονος. Δεῖ γὰρ καὶ ἄνευ τοῦ ὁρᾶν οὕτω συνεστάναι τὸν μῦθον ὥστε τὸν [5] ἀκούοντα τὰ πράγματα

seia, comporta uma dupla ordenação[124] dos acontecimentos, oferecendo-nos uma finalização oposta para os bons e para os maus.[125] Somente a fragilidade da opinião dos espectadores pode sustentar essa posição; pois, nesse caso, os poetas se orientam segundo o voto dos espectadores e compõem para satisfazer a tal perspectiva [35]. De fato, esse modo de composição é mais apropriado ao prazer que se adapta à comédia e não à tragédia, pois na comédia aqueles que no mito são os maiores inimigos, como Orestes e Egisto, se tornam por fim amigos, e nenhum deles é morto pelo outro.

[14. A origem das emoções dramáticas: pavor e compaixão]

[1453b] Certamente o pavor e a compaixão podem ser gerados a partir do espetáculo, mas também podem surgir da própria trama dos fatos, o que é primeiramente requisitado e característica do melhor poeta. Com efeito, é preciso compor o enredo de tal modo que, mesmo sem o assistir, aquele que escuta o desenrolar dos acontecimentos efetuados possa

---

[124] Tanto o substantivo *sýstasis* quanto o verbo *syntíthēmi* admitem várias traduções. Procurei traduzir, preferencialmente, por "trama" e "tramar"; porém, conforme o momento em que são empregados por Aristóteles, foi preciso apelar a possibilidades equivalentes, como "composição" e "compor" (1453a19, 23), "ordenação" e "ordenar" (1453a30-1) e mesmo "estrutura" e "estruturar" (tradução peculiar aos ingleses de modo geral).

[125] É o que se percebe na *Odisseia* (canto XXII), quando Ulisses reencontra Penélope e vence os rivais pretendentes a seu trono. Trata-se de um final feliz que se opõe, portanto, a esta direção única, ou simples, pleiteada por Aristóteles. Para o estagirita, a tragédia, a bela tragédia, produz a ação (a ordenação ou a trama dos fatos) numa única direção, e o herói é conduzido, em função da *hamartía*, à adversidade. É na comédia que Aristóteles enuncia a possibilidade contrária, quando inimigos mortais se tornam, no fim, amigos.

γινόμενα καὶ φρίττειν καὶ ἐλεεῖν ἐκ τῶν συμβαινόντων· ἅπερ ἂν πάθοι τις ἀκούων τὸν τοῦ Οἰδίπου μῦθον. Τὸ δὲ διὰ τῆς ὄψεως τοῦτο παρασκευάζειν ἀτεχνότερον καὶ χορηγίας δεόμενόν ἐστιν. Οἱ δὲ μὴ τὸ φοβερὸν διὰ τῆς ὄψεως ἀλλὰ τὸ τερατῶδες μόνον [10] παρασκευάζοντες οὐδὲν τραγῳδίᾳ κοινωνοῦσιν· οὐ γὰρ πᾶσαν δεῖ ζητεῖν ἡδονὴν ἀπὸ τραγῳδίας ἀλλὰ τὴν οἰκείαν. Ἐπεὶ δὲ τὴν ἀπὸ ἐλέου καὶ φόβου διὰ μιμήσεως δεῖ ἡδονὴν παρασκευάζειν τὸν ποιητήν, φανερὸν ὡς τοῦτο ἐν τοῖς πράγμασιν ἐμποιητέον.

Ποῖα οὖν δεινὰ ἢ ποῖα οἰκτρὰ φαίνεται [15] τῶν συμπιπτόντων, λάβωμεν. Ἀνάγκη δὴ ἢ φίλων εἶναι πρὸς ἀλλήλους τὰς τοιαύτας πράξεις ἢ ἐχθρῶν ἢ μηδετέρων. Ἂν μὲν οὖν ἐχθρὸς ἐχθρόν, οὐδὲν ἐλεεινὸν οὔτε ποιῶν οὔτε μέλλων, πλὴν κατ' αὐτὸ τὸ πάθος· οὐδ' ἂν

ser tomado pelo pavor [5] e pelo compadecimento, como ocorrerá com todo aquele que for afetado pela escuta do mito de Édipo.[126] Concretizar esse efeito pela via do espetáculo tem pouco a ver com a arte poética, e diz respeito aos recursos da encenação.[127] Aqueles que, por meio do espetáculo, concretizam não o pavor, mas unicamente o monstruoso, não têm nada em comum com a tragédia; pois na tragédia não se deve [10] procurar por toda espécie de prazer, mas apenas pelo que lhe é próprio. Ora, como o prazer que deve ser concretizado pelo poeta provém da compaixão e do pavor, suscitados pela mimese, é evidente que deve ser construído em função dos próprios acontecimentos.

Entre os acontecimentos, consideremos, agora, quais manifestam emoções temerosas e quais provocam sentimentos piedosos.[128] Por necessidade, [15] as ações assim qualificadas devem ocorrer entre pessoas que estabelecem entre si relações de amizade, de hostilidade ou de neutralidade. Uma hostilidade recíproca não suscitará nenhuma compaixão — quer as personagens ajam ou se restrinjam a intenções —,

---

[126] Aristóteles propõe aqui uma relação entre "ver/assistir" (*horáō*) o "espetáculo" (*ópsis*), por um lado, e "ouvir" (*akoúō*), por outro. A trama dos fatos, que constitui a história dramatizada, deve ser, em função apenas de sua escuta, capaz de suscitar tanto a compaixão quanto o pavor. Em toda a *Poética*, o aspecto auditivo predomina sobre o visual/espetacular.

[127] A observação remete aqui a um efeito cênico, menos propenso ao pavor e à piedade do que ao "espetacular", que se produziria sem que fosse necessário acompanhar "textualmente" a trama dos fatos. Isso teria ocorrido, provavelmente e para citar apenas um exemplo, na tragédia *Os Sete contra Tebas*, de Ésquilo, quando o ruído das tropas inimigas aproximando-se da cidade provoca, por si só, a reação apavorada do coro e dos espectadores. Para Aristóteles, a característica do melhor enredo seria justamente poder suscitar esse efeito mesmo quando não se pode contar com todos os recursos da encenação propriamente dita.

[128] Com estes dois adjetivos, *deinós* e *oiktrós*, Aristóteles está ao que tudo indica ampliando, respectivamente, o sentido de *phóbos* e *éleos*, "pavor" e "compaixão".

μηδετέρως ἔχοντες· ὅταν δ' ἐν ταῖς φιλίαις ἐγγένηται τὰ [20] πάθη, οἷον ἢ ἀδελφὸς ἀδελφὸν ἢ υἱὸς πατέρα ἢ μήτηρ υἱὸν ἢ υἱὸς μητέρα ἀποκτείνῃ ἢ μέλλῃ ἤ τι ἄλλο τοιοῦτον δρᾷ, ταῦτα ζητητέον. Τοὺς μὲν οὖν παρειλημμένους μύθους λύειν οὐκ ἔστιν, λέγω δὲ οἷον τὴν Κλυταιμήστραν ἀποθανοῦσαν ὑπὸ τοῦ Ὀρέστου καὶ τὴν Ἐριφύλην ὑπὸ τοῦ [25] Ἀλκμέωνος, αὐτὸν δὲ εὑρίσκειν δεῖ καὶ τοῖς παραδεδομένοις χρῆσθαι καλῶς. Τὸ δὲ καλῶς τί λέγομεν, εἴπωμεν σαφέστερον. Ἔστι μὲν γὰρ οὕτω γίνεσθαι τὴν πρᾶξιν, ὥσπερ οἱ παλαιοὶ ἐποίουν εἰδότας καὶ γιγνώσκοντας, καθάπερ καὶ Εὐριπίδης ἐποίησεν ἀποκτείνουσαν τοὺς παῖδας τὴν Μήδειαν· ἔστιν δὲ [30] πρᾶξαι μέν, ἀγνοοῦντας δὲ πρᾶξαι τὸ δεινόν, εἶθ' ὕστερον ἀναγνωρίσαι τὴν φιλίαν, ὥσπερ ὁ Σοφοκλέους Οἰδίπους· τοῦτο μὲν οὖν ἔξω τοῦ δράματος, ἐν δ' αὐτῇ τῇ τραγῳδίᾳ οἷον ὁ Ἀλκμέων ὁ Ἀστυδάμαντος ἢ ὁ Τηλέγονος ὁ ἐν τῷ τραυματίᾳ Ὀδυσσεῖ.

exceto na comoção por si só;[129] a neutralidade também não suscitará nenhuma compaixão. Mas quando as comoções ocorrerem [20] entre amigos — como o irmão que mata ou está em via de matar o irmão, ou um filho o pai, ou a mãe um filho, ou um filho a mãe, ou quando se realiza outra ação desse mesmo gênero —, aí sim se encontra o que devemos procurar. Então, certamente não se devem alterar os mitos tradicionais; digo, por exemplo, que Clitemnestra deve ser assassinada por Orestes e Erifila por Alcmêon, [25] mas o poeta deve ser capaz de encontrar e fazer um uso artisticamente adequado dos dados da tradição.[130] Falemos agora, com maior clareza, sobre o que entendemos por "artisticamente adequado". De fato, a ação pode se desenrolar do modo como concebiam os antigos poetas, ou seja, com personagens que sabiam e tinham conhecimento do que faziam; como fez Eurípides ao representar Medeia assassinando os filhos. É possível, também, que as personagens executem a ação terrível, mas que a realizem sem saber e só posteriormente [30] reconheçam os laços de parentesco,[131] como no *Édipo* de Sófocles; esse ato, com efeito, se efetua fora da ação dramática, mas pode acontecer na própria tragédia, como é o caso de Alcmêon na tragédia homônima de Astidamas e de Telégono no *Ulisses Ferido*.[132] Há ainda uma terceira situa-

---

[129] Ou seja, exceto quando a vítima é acometida pelo sofrimento, *páthos*; sobre a tradução deste termo, ver nota 121.

[130] O termo traduzido por "artisticamente adequado" é o advérbio *kalõs*, que tem o sentido de "feito de modo excelente", "bem-feito" ("belo").

[131] O termo é *philía*, "laço de amizade", que traduzo aqui por "laço de parentesco". Trata-se, efetivamente, do primeiro caso, ou seja, quando a ação se realiza entre personagens que mantêm entre si relações de amizade ou de parentesco (1453b15).

[132] Filho de Astidamas, o Velho, segundo alguns, ou do poeta trágico Monimo, discípulo de Hipócrates, segundo outros, Astidamas teria sido o autor de 240 tragédias, entre as quais a peça *Alcmêon*, na qual

Ἔτι δὲ τρίτον παρὰ ταῦτα τὸ [35] μέλλοντα ποιεῖν τι τῶν ἀνηκέστων δι' ἄγνοιαν ἀναγνωρίσαι πρὶν ποιῆσαι. Καὶ παρὰ ταῦτα οὐκ ἔστιν ἄλλως. Ἢ γὰρ πρᾶξαι ἀνάγκη ἢ μὴ καὶ εἰδότας ἢ μὴ εἰδότας.

Τούτων δὲ τὸ μὲν γινώσκοντα μελλῆσαι καὶ μὴ πρᾶξαι χείριστον· τό τε γὰρ μιαρὸν ἔχει, καὶ οὐ τραγικόν· ἀπαθὲς γάρ. Διόπερ οὐδεὶς ποιεῖ ὁμοίως, [1454α] εἰ μὴ ὀλιγάκις, οἷον ἐν Ἀντιγόνῃ τὸν Κρέοντα ὁ Αἵμων. Τὸ δὲ πρᾶξαι δεύτερον. Βέλτιον δὲ τὸ ἀγνοοῦντα μὲν πρᾶξαι, πράξαντα δὲ ἀναγνωρίσαι· τό τε γὰρ μιαρὸν οὐ πρόσεστιν καὶ ἡ ἀναγνώρισις ἐκπληκτικόν. Κράτιστον δὲ [5] τὸ τελευταῖον, λέγω δὲ οἷον ἐν τῷ Κρεσφόντῃ ἡ Μερόπη μέλλει τὸν υἱὸν ἀποκτείνειν, ἀποκτείνει δὲ οὔ, ἀλλ' ἀνεγνώρισε, καὶ ἐν τῇ Ἰφιγενείᾳ ἡ ἀδελφὴ τὸν ἀδελφόν, καὶ ἐν τῇ Ἕλλῃ ὁ υἱὸς τὴν μητέρα ἐκδιδόναι μέλλων ἀνεγνώρισεν.

ção, quando a personagem, em plena ignorância, tem a intenção de efetuar uma ação nefasta, mas reconhece o teor de sua ação [35] pouco antes de realizá-la. Além dessas situações, não há como agir de outro modo; pois é necessário que se aja ou não se aja, ou bem conhecendo as ações ou bem sem as conhecer.

Dessas ações, a pior é aquela em que a personagem tem a intenção de agir, com pleno conhecimento, mas não age; é repugnante e não trágica, porque sem comoção.[133] Eis por que ninguém compõe tragédias desse modo, ou bem poucos: na *Antígona*, [1454a] por exemplo, Hêmon se encontra nessa situação frente a Creonte. Em seguida, temos aquelas em que as personagens agem. Melhor situação é a daquelas personagens que agem sem saber e se tornam conscientes no decorrer das ações; tal situação não é repugnante e o reconhecimento que dela advém é surpreendente. Superior a todas é esta última. Falo, por exemplo, da que se passa no *Cresfonte*,[134] em que Meréope [5] está prestes a matar o filho, mas não o mata, antes o reconhece; e na *Ifigênia*, em que a irmã vai matar o irmão; e na *Hele*,[135] em que o filho está prestes a abandonar a mãe quando a reconhece.[136]

---

inovou o conteúdo do mito, fazendo com que Alcmêon matasse a própria mãe sem conhecê-la. Já Telégono é personagem de *Ulisses Ferido*, tragédia de Sófocles, da qual só restaram poucos fragmentos. Na peça, Telégono, filho de Ulisses com a feiticeira Circe, chega a Ítaca em busca do pai e é atacado por dois desconhecidos: seu irmão Telêmaco e o próprio Ulisses, a quem fere mortalmente. Cf. Magnien (1990, p. 170, n. 11).

[133] No original, *apathés*, portanto, sem "acontecimento patético" ou por falta de um "efeito violento".

[134] Tragédia de Eurípides, encenada antes de 426 a.C., da qual só restam onze fragmentos. Nela, Meréope se lança contra o filho Épito, que deseja vingar a morte do pai, o rei Cresfonte. No derradeiro instante, quando a mãe está a ponto de matar o filho, produz-se o reconhecimento.

[135] Tragédia perdida, de autor desconhecido.

[136] Seria, provavelmente, o caso de pensar numa mudança de pers-

Διὰ γὰρ τοῦτο, ὅπερ πάλαι εἴρηται, οὐ περὶ πολλὰ [10] γένη αἱ τραγῳδίαι εἰσίν. Ζητοῦντες γὰρ οὐκ ἀπὸ τέχνης ἀλλ' ἀπὸ τύχης εὗρον τὸ τοιοῦτον παρασκευάζειν ἐν τοῖς μύθοις· ἀναγκάζονται οὖν ἐπὶ ταύτας τὰς οἰκίας ἀπαντᾶν ὅσαις τὰ τοιαῦτα συμβέβηκε πάθη.

Περὶ μὲν οὖν τῆς τῶν πραγμάτων συστάσεως καὶ ποίους τινὰς εἶναι δεῖ τοὺς [15] μύθους εἴρηται ἱκανῶς.

Περὶ δὲ τὰ ἤθη τέτταρά ἐστιν ὧν δεῖ στοχάζεσθαι, ἓν μὲν καὶ πρῶτον, ὅπως χρηστὰ ᾖ. Ἕξει δὲ ἦθος μὲν ἐὰν ὥσπερ ἐλέχθη ποιῇ φανερὸν ὁ λόγος ἢ ἡ πρᾶξις προαίρεσίν τινα <ἥ τις ἂν> ᾖ, χρηστὸν δὲ ἐὰν χρηστήν. Ἔστιν δὲ [20] ἐν ἑκάστῳ γένει· καὶ γὰρ γυνή ἐστι χρηστὴ καὶ δοῦλος, καίτοι γε

É por esse motivo que, como já dissemos,[137] as tragédias não se reportam a um grande número de famílias. Os poetas procuravam, mas [10] era por acaso e não em função da arte poética que encontravam nos mitos tradicionais as histórias já bem constituídas; eis por que eram compelidos a recorrer, necessariamente, à história das famílias em que semelhantes calamidades haviam ocorrido.

Sobre a trama dos fatos e sobre as qualidades que os enredos[138] devem suscitar, já falamos, então, suficientemente. [15]

[15. Sobre os caracteres:
verossimilhança e necessidade]

Quanto aos caracteres,[139] quatro são os pontos que devem ser visados. O primeiro, e o principal, é que sejam bons. Como dissemos,[140] terá caráter se sua palavra ou seu ato tornarem manifesta uma escolha; e o caráter será bom se a escolha for boa. Existe um "bom caráter" para cada gênero de personagem: com efeito, há um "bom caráter" de mulher e um de [20] escravo, ainda que, desses, talvez o primeiro

---

pectiva tomada por Aristóteles entre as seções 13 e 14. Se antes ele privilegia o acontecimento patético, ou seja, o sofrimento trágico que decorre da ação do herói (caso de Édipo), agora privilegia o reconhecimento que, como tudo indica, interrompe a ação.

[137] Cf. 1453a19.

[138] Ou seja, as histórias construídas de forma dramática.

[139] É preciso empregar aqui "caracteres", em vez de "personagens", pois Aristóteles se refere à caracterização da personagem, ou mesmo ao caráter da personagem, que deve ser bom *khrēstós*, como prescreve esta primeira orientação a ser alcançada, até quando as personagens provêm de classes sociais consideradas menores ou inferiores, *kheírōn* ou *phaûlos*.

[140] Cf. 1450b8.

ἴσως τούτων τὸ μὲν χεῖρον, τὸ δὲ ὅλως φαῦλόν ἐστιν. Δεύτερον δὲ τὸ ἁρμόττοντα· ἔστιν γὰρ ἀνδρείαν μὲν τὸ ἦθος, ἀλλ' οὐχ ἁρμόττον γυναικὶ οὕτως ἀνδρείαν ἢ δεινὴν εἶναι. Τρίτον δὲ τὸ ὅμοιον. Τοῦτο γὰρ ἕτερον τοῦ [25] χρηστὸν τὸ ἦθος καὶ ἁρμόττον ποιῆσαι ὡς προείρηται. Τέταρτον δὲ τὸ ὁμαλόν. Κἂν γὰρ ἀνώμαλός τις ᾖ ὁ τὴν μίμησιν παρέχων καὶ τοιοῦτον ἦθος ὑποτεθῇ, ὅμως ὁμαλῶς ἀνώμαλον δεῖ εἶναι. Ἔστιν δὲ παράδειγμα πονηρίας μὲν ἤθους μὴ ἀναγκαίας οἷον ὁ Μενέλαος ὁ ἐν τῷ Ὀρέστῃ,

pertença a uma classe inferior e o segundo a uma classe totalmente abjeta.[141] O segundo ponto a se visar é a conveniência; de fato, é possível atribuir coragem à caracterização da personagem, mas seria inconveniente atribuir coragem ou espírito destemido a uma mulher.[142] O terceiro ponto é a semelhança;[143] pois, como foi dito, isso é diferente de atribuir à caracterização da personagem bondade e [25] conveniência. Em quarto lugar vem a coerência; pois, ainda que a caracterização da personagem seja incoerente em suas ações mimetizadas, é necessário, ainda assim, ser incoerente coerentemente. Como exemplo de maldade não necessária na caracterização da personagem, podemos citar o caso de Menelau

---

[141] Aristóteles salvaguarda a possibilidade da qualidade de um caráter mesmo quando se refere a personagens de condição "inferior", como a mulher e o escravo; ou seja, mesmo quando a representação teatral ocupa-se de personagens oriundas de camadas sociais consideradas de menor importância ou até abjetas, ruins ou de qualidade inferior (*phaûlos*). Ainda assim é preciso assegurar o bom caráter/caracterização que essas personagens devem desempenhar em cena. De todo modo, são inúmeras as tragédias que tratam de questões que abordam a situação feminina e que têm como protagonista a mulher (*Medeia*, *Helena*, *Antígona*, *Ifigênia* etc.). Os escravos também têm lugar ao sol nas tragédias, e, ainda que não sejam os protagonistas, muitas vezes é do bom caráter, da boa constituição ética de um escravo, que depende o desenvolvimento da tragédia.

[142] "Atribuir coragem ou eloquência à caracterização de uma personagem feminina" seria uma tradução também possível, como a de Dupont-Roc e Lallot (1980). A tradução de *deinós* por "eloquência" constitui, sem dúvida, uma possibilidade, que, no entanto, preferi evitar. As traduções possíveis para *deinós* vão de "lúcido" ou "inteligente" a "terrível" ou "destemido".

[143] O terceiro ponto remeteria à noção de "humanidade", como sugere Halliwell (1995, p. 79, n. f). A semelhança seria necessária, sobretudo, para produzir a empatia entre o caráter da personagem trágica, que é nobre ou elevado, e o público, que deve ser capaz de sentir-se de tal modo semelhante às personagens em cena que possa ser afetado pelo pavor e pela compaixão.

τοῦ [30] δὲ ἀπρεποῦς καὶ μὴ ἁρμόττοντος ὅ τε θρῆνος Ὀδυσσέως ἐν τῇ Σκύλλῃ καὶ ἡ τῆς Μελανίππης ῥῆσις, τοῦ δὲ ἀνωμάλου ἡ ἐν Αὐλίδι Ἰφιγένεια· οὐδὲν γὰρ ἔοικεν ἡ ἱκετεύουσα τῇ ὑστέρᾳ.

Χρὴ δὲ καὶ ἐν τοῖς ἤθεσιν ὁμοίως ὥσπερ καὶ ἐν τῇ τῶν πραγμάτων συστάσει ἀεὶ ζητεῖν ἢ τὸ ἀναγκαῖον ἢ τὸ εἰκός, [35] ὥστε τὸν τοιοῦτον τὰ τοιαῦτα λέγειν ἢ πράττειν ἢ ἀναγκαῖον ἢ εἰκὸς καὶ τοῦτο μετὰ τοῦτο γίνεσθαι ἢ ἀναγκαῖον ἢ εἰκός.

Φανερὸν οὖν ὅτι καὶ τὰς λύσεις τῶν μύθων ἐξ αὐτοῦ δεῖ τοῦ μύθου συμβαίνειν, [1454β] καὶ μὴ ὥσπερ ἐν τῇ Μηδείᾳ ἀπὸ

em *Orestes*;[144] de impropriedade e inconveniência [30] de caráter, a lamentação de Ulisses na *Cila*[145] e o discurso de Melanipa;[146] exemplo de caráter incoerente é a *Ifigênia em Áulis*,[147] porque a Ifigênia suplicante em nada se assemelha à que se apresenta depois.

Tanto na caracterização das personagens quanto na trama dos fatos é preciso sempre procurar o necessário [35] ou o verossímil, de tal modo que tal personagem diga ou faça tais coisas por necessidade ou por verossimilhança e que isso se realize após aquilo também por necessidade ou por verossimilhança.

É então evidente que o desenlace[148] do enredo deve surgir do próprio enredo e não da intervenção do *deus ex machina*,[149] tal como ocorre na [1454b] *Medeia*, e na *Ilíada*, no

---

[144] Nessa tragédia de Eurípides, Menelau se compromete a ajudar Orestes, mas em seguida o abandona à própria sorte.

[145] *Cila*, obra também citada por Aristóteles em 1462b32, é o nome do monstro marinho que na *Odisseia* devora seis companheiros de Ulisses. Não é próprio a Ulisses lamentar-se ou mesmo chorar, assim como não é próprio a uma mulher ser corajosa ou a Melanipa ser sábia. É bastante provável que *Cila* seja o título não de uma tragédia, mas de um ditirambo composto por Timóteo de Mileto.

[146] Tragédia perdida de Eurípides da qual se conservam apenas poucos fragmentos.

[147] Tragédia de Eurípides. A princípio, Ifigênia tenta dissuadir Agamêmnon, seu pai, de sacrificá-la, seguindo o oráculo que exigia tal feito para que a frota de naus gregas pudesse partir em direção a Troia; em seguida, porém, ela aceita brutalmente o sortilégio e se entrega à imolação. Ou seja, a Ifigênia suplicante, na parte inicial da tragédia de Eurípides, em nada se assemelha à que se apresenta na parte final do drama.

[148] O termo "desenlace", *lýsis*, será tratado por Aristóteles na seção 18.

[149] Aristóteles se limita à expressão *apò mēkhanḗs*, fazendo apenas alusão à expressão completa *apò mēkhanḗs théos*, mais conhecida na sua formulação latina *deus ex machina*. Não fosse o uso teatral, vastamente

μηχανῆς καὶ ἐν τῇ Ἰλιάδι τὰ περὶ τὸν ἀπόπλουν. Ἀλλὰ μηχανῇ χρηστέον ἐπὶ τὰ ἔξω τοῦ δράματος, ἢ ὅσα πρὸ τοῦ γέγονεν ἃ οὐχ οἷόν τε ἄνθρωπον εἰδέναι, ἢ ὅσα ὕστερον, ἃ [5] δεῖται προαγορεύσεως καὶ ἀγγελίας· ἅπαντα γὰρ ἀποδίδομεν τοῖς θεοῖς ὁρᾶν. Ἄλογον δὲ μηδὲν εἶναι ἐν τοῖς πράγμασιν, εἰ δὲ μή, ἔξω τῆς τραγῳδίας, οἷον τὸ ἐν τῷ Οἰδίποδι τῷ Σοφοκλέους.

Ἐπεὶ δὲ μίμησίς ἐστιν ἡ τραγῳδία βελτιόνων ἢ ἡμεῖς, δεῖ μιμεῖσθαι τοὺς ἀγαθοὺς [10] εἰκονογράφους· καὶ γὰρ ἐκεῖνοι ἀποδιδόντες τὴν ἰδίαν μορφὴν ὁμοίους ποιοῦντες καλλίους γράφουσιν· οὕτω καὶ τὸν ποιητὴν μιμούμενον καὶ ὀργίλους καὶ ῥᾳθύμους καὶ τἆλλα τὰ τοιαῦτα ἔχοντας ἐπὶ τῶν ἠθῶν τοιούτους ὄντας ἐπιεικεῖς ποιεῖν †παράδειγμα σκληρότητος οἷον τὸν Ἀχιλλέα ἀγαθὸν καὶ [15] Ὅμηρος†.

momento do reembarque;[150] tal artifício ao *deus ex machina*, pelo contrário, só deve ser utilizado nos acontecimentos exteriores ao drama, seja naqueles que ocorrem precedentemente e aos quais é vedado ao homem conhecer, seja naqueles que ocorrem posteriormente e que precisam [5] ser preditos ou prenunciados; pois creditamos aos deuses o dom de ver todas as coisas. Nada deve haver de irracional nos acontecimentos dramáticos e, se não for assim, que ocorra fora do contexto da tragédia, como no *Édipo* de Sófocles.

Uma vez que a tragédia é a mimese de homens melhores que nós, é necessário mimetizar seguindo o exemplo dos bons retratistas [10]; pois estes, no afã de recuperar a imagem ideal, embora respeitando a semelhança, desenham retratos ainda mais belos. Assim também deve proceder o poeta, quando mimetiza homens raivosos ou apáticos ou que possuam qualquer outra deficiência de caráter, construindo, ainda que sejam assim, personagens de qualidade superior: †como fizeram Agáthon e [15] Homero[151] no que tange a Aquiles, exemplo de rudeza.†

---

divulgado dessa expressão, a tradução deveria limitar-se a algo que ocorre de modo imprevisto, inesperado e engenhoso (artificial). Literalmente, o "deus surgido da máquina" (ou da engenhosidade, em sentido amplo) nos remete aos mecanismos ocultos utilizados para pôr em cena um deus suspenso ou simplesmente voando. Figurava-se, dessa forma, a onipotência do deus. O uso da expressão fez história na dramaturgia ocidental, servindo para caracterizar qualquer acontecimento inesperado e improvável que vem resolver os problemas do protagonista no último segundo, sobretudo quando essa solução foge de toda expectativa lógica. De fato, na Antiguidade greco-latina, o recurso dramatúrgico *apò mēkhanés* consistia, originariamente, na descida em cena de um deus cuja missão era dar uma solução arbitrária a um impasse vivido pelas personagens.

[150] Cf. Eurípides, *Medeia*, 1.317 (quando Medeia aparece em uma carruagem do Sol, com os corpos dos dois filhos); Homero, *Ilíada*, II, 166 ss. Platão já usara a expressão no *Crátilo*, 425d.

[151] Na *Ilíada*, Aquiles é rude, mas valoroso. Sobre o Aquiles de Agáthon, nada se sabe.

Ταῦτα δὴ διατηρεῖν, καὶ πρὸς τούτοις τὰ παρὰ τὰς ἐξ ἀνάγκης ἀκολουθούσας αἰσθήσεις τῇ ποιητικῇ· καὶ γὰρ κατ' αὐτὰς ἔστιν ἁμαρτάνειν πολλάκις· εἴρηται δὲ περὶ αὐτῶν ἐν τοῖς ἐκδεδομένοις λόγοις ἱκανῶς.

Ἀναγνώρισις δὲ τί μέν ἐστιν, εἴρηται πρότερον· εἴδη [20] δὲ ἀναγνωρίσεως, πρώτη μὲν ἡ ἀτεχνοτάτη καὶ ᾗ πλείστῃ χρῶνται δι' ἀπορίαν, ἡ διὰ τῶν σημείων. Τούτων δὲ τὰ μὲν σύμφυτα, οἷον "λόγχην ἣν φοροῦσι Γηγενεῖς" ἢ ἀστέρας οἵους ἐν τῷ

Eis ao que é preciso estar atento e mais ainda às regras que dizem respeito às sensações que necessariamente acompanham a arte poética, pois também nesse domínio muitos erros são cometidos. Mas sobre essas mesmas questões já se falou o suficiente em outros tratados publicados.[152]

[16. O reconhecimento]

Já se falou sobre o que é o reconhecimento, mas há várias espécies de reconhecimento. O primeiro e o menos artístico,[153] [20] se bem que plenamente utilizado, por incapacidade [inventiva dos poetas],[154] é o que se efetua por meio de signos. Desses signos, uns são inatos, como "a lança que os filhos da terra portam"[155] ou as "estrelas" no *Tiestes* de

---

[152] Traduzo aqui *lógoi* por "tratados" e *ekdedoménois* por "publicados". Trata-se, provavelmente, de um diálogo escrito por Aristóteles, "Sobre os poetas", do qual só restam fragmentos.

[153] Ou seja, o que menos provém da arte poética.

[154] No original, *di'aporían*. "Aporia" é o estado a que chega, por exemplo, o interlocutor de Sócrates, após passar por seu método de perguntas e respostas — e caracteriza o momento preciso em que se revela a dificuldade ou mesmo *incapacidade* do interlocutor de responder à questão a que, ao menos a princípio, ele acreditava poder responder. Aqui, no entanto, o uso do termo não chega a fundar um conceito ou a definir o objetivo de uma prática, mas remete tão somente à dificuldade ou à incapacidade do poeta, que termina por deixar a *anagnórisis* a critério dos signos, sejam inatos ou adquiridos. Adoto nesta passagem, portanto, a opção de Eudoro de Souza — tanto a tradução quando o acréscimo explicativo, entre colchetes.

[155] Excerto de texto desconhecido. Os "filhos da terra", e todos os seus descendentes, distinguiam-se por uma marca em forma de lança ou dardo. Graças a essa marca, Egisto reconheceu o filho de Hémon na *Antígona* de Eurípides. Os "filhos da terra" seriam os progenitores de Tebas, nascidos dos dentes do dragão semeados por Cadmo. Cf. Magnien (1990, p. 174, n. 2).

Θυέστῃ Καρκίνος, τὰ δὲ ἐπίκτητα, καὶ τούτων τὰ μὲν ἐν τῷ σώματι, οἷον οὐλαί, τὰ δὲ ἐκτός, οἷον τὰ [25] περιδέραια καὶ οἷον ἐν τῇ Τυροῖ διὰ τῆς σκάφης. Ἔστιν δὲ καὶ τούτοις χρῆσθαι ἢ βέλτιον ἢ χεῖρον, οἷον Ὀδυσσεὺς διὰ τῆς οὐλῆς ἄλλως ἀνεγνωρίσθη ὑπὸ τῆς τροφοῦ καὶ ἄλλως ὑπὸ τῶν συβοτῶν· εἰσὶ γὰρ αἱ μὲν πίστεως ἕνεκα ἀτεχνότεραι, καὶ αἱ τοιαῦται πᾶσαι,

Cárcino;[156] outros são adquiridos e, entre estes, alguns se encontram no corpo, como as cicatrizes;[157] outros fora do corpo, como os colares[158] ou o signo fornecido pela pequena cesta, como ocorre na tragédia *Tiro*.[159] Desses signos, [25] pode-se fazer melhor ou pior uso; assim, por causa de sua cicatriz, Ulisses foi reconhecido de modo diferente pela sua ama e pelos criadores de porcos. Com efeito, nos signos utilizados como meios de persuasão,[160] e todos que são como eles, os reconhecimentos são menos afeitos à arte poética,[161]

---

[156] Peça hoje perdida que retoma o mito de Tiestes. Os astros ou as estrelas são os signos brilhantes que os descendentes de Pélopes carregam nos ombros e que, na tragédia de Cárcino, permitirá a Tiestes reconhecer a natureza do banquete servido por Atreu. Pélopes também foi servido como banquete aos deuses, mas foi reconhecido e salvo por Deméter, que consumiu um de seus ombros. Os deuses reconstituíram o corpo de Pélopes e lhe insuflaram vida, substituindo a parte faltante por uma prótese de mármore. O signo natural, congênito, ao qual Aristóteles se refere, é o que se perpetua nos descendentes de Pélopes, marcados por "signos brilhantes" (as estrelas) no local em que Pélopes portava seu membro forjado em mármore.

[157] Era famosa a cicatriz que Ulisses tinha no pé, em consequência de um ferimento causado pelo ataque de um javali. Foi ela que possibilitou à ama Euricleia reconhecê-lo no momento do banho (*Odisseia*, XIX, 386-475). Aristóteles se refere mais adiante a essa passagem. Também eram notáveis a cicatriz que Édipo tinha nos pés (*Édipo Rei*, 1.031-6) e a que Orestes tinha na sobrancelha, que lhe permitiu ser reconhecido por Electra (*Electra*, 573).

[158] Consta um exemplo no *Íon* (1.431) de Eurípides.

[159] Duas tragédias de Sófocles, hoje perdidas, têm este título. Há ainda uma tragédia de Astidamas e outra de Cárcino com o nome da heroína Tiro. Esta personagem deu à luz dois filhos gêmeos de Posídon e jogou-os no mar em uma cesta. É possível que a cesta (a pequena embarcação) tenha servido para o reconhecimento dos gêmeos pela mãe.

[160] Quando o signo, como modalidade de reconhecimento, é usado como prova persuasiva. Neste caso, o signo parece bastar por si só, não necessitando do reconhecimento que depende do entrecho dramático.

[161] No original, *atekhnóteroi*. Neste caso, os piores — os menos téc-

αἱ δὲ ἐκ περιπετείας, [30] ὥσπερ ἡ ἐν τοῖς Νίπτροις, βελτίους.

Δεύτεραι δὲ αἱ πεποιημέναι ὑπὸ τοῦ ποιητοῦ, διὸ ἄτεχνοι. Οἷον Ὀρέστης ἐν τῇ Ἰφιγενείᾳ ἀνεγνώρισεν ὅτι Ὀρέστης· ἐκείνη μὲν γὰρ διὰ τῆς ἐπιστολῆς, ἐκεῖνος δὲ αὐτὸς λέγει ἃ βούλεται ὁ ποιητὴς ἀλλ' [35] οὐχ ὁ μῦθος· διὸ ἐγγύς τι τῆς εἰρημένης ἁμαρτίας ἐστίν, ἐξῆν γὰρ ἂν ἔνια καὶ ἐνεγκεῖν. Καὶ ἐν τῷ Σοφοκλέους Τηρεῖ ἡ τῆς κερκίδος φωνή.

Ἡ τρίτη διὰ μνήμης, τῷ αἰσθέσθαι τι ἰδόντα, [1455α] ὥσπερ ἡ ἐν Κυπρίοις τοῖς Δικαιογένους, ἰδὼν γὰρ τὴν γραφὴν ἔκλαυσεν, καὶ ἡ ἐν Ἀλκίνου ἀπολόγῳ,

enquanto aqueles que resultam de uma reviravolta,[162] como a que ocorre na cena do banho, são melhores. [30]

Em segundo lugar vêm os reconhecimentos que são produzidos pelo poeta e que, por essa razão, não dizem respeito à arte poética; como na *Ifigênia*, quando Orestes se faz reconhecer como Orestes.[163] De fato, Ifigênia é reconhecida em função da carta enviada, enquanto Orestes deve relatar, por si só, quem ele é, conforme a vontade do poeta e não em função de uma exigência do enredo [35]. Volta-se assim ao primeiro caso de erro[164] aqui enunciado, pois Orestes bem que poderia portar alguns signos de reconhecimento; o mesmo se diria da "voz da lançadeira" no *Tereu* de Sófocles.[165]

Em terceiro lugar vem o reconhecimento que ocorre em função da memória, suscitada pelas impressões que se [1455 a] manifestam à vista, como nos *Cipriotas* de Diceógenes,[166] em que a personagem, olhando o desenho, rompe em pranto;

---

nicos —, em oposição aos melhores, aqueles que resultam de uma reviravolta (peripécia).

[162] O termo "reviravolta" é suficientemente conhecido no ambiente teatral e me pareceu adequado para a tradução de *peripéteia*, com frequência traduzido por "peripécia".

[163] Aristóteles se refere ao momento preciso em que a personagem Orestes, cuja identidade ainda não foi revelada, se apresenta como o próprio Orestes.

[164] O termo *hamartía* é usado aqui como um equivalente possível para *áteknhos*, "sem arte". O "erro/falta" diz respeito ao emprego destes recursos que Aristóteles considera pouco afeitos à arte poética.

[165] Peça perdida de Sófocles. Tereu violou Filomela e, para não ser descoberto, cortou-lhe a língua, mas ela, usando a "voz da lançadeira" (a peça que, num tear, faz passar os fios da trama por entre os da urdidura), ou seja, bordando letras ou figuras em uma tela, revelou à sua irmã, Procne, o que acontecera.

[166] Diceógenes foi um poeta trágico e também autor de ditirambos, contemporâneo de Agáthon. Sabe-se que ele compôs também uma *Medeia*. Sobre os *Cipriotas*, a única notícia é a que Aristóteles fornece nesta mesma passagem.

ἀκούων γὰρ τοῦ κιθαριστοῦ καὶ μνησθεὶς ἐδάκρυσεν, ὅθεν ἀνεγνωρίσθησαν.

Τετάρτη δὲ ἡ ἐκ συλλογισμοῦ, οἷον ἐν Χοηφόροις, [5] ὅτι ὅμοιός τις ἐλήλυθεν, ὅμοιος δὲ οὐθεὶς ἀλλ' ἢ Ὀρέστης, οὗτος ἄρα ἐλήλυθεν. Καὶ ἡ Πολυίδου τοῦ σοφιστοῦ περὶ τῆς Ἰφιγενείας· εἰκὸς γὰρ ἔφη τὸν Ὀρέστην συλλογίσασθαι ὅτι ἥ τ' ἀδελφὴ ἐτύθη καὶ αὐτῷ συμβαίνει θύεσθαι. Καὶ ἐν τῷ Θεοδέκτου Τυδεῖ, ὅτι ἐλθὼν ὡς εὑρήσων τὸν υἱὸν αὐτὸς [10] ἀπόλλυται. Καὶ ἡ ἐν τοῖς Φινείδαις· ἰδοῦσαι γὰρ τὸν τόπον συνελογίσαντο τὴν εἱμαρμένην ὅτι ἐν τούτῳ εἵμαρτο ἀποθανεῖν αὐταῖς, καὶ γὰρ ἐξετέθησαν ἐνταῦθα. Ἔστιν δέ τις καὶ συνθετὴ ἐκ παραλογισμοῦ τοῦ θεάτρου, οἷον ἐν τῷ Ὀδυσσεῖ τῷ ψευδαγγέλῳ· τὸ μὲν γὰρ τὸ τόξον ἐντείνειν, ἄλλον δὲ μηδένα, πεποιημένον ὑπὸ τοῦ ποιητοῦ καὶ ὑπόθεσις, καὶ εἴ γε τὸ τόξον ἔφη γνώσεσθαι ὃ οὐχ ἑωράκει· [15] τὸ δὲ ὡς δι' ἐκείνου

semelhante situação ocorre no episódio de Alcínoo: ouvindo o citarista, Ulisses recorda e chora,[167] e assim as personagens são reconhecidas.

Em quarto lugar tem-se o reconhecimento que provém do raciocínio {silogismo}, como ocorre nas *Coéforas*: alguém que me é semelhante [5] — semelhante a Electra — chegou, mas ninguém se assemelha a mim além de Orestes, logo foi ele mesmo quem chegou.[168] E também o reconhecimento que Políido, o sofista, elaborou a propósito de Ifigênia; pois é verossímil que Orestes discorresse concluindo que, se a irmã tinha sido sacrificada, também ele o havia de ser. E também no *Tideu* de Teodectes, em que o herói, tendo vindo para salvar o filho, foi ele próprio morto [10]. Também nas *Fineidas*,[169] em que as heroínas, tendo visto o local, raciocinaram sobre o destino, concluindo que deviam morrer nesse local, pois ali mesmo haviam sido deixadas. Há ainda o reconhecimento que é composto a partir de um raciocínio falso {paralogismo}[170] do espectador, como no *Ulisses, o Falso Mensageiro*:[171] com efeito, o fato de Ulisses — e nenhum outro senão ele — ser o único capaz de tender o arco é um dado construído pelo poeta e constitui uma premissa o raciocínio — ou quando se diz capaz de reconhecer o arco que não

---

[167] Na corte de Alcínoo, Ulisses chora ao ouvir o citarista Demódoco cantar o episódio do cavalo de Troia, do qual o próprio Ulisses participara. Cf. *Odisseia*, VIII, 521 ss.

[168] O texto apresentado por Aristóteles remete ao processo de reconhecimento de Orestes por Electra, sua irmã. Cf. Ésquilo, *Coéforas*, 168 ss.

[169] Pouco se sabe acerca desta peça.

[170] O paralogismo, ou falso raciocínio, se insere ainda na quarta modalidade de reconhecimento.

[171] Não se conhece sequer o autor desta obra. A reconstrução desta passagem é extremamente difícil e não há acordo entre os tradutores. Existe também grande divergência quanto aos manuscritos.

ἀναγνωριοῦντος διὰ τούτου ποιῆσαι παραλογισμός.

Πασῶν δὲ βελτίστη ἀναγνώρισις ἡ ἐξ αὐτῶν τῶν πραγμάτων, τῆς ἐκπλήξεως γιγνομένης δι' εἰκότων, οἷον ἐν τῷ Σοφοκλέους Οἰδίποδι καὶ τῇ Ἰφιγενείᾳ· εἰκὸς γὰρ βούλεσθαι ἐπιθεῖναι γράμματα. Αἱ γὰρ τοιαῦται μόναι [20] ἄνευ τῶν πεποιημένων σημείων καὶ περιδεραίων. Δεύτεραι δὲ αἱ ἐκ συλλογισμοῦ.

Δεῖ δὲ τοὺς μύθους συνιστάναι καὶ τῇ λέξει συναπεργάζεσθαι ὅτι μάλιστα πρὸ

viu —, mas se é por esse meio que ele se faz reconhecer, então se parte de um falso raciocínio. [15]

De todos, o melhor reconhecimento é o que advém dos próprios fatos, quando o efeito de surpresa se realiza em função dos acontecimentos verossímeis, como ocorre no *Édipo* de Sófocles ou na *Ifigênia*; pois é verossímil que ela quisesse enviar uma carta. De fato, apenas os reconhecimentos dessa espécie dispensam os signos construídos e visíveis, como um colar em torno do pescoço. Em segundo [20] lugar vêm os que provêm do raciocínio.[172]

[17. Os episódios na tragédia e na epopeia]

É necessário compor[173] os enredos e lhes fornecer uma forma complementada pela elocução, tendo-os diante dos

---

[172] De fato, Aristóteles parece inverter o critério de classificação com o qual ele inicia a seção, pois primeiro se refere às formas menos afeitas à arte poética de produzir a *anagnórisis* (reconhecimento), mas na parte final do texto passa a se referir à melhor espécie de reconhecimento e remete, logo a seguir, à segunda melhor espécie (*eîdos*). Tem-se então, em ordem decrescente de importância, a enumeração das quatro espécies de reconhecimento. A melhor de todas é a que se baseia na própria trama dos fatos e que prima pela verossimilhança. A segunda é o reconhecimento por meio do raciocínio (*ek syllogismoû*). A terceira ocorre em função da memória. A quarta é a mais estranha à arte poética, pois impõe a intromissão do poeta na ação e na fala da personagem, que enuncia sua condição sem que o enunciado se desenvolva a partir de uma necessidade do próprio enredo (*mýthos*) e depende da interpretação "forçosa" dos signos, sejam inatos, como uma cicatriz, ou adquiridos, como um presente, um colar, um pedaço de pano ou uma carta.

[173] Tenho optado por traduzir o verbo *synístēmi* ora por "tramar", ora por "compor", conforme a situação em que é empregado. Em geral opto por "trama dos fatos" e "composição do enredo", ainda que, como expliquei em outras notas (ver notas 2 e 73), "composição" seja um termo mais relacionado, atualmente, ao léxico musical: "compor" uma canção ou uma ópera e "escrever" um livro ou uma peça teatral.

ὀμμάτων τιθέμενον· οὕτω γὰρ ἂν
ἐναργέστατα [ὁ] ὁρῶν ὥσπερ παρ' αὐτοῖς
γιγνόμενος τοῖς [25] πραττομένοις
εὑρίσκοι τὸ πρέπον καὶ ἥκιστα ἂν
λανθάνοι [τὸ] τὰ ὑπεναντία. Σημεῖον δὲ
τούτου ὃ ἐπετιμᾶτο Καρκίνῳ. Ὁ γὰρ
Ἀμφιάραος ἐξ ἱεροῦ ἀνῄει, ὃ μὴ ὁρῶντα
[τὸν θεατὴν] ἐλάνθανεν, ἐπὶ δὲ τῆς σκηνῆς
ἐξέπεσεν δυσχερανάντων τοῦτο τῶν
θεατῶν. Ὅσα δὲ δυνατὸν καὶ τοῖς
σχήμασιν [30] συναπεργαζόμενον·
πιθανώτατοι γὰρ ἀπὸ τῆς αὐτῆς φύσεως οἱ

olhos o mais que for possível, porque, assim, vendo as cenas com a máxima clareza como se fizesse face aos próprios acontecimentos, descobrirá o que convém, e não lhe escapará [25] a menor contradição.[174] Signo disso é a reprovação feita a Cárcino: Anfiarau saía do santuário, detalhe que escapava a quem não via [a cena], mas na cena tal incongruência se evidenciava, e isso os espectadores não suportaram.[175] É necessário também, na medida do possível, compor os enredos e lhes fornecer uma forma complementada pelos gestos.[176] De fato, são mais persuasivos [30] aqueles que — participando de uma mesma natureza — se entregam às paixões; pois, com extrema veracidade, o que está desamparado[177] desampara

---

[174] No original, *[tò] tà hypenantía*: "contradição ou incongruência interna". A noção é explorada por Aristóteles também na *Retórica* (1411 b25). O autor deve situar-se no lugar do espectador, pois assim poderá perceber todos os erros e deficiências da obra. O texto poderia ter uma acepção menos contundente, admitindo a possibilidade de traduzir por: "e assim lhe escaparão minimamente as contradições" (ou "a contradição").

[175] Determinando, dessa forma, o fracasso da peça.

[176] No original, *toîs skhḗmasin* poderia remeter ao uso das figuras de linguagem da elocução (*léxis*), mas a sequência do texto leva a traduzir *toîs skhḗmasin* por "pelos gestos" (das personagens). O poeta deveria recorrer aos gestos correspondentes das personagens para compor o enredo, ou seja, deveria representar esses gestos se servindo, inclusive, da mesma elocução. Aristófanes já havia retratado Eurípides e Agáthon no ato de criação vestidos e agindo tal como as personagens (*Acarnianos*, 412, e *Tesmoforiantes*, 148). O contexto cômico da situação está, decerto, em evidência, mas não deixa de testemunhar a favor dessa prática, ou conselho, de composição do enredo a que Aristóteles faz alusão nessa passagem. Essa mesma "prática" será relatada, mais tarde, por Cícero (*Tusculanae Disputationes*, IV, 19). O verbo *synapergázomai* — completar, finalizar ou complementar; complementar o efeito da palavra pelo gesto, por exemplo — já havia sido usado no início da seção em referência à *léxis*, em 1455a17.

[177] *Kheimazómenos* designa aquele que se apavora e fica agitado diante de uma situação de terror, como uma tempestade. De fato, o verbo *kheimaínō* remete ao pavor sentido diante de uma tempestade invernal e o frio que a acompanha. É difícil encontrar uma palavra em português

ἐν τοῖς πάθεσίν εἰσιν, καὶ χειμαίνει ὁ χειμαζόμενος καὶ χαλεπαίνει ὁ ὀργιζόμενος ἀληθινώτατα. Διὸ εὐφυοῦς ἡ ποιητική ἐστιν ἢ μανικοῦ· τούτων γὰρ οἱ μὲν εὔπλαστοι οἱ δὲ ἐκστατικοί εἰσιν.

Τούς τε λόγους καὶ τοὺς πεποιημένους δεῖ καὶ αὐτὸν ποιοῦντα ἐκτίθεσθαι καθόλου, [1455β] εἶθ' οὕτως ἐπεισοδιοῦν καὶ παρατείνειν. Λέγω δὲ οὕτως ἂν θεωρεῖσθαι τὸ καθόλου, οἷον τῆς Ἰφιγενείας· τυθείσης τινὸς κόρης καὶ ἀφανισθείσης ἀδήλως τοῖς θύσασιν, ἰδρυνθείσης δὲ εἰς ἄλλην [5] χώραν, ἐν ᾗ νόμος ἦν τοὺς ξένους θύειν τῇ θεῷ, ταύτην ἔσχε τὴν ἱερωσύνην· χρόνῳ δὲ ὕστερον τῷ ἀδελφῷ συνέβη ἐλθεῖν τῆς ἱερείας, τὸ δὲ ὅτι ἀνεῖλεν ὁ θεὸς [διά τινα αἰτίαν ἔξω τοῦ καθόλου] ἐλθεῖν ἐκεῖ καὶ ἐφ' ὅ τι δὲ ἔξω τοῦ μύθου· ἐλθὼν δὲ καὶ ληφθεὶς θύεσθαι μέλλων ἀνεγνώρισεν, εἴθ' ὡς [10]

e o que está irado invoca a fúria. A arte poética é produzida pelo homem dotado naturalmente para este fim para tal fim ou por aquele que se encontra sob o efeito do delírio: pois o primeiro caso diz respeito a homens que se deixam moldar com facilidade[178] e o segundo aos que se entregam ao êxtase.

Quer se trate de argumentos já construídos ou daqueles que o próprio autor compôs, é necessário apresentar, primeiramente, um plano geral da obra [1455b] e só depois introduzir os episódios e desenvolver a cena.[179] Eis então, penso eu, de que modo se deve apresentar o plano geral, tal como no caso da *Ifigênia*: certa donzela é oferecida em sacrifício, mas desaparece tornando-se invisível aos olhos de seus algozes; em seguida é transportada a outro país onde vigora a lei de imolar à deusa os estrangeiros [5], mas aí ela se torna a sacerdotisa desse rito. Mais tarde, ocorre a chegada do irmão da então sacerdotisa. A ordem de vir a esse local, que o deus lhe imputou [por uma causa exterior ao plano geral], e o motivo de sua vinda são exteriores ao registro do enredo. Tendo chegado, foi logo aprisionado, e, no momento em que

---

para definir todo esse conjunto de sensações evocado pelo presente particípio de *kheimaínō*, do qual Aristóteles faz uso. Penso que o termo "desamparo" pode apenas sugerir o termo adotado pelo estagirita.

[178] Entenda-se, homens cuja natureza é favorável à encenação, pois possuem natureza moldável, capaz de adquirir muitas formas, *eúplastoi*. O outro caso é o daqueles que se entregam ao delírio, e interpretam fora de si, em êxtase, *ekstatikoí*. Num de seus primeiros diálogos, o *Íon*, Platão elabora uma discussão sobre o entusiasmo poético como categoria fundamental à atividade interpretativa. É evidente que o Sócrates desenhado por Platão deverá opor o entusiasmo de *Íon* ao trabalho artístico, técnico, que se constitui não pelo entusiasmo, mas pelo conhecimento (*epistéme*) da técnica.

[179] "E só então desenvolver a sequência dos episódios", conforme a tradução de Halliwell (1995, p. 89: "and only then develop the sequence of episodes"). Mas é preciso notar que nesta passagem Aristóteles usa duas formas verbais: *epeisodioûn* (particípio ativo singular) e *parateínein*, *introduzir os episódios* e *desenvolver a cena*, respectivamente.

Εὐριπίδης εἴθ' ὡς Πολύιδος ἐποίησεν, κατὰ τὸ εἰκὸς εἰπὼν ὅτι οὐκ ἄρα μόνον τὴν ἀδελφὴν ἀλλὰ καὶ αὐτὸν ἔδει τυθῆναι, καὶ ἐντεῦθεν ἡ σωτηρία.

Μετὰ ταῦτα δὲ ἤδη ὑποθέντα τὰ ὀνόματα ἐπεισοδιοῦν· ὅπως δὲ ἔσται οἰκεῖα τὰ ἐπεισόδια, οἷον ἐν τῷ Ὀρέστῃ ἡ μανία δι' ἧς ἐλήφθη καὶ ἡ [15] σωτηρία διὰ τῆς καθάρσεως. Ἐν μὲν οὖν τοῖς δράμασιν τὰ ἐπεισόδια σύντομα, ἡ δ' ἐποποιία τούτοις μηκύνεται. Τῆς γὰρ Ὀδυσσείας οὐ μακρὸς ὁ λόγος ἐστίν· ἀποδημοῦντός τινος ἔτη πολλὰ καὶ παραφυλαττομένου ὑπὸ τοῦ Ποσειδῶνος καὶ μόνου ὄντος, ἔτι δὲ τῶν οἴκοι οὕτως ἐχόντων ὥστε τὰ [20] χρήματα ὑπὸ μνηστήρων ἀναλίσκεσθαι καὶ τὸν υἱὸν ἐπιβουλεύεσθαι, αὐτὸς δὲ ἀφικνεῖται χειμασθείς, καὶ ἀναγνωρίσας τινὰς ἐπιθέμενος αὐτὸς μὲν ἐσώθη τοὺς δ' ἐχθροὺς διέφθειρε. Τὸ μὲν οὖν ἴδιον τοῦτο, τὰ δ' ἄλλα ἐπεισόδια.

Ἔστι δὲ πάσης τραγῳδίας τὸ μὲν δέσις τὸ δὲ λύσις, τὰ [25] μὲν ἔξωθεν καὶ ἔνια τῶν

ia ser sacrificado, se fez reconhecer — quer seja à maneira de Eurípides ou à de [10] Políido, quando disse, segundo a verossimilhança, que não apenas sua irmã, mas ele também devia ser sacrificado — e, em consequência, foi salvo.

Depois disso, com os nomes uma vez atribuídos às personagens, desenvolvem-se os episódios, de tal modo que o argumento geral possa ser apropriado aos episódios, como ocorre no caso de Orestes, em que sua loucura foi a causa de sua captura, e sua preservação se deu graças a sua purificação.[180] [15] Nos dramas os episódios devem ser concisos, enquanto na epopeia são eles — os episódios — que fornecem a grande extensão. Com efeito, o argumento da *Odisseia* não é longo: um homem vagueia solitário durante muitos anos longe de seu país, sempre sob a vigilância de Posídon, entretanto, em sua casa, as coisas ocorrem de tal modo que seus bens estão sendo dilapidados pelos pretendentes — de sua mulher —, e seu filho, [20] acometido por conspirações; maltratado por intempéries ele enfim regressa e, após se fazer reconhecer por alguns, ataca os adversários e se salva, destruindo os inimigos. Eis o que é próprio ao argumento, tudo o mais são episódios.

[18. Enlace e desenlace]

Em toda tragédia há o enlace e o desenlace.[181] Os acontecimentos que se desenvolvem fora do entrecho dramático

---

[180] No original, *kathárseōs*, genitivo de *khátarsis*, que preferi traduzir, nessa passagem, por purificação e não por catarse, como em 1449b28.

[181] É importante, como observa Gazoni (2006, n. 274), em menção à nota de Else (1967, p. 103), conservar a oposição dos termos na tradução do par antinômico *désis/lýsis*. Em francês, geralmente se traduz por *nouement/dénouement*. Em inglês, Else traduz por *tying/untying*, mantendo assim o jogo de palavras que Aristóteles propõe entre *désis* e *lýsis*. Em

ἔσωθεν πολλάκις ἡ δέσις, τὸ δὲ λοιπὸν ἡ λύσις· λέγω δὲ δέσιν μὲν εἶναι τὴν ἀπ' ἀρχῆς μέχρι τούτου τοῦ μέρους ὃ ἔσχατόν ἐστιν ἐξ οὗ μεταβαίνει εἰς εὐτυχίαν ἢ εἰς ἀτυχίαν, λύσιν δὲ τὴν ἀπὸ τῆς ἀρχῆς τῆς μεταβάσεως μέχρι τέλους· ὥσπερ ἐν τῷ Λυγκεῖ τῷ Θεοδέκτου [30] δέσις μὲν τά τε προπεπραγμένα καὶ ἡ τοῦ παιδίου λῆψις καὶ πάλιν ἡ αὐτῶν <λύσις> δ' ἡ ἀπὸ τῆς αἰτιάσεως τοῦ θανάτου μέχρι τοῦ τέλους.

Τραγῳδίας δὲ εἴδη εἰσὶ τέσσαρα (τοσαῦτα γὰρ καὶ τὰ μέρη ἐλέχθη), ἡ μὲν πεπλεγμένη, ἧς τὸ ὅλον ἐστὶν περιπέτεια καὶ

e alguns que se desenrolam em seu interior [25] constituem, com frequência, o enlace; o resto é o desenlace.[182] Digo que o "enlace" é o desenvolvimento que se estende desde o início até aquela parte extrema em que ocorre a modificação[183] da ação para a prosperidade ou para a adversidade; o "desenlace" é o desenvolvimento que se estende do início da modificação até o fim. Assim, no *Linceu* de Teodectes o enlace compreende os acontecimentos anteriores,[184] o sequestro da criança [30] e ainda seus ***,[185] e o desenlace se estende desde a acusação de assassinato até o fim.

Há quatro espécies de tragédia (tal é também, como dissemos, o número de partes):[186] a tragédia complexa, cujo todo é constituído de reviravolta e reconhecimento; a tragédia

---

português, Eudoro de Souza traduz por "nó/desenlace", perdendo o jogo entre os antônimos.

[182] Ou seja, a resolução.

[183] Traduzo o verbo *metabaínō* por "mudança", "modificação" para designar o ponto de virada do direcionamento da ação (e que acarretará a *anagnórisis*, a *peripéteia* e, muitas vezes, o *páthos*), ou seja, o ponto crucial em que se passa do "enlace" ao "desenlace".

[184] É muito provável que Aristóteles se refira aqui aos acontecimentos ou ações exteriores, ou seja, que ocorrem fora da tragédia, *éxothen*.

[185] Aqui o texto está irremediavelmente mutilado.

[186] No original, *tosaûta gàr kaì tà mérē elékhthē*: "tal é também o número de partes"; texto provavelmente interpolado, pois, até então, a divisão proposta pelo autor remetia a seis partes (ver, por exemplo, a seção 6, 1449b21). Como os parênteses constam em todos os manuscritos existentes, é possível que a interpolação, se de fato há uma interpolação — o que seria muito provável —, tenha ocorrido antes da elaboração das cópias que chegaram aos nossos dias. Como explica Gernez: "Elas (as espécies) são quatro se compreendemos que algumas dentre elas funcionam como grupos (reviravolta e reconhecimento; caracteres, pensamentos e elocução; canto e espetáculo), o patético constituindo um grupo por si só" (2002, pp. 68-9).

ἀναγνώρισις, ἡ δὲ παθητική, οἷον οἵ τε Αἴαντες καὶ οἱ Ἰξίονες, ἡ δὲ ἠθική, οἷον αἱ Φθιώτιδες καὶ ὁ Πηλεύς· [1456a] τὸ δὲ τέταρτον †οης†, οἷον αἵ τε Φορκίδες καὶ ὁ

patética,[187] como aquelas sobre *Ájax* e sobre *Íxion*;[188] a tragédia de caracteres,[189] como as *Ftiótidas*[190] [1456a] e *Peleu*;[191] e, em quarto lugar, a de {episó} †dio†,[192] como as *Filhas de Fórcis*,[193] *Prometeu*[194] e todas as que se passam no

---

[187] "Patética" — *pathētikē* — ou "comocional", aquela que provoca o *páthos*, que tenho traduzido por "comoção emocional".

[188] Sobreviveu um *Ájax* de Sófocles, peça centrada na loucura assassina do herói, mas não se conhece tragédia sobre Íxion. Este era descendente de Peneu, o deus-rio da Tessália, ou, segundo outra genealogia, de Sísifo, e foi o primeiro mortal a matar um membro da própria família.

[189] Entenda-se: as tragédias éticas — *ēthikē* —, aquelas cujo aspecto mais significativo está na caracterização das personagens. Ainda que a atitude trágica por excelência nos remeta à seriedade de caráter do protagonista (*spoudaîos*), constituiria um erro traduzir *ēthikē* por "tragédias éticas". Toda tragédia, nesse sentido, seria ética, ou seja, na medida em que toda tragédia se funda na atitude nobre e virtuosa dos protagonistas.

[190] Trata-se de uma tragédia perdida de Sófocles, da qual não se conhece o argumento. Sabe-se que se referia ao mito de Aquiles e, talvez, a seu nascimento em Ftia, cidade da Tessália. As ftiótidas eram provavelmente as mulheres da Ftia, integrantes do coro dessa tragédia. Cf. Magnien (1990, p. 113).

[191] Sófocles e Eurípides escreveram tragédias com esse título. Na mitologia, Peleu era rei da Ftia, filho de Éaco, meio-irmão de Telámon, amigo do centauro Quíron; casou com Tétis e era pai de Aquiles.

[192] Aqui o texto encontra-se corrompido. Algumas possibilidades: *hē aplḗ*, Bursian — "a tragédia simples"; *oēs*, manuscrito B; *hoēs*, manuscrito A (de fato, as cópias A e B levam a pensar em tragédias episódicas, restando apenas a parte final, mesmo assim corrompida, da palavra *epeisodiódēs*, mas, neste caso, o omícron com espírito forte seria tomado por um delta — melhor seria admitir unicamente as letras finais, *ēs*); e ópsis, Bywater (a tragédia espetacular/espetáculo). Resumindo, como quarta *espécie* seria possível pensar em tragédias ou simples, ou episódicas, ou espetaculares. Não há como optar por uma solução em detrimento de outra. A opção adotada é apenas uma alternativa, justamente a que me pareceu mais viável. Trata-se da mesma escolha feita por Else (1967, p. 50).

[193] Trata-se, provavelmente, de um drama satírico de Ésquilo.

[194] Costuma-se admitir que Ésquilo escreveu uma trilogia sobre Prometeu. Cf. Saïd (1985).

Προμηθεὺς καὶ ὅσα ἐν ᾅδου. Μάλιστα μὲν οὖν ἅπαντα δεῖ πειρᾶσθαι ἔχειν, εἰ δὲ μή, τὰ μέγιστα καὶ πλεῖστα, ἄλλως τε [5] καὶ ὡς νῦν συκοφαντοῦσιν τοὺς ποιητάς· γεγονότων γὰρ καθ' ἕκαστον μέρος ἀγαθῶν ποιητῶν, ἑκάστου τοῦ ἰδίου ἀγαθοῦ ἀξιοῦσι τὸν ἕνα ὑπερβάλλειν. Δίκαιον δὲ καὶ τραγῳδίαν ἄλλην καὶ τὴν αὐτὴν λέγειν οὐδενὶ ὡς τῷ μύθῳ· τοῦτο δέ, ὧν ἡ αὐτὴ πλοκὴ καὶ λύσις. Πολλοὶ δὲ πλέξαντες εὖ [10] λύουσι κακῶς· δεῖ δὲ ἀμφότερα ἀρτικροτεῖσθαι.

Χρὴ δὲ ὅπερ εἴρηται πολλάκις μεμνῆσθαι καὶ μὴ ποιεῖν ἐποποιικὸν σύστημα τραγῳδίαν_ἐποποιικὸν δὲ λέγω τὸ πολύμυθον_ οἷον εἴ τις τὸν τῆς Ἰλιάδος ὅλον ποιοῖ μῦθον. Ἐκεῖ μὲν γὰρ διὰ τὸ μῆκος λαμβάνει τὰ μέρη τὸ πρέπον μέγεθος, ἐν [15] δὲ τοῖς δράμασι πολὺ παρὰ τὴν ὑπόληψιν ἀποβαίνει. Σημεῖον δέ, ὅσοι πέρσιν Ἰλίου ὅλην ἐποίησαν καὶ μὴ κατὰ μέρος ὥσπερ Εὐριπίδης, <ἢ> Νιόβην καὶ μὴ ὥσπερ Αἰσχύλος, ἢ ἐκπίπτουσιν ἢ κακῶς ἀγωνίζονται, ἐπεὶ καὶ Ἀγάθων ἐξέπεσεν ἐν τούτῳ μόνῳ. Ἐν δὲ ταῖς περιπετείαις καὶ ἐν

Hades. Certamente é necessário fazer o possível para atingir todas essas qualidades ou pelo menos as mais importantes e a maior parte delas, sobretudo por causa das falsas acusações que hoje são lançadas contra os poetas. De fato, como há poetas que se tornaram excelentes em cada uma [5] das partes, pretende-se que um só poeta possa superar cada um desses poetas na parte peculiar em que são excelentes. Para dizer com legitimidade que uma tragédia é diferente ou igual a outra, nada se compara ao enredo, pois é a mesma quando apresenta o mesmo enlace[195] e o mesmo desenlace. Muitos poetas conduzem bem o enlace e mal o desenlace; mas é sempre necessário [10] manter a proficiência em ambas as partes.

É mister lembrar, como já dissemos muitas vezes,[196] que não se deve construir a tragédia com uma estrutura épica — por "épico" entendo o que compreende muitas histórias — como se fizéssemos, por exemplo, uma tragédia contendo todo o conjunto de mitos da *Ilíada*.[197] Com efeito, a extensão que constitui a épica permite que se consagre às partes o tratamento em extensão que lhes convém; enquanto nos dramas [15] tal abundância determinaria uma resposta contrária à expectativa. Um sinal disso é que todos aqueles que trataram do saque de Troia em seu conjunto, e não parte a parte, como o fez Eurípides, <ou> de toda a história de Níobe, não como o fez Ésquilo, ou fracassaram ou foram malsucedidos nos concursos; pois esse foi o único motivo para o fracasso de

---

[195] "Enlace", aqui, traduz *ploké* (a tessitura), cujo significado é o mesmo de *désis*, e não deve ser diferenciado.

[196] Aristóteles disse apenas, na seção 5, que a epopeia é mais extensa do que a tragédia e que na tragédia os episódios são breves.

[197] Aristóteles disse anteriormente que o argumento da epopeia é simples, os episódios que se interpolam é que são muitos. Ele parece agora dizer que, apesar da simplicidade do argumento, os mitos (as histórias ou as intrigas) são muito variados, de tal forma que não é possível compor uma tragédia contendo todas as histórias de um poema épico.

τοῖς [20] ἁπλοῖς πράγμασι στοχάζονται ὧν βούλονται θαυμαστῶς· τραγικὸν γὰρ τοῦτο καὶ φιλάνθρωπον. Ἔστιν δὲ τοῦτο, ὅταν ὁ σοφὸς μὲν μετὰ πονηρίας <δ'> ἐξαπατηθῇ, ὥσπερ Σίσυφος, καὶ ὁ ἀνδρεῖος μὲν ἄδικος δὲ ἡττηθῇ. Ἔστιν δὲ τοῦτο καὶ εἰκὸς ὥσπερ Ἀγάθων λέγει, εἰκὸς γὰρ γίνεσθαι πολλὰ [25] καὶ παρὰ τὸ εἰκός.

Καὶ τὸν χορὸν δὲ ἕνα δεῖ ὑπολαμβάνειν τῶν ὑποκριτῶν, καὶ μόριον εἶναι τοῦ ὅλου καὶ συναγωνίζεσθαι μὴ ὥσπερ Εὐριπίδῃ ἀλλ' ὥσπερ Σοφοκλεῖ. Τοῖς δὲ λοιποῖς τὰ ᾀδόμενα οὐδὲν μᾶλλον τοῦ μύθου ἢ ἄλλης τραγῳδίας ἐστίν· διὸ ἐμβόλιμα ᾄδουσιν πρώτου ἄρξαντος [30] Ἀγάθωνος τοῦ τοιούτου. Καίτοι τί διαφέρει ἢ ἐμβόλιμα ᾄδειν ἢ εἰ ῥῆσιν ἐξ ἄλλου εἰς ἄλλο ἁρμόττοι ἢ ἐπεισόδιον ὅλον;

περὶ μὲν οὖν τῶν ἄλλων εἰδῶν εἴρηται, λοιπὸν δὲ περὶ λέξεως καὶ διανοίας εἰπεῖν. Τὰ μὲν οὖν περὶ τὴν διάνοιαν ἐν [35] τοῖς περὶ ῥητορικῆς κείσθω· τοῦτο γὰρ ἴδιον μᾶλλον

Agáthon. Com as reviravoltas e com os acontecimentos simples, os poetas atingem admiravelmente [20] os objetivos desejados, que são os de suscitar o trágico e o sentimento de humanidade. Isso ocorre quando um herói astuto, porém mau, é enganado, como no caso de Sísifo; ou quando um herói corajoso, porém injusto, é vencido. Isso é verossímil, como o diz Agáthon, pois é também verossímil que muitas coisas se passem contra o verossímil.[198] [25]

O coro deve ser considerado um dos atores; deve ser tomado como uma parte do todo e assim concorrer para a ação, mas não à maneira de Eurípides, e sim à de Sófocles. Para os demais poetas, as partes cantadas não têm maior relação com o enredo do que com qualquer outra tragédia; eis por que entoam cânticos intercalados,[199] prática cuja origem remonta [30] a Agáthon. No entanto, que diferença há entre entoar cânticos intercalados e transpor, de uma para outra tragédia, uma fala ou um episódio inteiro?

[19. O pensamento e a elocução]

Como já falamos sobre as outras partes, resta agora discorrer sobre a elocução[200] e o pensamento. O que diz respeito ao "pensamento", deixemos, então, a encargo do que se encontra nos livros sobre a *Retórica* [35];[201] pois o assunto

---

[198] Cf. *Retórica*, 1402a10.

[199] No original, *embólima áidousin*, "interlúdios" ou "cânticos intercalados".

[200] Pode-se traduzir *léxis* por "elocução", "expressão" ou mesmo "dicção".

[201] É possível que Aristóteles esteja se referindo a uma parte da *Retórica* que não coincide com os três livros que hoje temos. Outros escritos de Aristóteles sobre esse tema são referidos na extensa lista proposta por Diógenes Laércio, *Vida e obra dos filósofos ilustres*, V, 22-8.

ἐκείνης τῆς μεθόδου. Ἔστι δὲ κατὰ τὴν διάνοιαν ταῦτα, ὅσα ὑπὸ τοῦ λόγου δεῖ παρασκευασθῆναι. Μέρη δὲ τούτων τό τε ἀποδεικνύναι καὶ τὸ λύειν καὶ τὸ πάθη παρασκευάζειν [1456β] (οἷον ἔλεον ἢ φόβον ἢ ὀργὴν καὶ ὅσα τοιαῦτα) καὶ ἔτι μέγεθος καὶ μικρότητας. Δῆλον δὲ ὅτι καὶ ἐν τοῖς πράγμασιν ἀπὸ τῶν αὐτῶν ἰδεῶν δεῖ χρῆσθαι ὅταν ἢ ἐλεεινὰ ἢ δεινὰ ἢ μεγάλα ἢ εἰκότα δέῃ παρασκευάζειν· πλὴν τοσοῦτον [5] διαφέρει, ὅτι τὰ μὲν δεῖ φαίνεσθαι ἄνευ διδασκαλίας, τὰ δὲ ἐν τῷ λόγῳ ὑπὸ τοῦ λέγοντος παρασκευάζεσθαι καὶ παρὰ

é mais apropriado a esse domínio de pesquisa. Pertence ao "pensamento" tudo o que deve ser suscitado pelo discurso.[202] As partes do discurso são: demonstrar, refutar e suscitar paixões (como a compaixão, o pavor, [1456b] a ira e todas as paixões desse mesmo gênero) e ainda o efeito de ampliação e o de redução.[203] É evidente que também precisamos nos servir das mesmas formas na organização dos fatos; por exemplo, quando devemos suscitar os efeitos[204] de compaixão, pavor, grandeza e verossimilhança. A única diferença é que no caso da tragédia esses efeitos devem aparecer sem explicação, [5] enquanto no caso do discurso retórico eles devem ser suscitados pelo orador e constituídos em função

---

[202] Este é, sem dúvida, um dos termos mais difíceis de traduzir, não só em Aristóteles como, de modo geral, em todo o pensamento grego. Aqui caberiam opções como "linguagem", "fala", "comentário" ou mesmo "raciocínio"; afinal, Aristóteles se refere ao *lógos* como *pensamento — dianoía*. O contexto em que o termo é empregado e a alusão feita anteriormente à *Retórica* podem servir de apoio à ideia de que se trata aqui do "discurso", ou seja, da linguagem pela qual efetivamente a trama do enredo remete a uma reflexão ou a um raciocínio capaz de demonstrar, refutar e suscitar paixões ou afecções, ampliações e reduções.

[203] A parte final da frase é particularmente difícil de traduzir, porque *mégethos*, a ampliação, está no singular e *mikrótētas* de *mikrótēs*, a pequenez, no plural. Admite-se que esses "efeitos" estendem-se ao uso das três partes: a demonstração, a refutação e a suscitação das paixões. Na *Retórica*, os três meios de que o orador dispõe para persuadir o auditório são: a demonstração, o apelo às emoções e a apresentação de seu próprio caráter. Aqui não se fala deste último meio que, diferentemente do que se passa na *Retórica*, parece estar contido na discussão sobre a ação. Na *Poética* a ação pode ser independente da qualidade do caráter, e um bom homem pode sofrer o impacto de um destino infeliz. Cf. *Retórica*, 1356a1 e 1378a20.

[204] O uso do termo "efeitos" aqui visa, sobretudo, a introduzir as palavras que se seguem no plural: *eleeinà, deinâ, megála* e *eíkonta*: compaixão, pavor, grandeza e verossimilhança. Trata-se da mesma solução adotada por Dupont-Roc e Lallot (1980, p. 101).

τὸν λόγον γίγνεσθαι. Τί γὰρ ἂν εἴη τοῦ λέγοντος ἔργον, εἰ φαίνοιτο ᾗ δέοι καὶ μὴ διὰ τὸν λόγον;

   τῶν δὲ περὶ τὴν λέξιν ἓν μέν ἐστιν εἶδος θεωρίας τὰ σχήματα τῆς λέξεως, [10] ἅ ἐστιν εἰδέναι τῆς ὑποκριτικῆς καὶ τοῦ τὴν τοιαύτην ἔχοντος ἀρχιτεκτονικήν, οἷον τί ἐντολὴ καὶ τί εὐχὴ καὶ διήγησις καὶ ἀπειλὴ καὶ ἐρώτησις καὶ ἀπόκρισις καὶ εἴ τι ἄλλο τοιοῦτον. Παρὰ γὰρ τὴν τούτων γνῶσιν ἢ ἄγνοιαν οὐδὲν εἰς τὴν ποιητικὴν ἐπιτίμημα φέρεται ὅ τι καὶ ἄξιον [15] σπουδῆς. Τί γὰρ ἄν τις ὑπολάβοι ἡμαρτῆσθαι ἃ Πρωταγόρας ἐπιτιμᾷ, ὅτι εὔχεσθαι οἰόμενος ἐπιτάττει εἰπὼν "μῆνιν ἄειδε θεά"; τὸ γὰρ κελεῦσαι, φησίν, ποιεῖν τι ἢ μὴ ἐπίταξίς ἐστιν. Διὸ παρείσθω ὡς ἄλλης καὶ οὐ τῆς ποιητικῆς ὂν θεώρημα. [20]

do que se diz. Pois qual seria a tarefa do orador se os efeitos requeridos[205] fossem evidentes de per si e não pelo discurso?

Com relação à elocução, um aspecto do estudo diz respeito às figuras de elocução, mas conhecê-las é próprio à arte do ator [10] e à do especialista versado em tal matéria; que consiste em saber, por exemplo, o que é uma ordem e o que é uma súplica, uma narração, uma ameaça, uma pergunta, uma resposta, e outros itens como esses. No entanto, com base unicamente no conhecimento ou na ignorância desses itens, não se pode sustentar qualquer crítica digna de valor dirigida à arte poética. Pois quem poderia acolher a crítica sobre a falta que Protágoras [15] imputa a Homero, quando este diz "Canta, ó deusa, a ira..." como se houvesse pronunciado uma ordem, tendo pretendido expressar uma súplica?[206] Com efeito, nos diz ele, mandar fazer ou não alguma coisa é uma ordem. Eis por que devemos deixar de lado essa questão, pois constitui o objeto de estudo de outra arte e não da arte poética. [20]

---

[205] O texto e o sentido desta frase são duvidosos. Sigo o estabelecimento de Kassel, *hêi déoi* e não *he dianoía*, de Spengel, ou *hēdéa*, de A, de B e da *translatio arabica*. Cf. Eudoro de Souza (1993, p. 99): "Pois de que serviria a obra do orador, se o *pensamento* dele se revelasse de per si, e não pelo discurso?".

[206] Primeiros versos da *Ilíada*. Protágoras reprova Homero por ter usado um imperativo quando deveria empregar um optativo. O problema, apontado por Aristóteles, diz respeito ao modo como a frase foi dita, que, conforme a elocução, poderia soar como súplica ou invocação, ainda que Homero tenha usado um imperativo.

Τῆς δὲ λέξεως ἁπάσης τάδ' ἐστὶ τὰ μέρη, στοιχεῖον συλλαβὴ σύνδεσμος ὄνομα ῥῆμα ἄρθρον πτῶσις λόγος.

Στοιχεῖον μὲν οὖν ἐστιν φωνὴ ἀδιαίρετος, οὐ πᾶσα δὲ ἀλλ' ἐξ ἧς πέφυκε συνθετὴ

[20. A elocução][207]

As partes da elocução, de um modo geral, são estas: a letra {o elemento},[208] a sílaba, a conjunção, o nome,[209] o verbo, a articulação,[210] a flexão[211] e o enunciado.[212]

A "letra" é um som vocal indivisível,[213] não porém qualquer um, mas aquele que concorre para a formação de um

---

[207] Aquilo de que Aristóteles trata nas seções 20 e 21 não é, de fato, o que se poderia chamar de "estilística" (ramo da linguística que estuda a língua em sua função expressiva, analisando o uso dos processos fonéticos, sintáticos e de criação de significados que individualizam estilos), mas sim um resumo geral das categorias ou classes gramaticais.

[208] O elemento primeiro, *stoikheîon*, o elemento fonético primeiro ou a unidade fonética que pode ser designada pela letra, o que hoje certamente se denominaria "fonema". Para um leitor contemporâneo, as partes em progressão seriam a letra, a sílaba, a palavra, o sintagma, a frase, a oração e o texto. E "letra" seria a representação gráfica de um som vocal indivisível.

[209] No original, *ónoma*, compreendendo o substantivo e o adjetivo.

[210] Há várias possibilidades de traduzir *árthron*: artigo, conjunção, articulação, preposição. Não há acordo entre os tradutores consultados.

[211] No original, *ptôsis*, que pode significar tanto o caso quanto a flexão do verbo.

[212] No original, *lógos*, "proposição" ou "enunciação" (o enunciado completo). Aristóteles apresenta as oito partes que constituem a elocução: *stoikheîon*, *syllabè* (sílaba), *sýndesmos* (conjunção), *ónoma* (nome/substantivo/adjetivo), *rhêma* (verbo/predicado), *árthron* (articulação, artigo, preposição ou conjunção), *ptôsis* (flexão), *lógos* (enunciado). O único problema estaria no posicionamento de *árthron*, que nos manuscritos A e B vem logo após *rhêma*. Alguns tradutores situam *árthron* depois de *sýndesmos*. Preferi seguir a lição dos manuscritos.

[213] Como esclarece Dupont-Roc e Lallot (1980, p. 317, n. 3), para Aristóteles *phōnế* designa fundamentalmente a voz, em oposição a qualquer acontecimento acústico não vocal (*psóphos*, barulho, som; *De Anima*, 420b). O termo *phōnế* cobre, de fato, o conjunto da emissão vocal. O sintagma "som vocal" ("sound vocal", Halliwell) pareceu-me a solução mais adequada, embora Aristóteles tenha usado uma só palavra.

γίγνεσθαι φωνή· καὶ γὰρ τῶν θηρίων εἰσὶν ἀδιαίρετοι φωναί, ὧν οὐδεμίαν λέγω [25] στοιχεῖον. Ταύτης δὲ μέρη τό τε φωνῆεν καὶ τὸ ἡμίφωνον καὶ ἄφωνον. Ἔστιν δὲ ταῦτα φωνῆεν μὲν <τὸ> ἄνευ προσβολῆς ἔχον φωνὴν ἀκουστήν, ἡμίφωνον δὲ τὸ μετὰ προσβολῆς ἔχον φωνὴν ἀκουστήν, οἷον τὸ Σ καὶ τὸ Ρ, ἄφωνον δὲ τὸ μετὰ προσβολῆς καθ' αὑτὸ μὲν οὐδεμίαν ἔχον φωνήν, μετὰ δὲ [30] τῶν ἐχόντων τινὰ φωνὴν γινόμενον ἀκουστόν, οἷον τὸ Γ καὶ τὸ Δ. Ταῦτα δὲ διαφέρει σχήμασίν τε τοῦ στόματος καὶ τόποις καὶ δασύτητι καὶ ψιλότητι καὶ μήκει καὶ βραχύτητι ἔτι δὲ ὀξύτητι καὶ βαρύτητι καὶ τῷ μέσῳ· περὶ ὧν καθ' ἕκαστον ἐν τοῖς μετρικοῖς προσήκει θεωρεῖν.

Συλλαβὴ [35] δέ ἐστιν φωνὴ ἄσημος συνθετὴ ἐξ ἀφώνου καὶ φωνὴν ἔχοντος· καὶ γὰρ τὸ ΓΡ ἄνευ τοῦ Α †συλλαβὴ καὶ† μετὰ τοῦ Α, οἷον τὸ ΓΡΑ. Ἀλλὰ καὶ τούτων θεωρῆσαι τὰς διαφορὰς τῆς μετρικῆς ἐστιν.

Σύνδεσμος δέ ἐστιν φωνὴ ἄσημος [1457a] ἣ οὔτε κωλύει οὔτε ποιεῖ φωνὴν μίαν σημαντικὴν ἐκ πλειόνων φωνῶν πεφυκυῖα συντίθεσθαι καὶ ἐπὶ τῶν ἄκρων καὶ ἐπὶ τοῦ μέσου ἣν μὴ ἁρμόττει ἐν ἀρχῇ λόγου τιθέναι καθ' αὑτήν, οἷον μέν ἤτοι δέ. Ἡ φωνὴ ἄσημος ἢ ἐκ πλειόνων μὲν [5] φωνῶν μιᾶς σημαντικῶν δὲ ποιεῖν πέφυκεν μίαν σημαντικὴν φωνήν.

som vocal composto; porque os animais também emitem sons vocais indivisíveis, mas a nenhum desses sons eu chamo letra. As letras [25] se dividem em vogais, semivogais e mudas.[214] A vogal é a letra de som audível, mas sem encontro {dos lábios e da língua}; semivogal é a que possui um som produzido por esse encontro, como o Σ {sigma} e o Ρ {rô}; a muda é a que, em função desse encontro, não possui, por si só, qualquer som, mas se torna audível quando associada a letras que possuem [30] um som, como o Γ {gama} e o Δ {delta}. Essas letras diferem segundo a forma tomada pela boca e o local onde se produz o encontro,[215] segundo a presença ou a ausência de aspiração, por serem longas ou breves,[216] ou ainda por serem agudas, graves ou intermediárias. No entanto, teorizar sobre cada um desses itens corresponde ao âmbito da métrica.

A "sílaba" é um som vocal não significante [35] composto de uma parte muda e de uma parte sonora; com efeito, ΓΡ {gr} constitui †uma sílaba†, sem ou com Α, como na sílaba ΓΡΑ {gra}. Mas o estudo dessas distinções pertence também à métrica.

A "conjunção" é um som vocal não significante que não impede nem institui a formação de um som vocal significativo, [1457a] compondo-se, por natureza, de muitos sons (nas extremidades ou no meio), porém não se pode posicioná-la, por si só, no início de um enunciado, como *mén, étoi, toí, dé*; ou é um som vocal não significante que, a partir de muitos sons significantes, produz, por natureza, um único som [5] significante.

---

[214] Ou seja, sonoras (*phōnéen*), semissonoras (*hēmíphōnon*) e não sonoras (*áphōnon*).

[215] O encontro ou a aproximação (dos lábios e da língua) — *prosbolēs* —, o local preciso a partir do qual esse som é emitido.

[216] Aristóteles está se referindo às vogais.

Ἄρθρον δ' ἐστὶ φωνὴ ἄσημος ἢ λόγου ἀρχὴν ἢ τέλος ἢ διορισμὸν δηλοῖ. Οἷον τὸ ἀμφί καὶ τὸ περί καὶ τὰ ἄλλα. Ἡ φωνὴ ἄσημος ἢ οὔτε κωλύει οὔτε ποιεῖ φωνὴν μίαν σημαντικὴν ἐκ πλειόνων φωνῶν πεφυκυῖα τίθεσθαι καὶ [10] ἐπὶ τῶν ἄκρων καὶ ἐπὶ τοῦ μέσου.

Ὄνομα δέ ἐστι φωνὴ συνθετὴ σημαντικὴ ἄνευ χρόνου ἧς μέρος οὐδέν ἐστι καθ' αὑτὸ σημαντικόν· ἐν γὰρ τοῖς διπλοῖς οὐ χρώμεθα ὡς καὶ αὐτὸ καθ' αὑτὸ σημαῖνον, οἷον ἐν τῷ Θεόδωρος τὸ δωρος οὐ σημαίνει.

Ῥῆμα δὲ φωνὴ συνθετὴ σημαντικὴ μετὰ [15] χρόνου ἧς οὐδὲν μέρος σημαίνει καθ' αὑτό, ὥσπερ καὶ ἐπὶ τῶν ὀνομάτων· τὸ μὲν γὰρ ἄνθρωπος ἢ λευκόν οὐ σημαίνει τὸ πότε, τὸ δὲ βαδίζει ἢ βεβάδικεν προσσημαίνει τὸ μὲν τὸν παρόντα χρόνον τὸ δὲ τὸν παρεληλυθότα.

Πτῶσις δ' ἐστὶν ὀνόματος ἢ ῥήματος ἡ μὲν κατὰ τὸ τούτου ἢ τούτῳ [20] σημαῖνον καὶ ὅσα

A "articulação"[217] é um som vocal não significante que designa o início, o fim ou a divisão de um enunciado, como *amphí*, *perí* e outros; ou um som vocal não significante que não impede nem institui a formação de um som vocal significativo, compondo-se, por natureza, de muitos sons[218] e posicionado [10] nas extremidades ou no meio.

O "nome" é um som vocal composto, significante, sem determinação de tempo e do qual nenhuma parte é, por si só, significante; com efeito, nos nomes duplos, não nos servimos de suas partes como se elas tivessem, cada uma por si só, um significado, como em "Teodoro",[219] em que a parte "doro" não tem significado.

O "verbo" é um som vocal composto, significante, com determinação de tempo e do qual nenhuma [15] parte significa por si só, como ocorre também no caso dos nomes; com efeito, "homem" ou "branco" não significam "quando",[220] enquanto "anda" ou "andou" conotam, o primeiro, o tempo presente; o segundo, o passado.

A "flexão" pode ser do nome ou do verbo e indica os casos, como "deste" ou "a este"[221] e todos quantos houver;

---

[217] Apesar de *árthron*, muitas vezes traduzido por "artigo", estar situado na listagem do início da seção (1456b21), logo após *rhêma*, o verbo, surge aqui posicionado depois da análise de conjunção (*sýndesmos*). De todo modo, é preciso estabelecer uma distinção entre o que Aristóteles designa de "conjunção" e o significado que ele busca para *árthron* ("articulação"). De fato, *amphí* e *perí*, os exemplos por ele suscitados, são, sobretudo, preposições.

[218] Até aqui Aristóteles praticamente repete o que já disse sobre a conjunção, mas a partir deste ponto (marcado pela localização desta nota) o texto toma outra direção.

[219] O nome "Teodoros" significa "dom de Deus" ou, mais literalmente, "Deusdado".

[220] Para *póte*, "o momento", "quando" (advérbio de tempo).

[221] É o caso do pronome demonstrativo *hoûtos*, no genitivo e no dativo, representando dois dos cinco casos do grego. A continuidade da

τοιαῦτα, ἡ δὲ κατὰ τὸ ἑνὶ ἢ πολλοῖς, οἷον ἄνθρωποι ἢ ἄνθρωπος, ἡ δὲ κατὰ τὰ ὑποκριτικά, οἷον κατ' ἐρώτησιν ἐπίταξιν· τὸ γὰρ ἐβάδισεν; ἢ βάδιζε πτῶσις ῥήματος κατὰ ταῦτα τὰ εἴδη ἐστίν.

Λόγος δὲ φωνὴ συνθετὴ σημαντικὴ ἧς ἔνια μέρη καθ' αὑτὰ σημαίνει τι (οὐ γὰρ [25] ἅπας λόγος ἐκ ῥημάτων καὶ ὀνομάτων σύγκειται, οἷον ὁ τοῦ ἀνθρώπου ὁρισμός, ἀλλ' ἐνδέχεται ἄνευ ῥημάτων εἶναι λόγον, μέρος μέντοι ἀεί τι σημαῖνον ἕξει) οἷον ἐν τῷ βαδίζει Κλέων ὁ Κλέων. Εἷς δέ ἐστι λόγος διχῶς, ἢ γὰρ ὁ ἓν σημαίνων, ἢ ὁ ἐκ πλειόνων συνδέσμῳ, οἷον ἡ Ἰλιὰς μὲν [30] συνδέσμῳ εἷς, ὁ δὲ τοῦ ἀνθρώπου τῷ ἓν σημαίνειν.

Ὀνόματος δὲ εἴδη τὸ μὲν ἁπλοῦν, ἁπλοῦν δὲ λέγω ὃ μὴ ἐκ σημαινόντων σύγκειται, οἷον γῆ, τὸ δὲ διπλοῦν· τούτου δὲ τὸ μὲν ἐκ σημαίνοντος καὶ ἀσήμου, πλὴν οὐκ ἐν τῷ ὀνόματι σημαίνοντος καὶ ἀσήμου, τὸ δὲ ἐκ σημαινόντων σύγκειται. Εἴη δ' ἂν καὶ

[20] indica também o singular ou plural, como em "homem" ou "homens", e os modos de expressão dos atores, como a interrogação ou a ordem; com efeito, "andou?", "anda!" são flexões do verbo segundo esses respectivos paradigmas.

O "enunciado" é um som vocal composto, significante, do qual certas partes significam por si sós alguma coisa (porque nem todo enunciado se compõe de verbos e [25] nomes, como a definição de "homem"[222] — é possível haver enunciado sem o uso de verbos; no entanto, o enunciado deve conter uma parte significativa), exemplo é o nome "Cléon" em "Cléon anda". O enunciado pode ser uno de duas maneiras: ou porque significa uma coisa única ou porque advém de muitas partes reunidas; como "a *Ilíada*", que é uno em função da conjunção de muitas partes, e a definição de "homem", por significar uma só coisa. [30]

[21. A elocução poética: nomes e metáfora]

Há duas espécies de nome, o simples — nomeio "simples" aquele que não se constitui de partes significativas, como *gē*, "terra" — e o duplo; este composto ou por uma parte significativa e por outra não significativa — ainda que ser ou não ser significativo não pertença às partes, consideradas dentro do nome[223] — ou por partes que são ambas

---

frase permite deduzir que os outros são o nominativo, o vocativo e o acusativo. Nas palavras (nomes, adjetivos, particípios) declináveis no idioma grego distinguem-se três gêneros (masculino, feminino e neutro), três números (singular, plural e dual) e cinco casos (vocativo, nominativo, acusativo, genitivo e dativo). A enumeração de Aristóteles não cobre, efetivamente, todas as possibilidades de flexão ou declinação da língua grega.

[222] Ou seja, "animal racional".

[223] Sigo aqui, de modo praticamente literal, a tradução proposta por Eudoro de Souza para a mesma passagem.

τριπλοῦν καὶ τετραπλοῦν ὄνομα καὶ [35] πολλαπλοῦν, οἷον τὰ πολλὰ τῶν Μασσαλιωτῶν, Ἑρμοκαϊκόξανθος...

[1457β] Ἅπαν δὲ ὄνομά ἐστιν ἢ κύριον ἢ γλῶττα ἢ μεταφορὰ ἢ κόσμος ἢ πεποιημένον ἢ ἐπεκτεταμένον ἢ ὑφῃρημένον ἢ ἐξηλλαγμένον.

Λέγω δὲ κύριον μὲν ᾧ χρῶνται ἕκαστοι, γλῶτταν δὲ ᾧ ἕτεροι· ὥστε φανερὸν ὅτι καὶ [5] γλῶτταν καὶ κύριον εἶναι δυνατὸν τὸ αὐτό, μὴ τοῖς αὐτοῖς δέ· τὸ γὰρ σίγυνον Κυπρίοις μὲν κύριον, ἡμῖν δὲ γλῶττα.

Μεταφορὰ δέ ἐστιν ὀνόματος ἀλλοτρίου ἐπιφορὰ ἢ ἀπὸ τοῦ γένους ἐπὶ εἶδος ἢ ἀπὸ τοῦ εἴδους ἐπὶ τὸ γένος ἢ ἀπὸ τοῦ εἴδους ἐπὶ εἶδος ἢ κατὰ τὸ ἀνάλογον. Λέγω δὲ ἀπὸ γένους μὲν [10]

significativas. Pode haver também os nomes triplos, quádruplos e múltiplos, como muitos dos nomes dos massaliotas, [35] por exemplo: *Hermokaikóxantos*.[224]***

Todo nome é ou corrente, ou estrangeiro,[225] [1457b] ou é uma metáfora, ou um ornamento, ou é inventado, ou alongado, ou abreviado, ou alterado.

Chamo "nome corrente" aquele que é utilizado por cada um de nós; "estrangeiro" aquele que é utilizado pelos outros, de tal modo que o mesmo nome pode ser, evidentemente, corrente ou estrangeiro, mas não [5] para a mesma pessoa; assim ocorre com *sígynon*,[226] que para os cipriotas é corrente e para nós estrangeiro.

"Metáfora" é a designação de uma coisa mediante um nome que designa outra coisa,[227] {transporte} que se dá ou do gênero para a espécie, ou da espécie para o gênero, ou da espécie para a espécie, ou segundo uma relação de analogia. Do gênero para a espécie, entendo, por exemplo, o enuncia-

---

[224] Composto de *Hérmos, Káikos, Xánthos*, cada parte remetendo ao nome de um rio.

[225] "De outra língua", *glôtta*.

[226] *Sígynon*, o dardo que se emprega na caça.

[227] Ou seja, a metáfora (termo que significa "transporte", "transposição", "mudança") é a atribuição (ou a agregação, *epiphorà*), a uma coisa, de um nome que lhe é estrangeiro, que pertence a outra coisa, isto é, a designação de um objeto mediante uma palavra que designa outro objeto. É preciso estar atento aqui ao uso que Aristóteles faz do adjetivo *allótrios*, que optei em não traduzir por "estrangeiro" (mas por "outra coisa") para evitar uma possível confusão com *glôtta*, aqui traduzido por "nome estrangeiro" (em oposição a "nome corrente" ou "comum" [*kýrion*]). Trata-se, portanto, do *transporte* a uma coisa de um nome que designa outra coisa. Cf. *Retórica*, III, 2, 12: "É preciso não tirar as metáforas de longe, mas sim de objetos pertencentes a um gênero próximo ou a uma espécie semelhante, de modo que se dê um nome ao que não tinha até então e que se veja com clareza que o que é designado pertence ao mesmo gênero" (tradução de Luiz Costa Lima, em *Mímesis: desafio ao pensamento*, 2000, p. 38).

ἐπὶ εἶδος οἷον "νηῦς δέ μοι ἥδ' ἕστηκεν"·
τὸ γὰρ ὁρμεῖν ἐστιν ἑστάναι τι. Ἀπ'
εἴδους δὲ ἐπὶ γένος "ἦ δὴ μυρί'
Ὀδυσσεὺς ἐσθλὰ ἔοργεν"· τὸ γὰρ
μυρίον πολύ ἐστιν, ᾧ νῦν ἀντὶ τοῦ
πολλοῦ κέχρηται. Ἀπ' εἴδους δὲ ἐπὶ
εἶδος οἷον "χαλκῷ ἀπὸ ψυχὴν ἀρύσας"
καὶ "τεμὼν ταναήκεϊ χαλκῷ"· ἐνταῦθα
[15] γὰρ τὸ μὲν ἀρύσαι ταμεῖν, τὸ δὲ
ταμεῖν ἀρύσαι εἴρηκεν· ἄμφω γὰρ
ἀφελεῖν τί ἐστιν.

Τὸ δὲ ἀνάλογον λέγω, ὅταν ὁμοίως ἔχῃ τὸ
δεύτερον πρὸς τὸ πρῶτον καὶ τὸ τέταρτον πρὸς
τὸ τρίτον· ἐρεῖ γὰρ ἀντὶ τοῦ δευτέρου τὸ τέταρτον
ἢ ἀντὶ τοῦ τετάρτου τὸ δεύτερον. Καὶ ἐνίοτε
προστιθέασιν ἀνθ' [20] οὗ λέγει πρὸς ὅ ἐστι.
Λέγω δὲ οἷον ὁμοίως ἔχει φιάλη πρὸς Διόνυσον
καὶ ἀσπὶς πρὸς Ἄρη· ἐρεῖ τοίνυν τὴν φιάλην
ἀσπίδα Διονύσου καὶ τὴν ἀσπίδα φιάλην
Ἄρεως. Ἢ ὃ γῆρας πρὸς βίον, καὶ ἑσπέρα πρὸς
ἡμέραν· ἐρεῖ τοίνυν τὴν ἑσπέραν γῆρας ἡμέρας ἢ
ὥσπερ Ἐμπεδοκλῆς, καὶ τὸ γῆρας ἑσπέραν βίου
[25] ἢ δυσμὰς βίου. Ἐνίοις δ' οὐκ ἔστι ὄνομα
κείμενον τῶν ἀνάλογον, ἀλλ' οὐδὲν ἧττον
ὁμοίως λεχθήσεται· οἷον τὸ τὸν καρπὸν μὲν
ἀφιέναι σπείρειν, τὸ δὲ τὴν φλόγα ἀπὸ τοῦ ἡλίου
ἀνώνυμον· ἀλλ' ὁμοίως ἔχει τοῦτο πρὸς τὸν
ἥλιον καὶ τὸ σπείρειν πρὸς τὸν καρπόν, διὸ
εἴρηται "σπείρων θεοκτίσταν [30] φλόγα". Ἔστι
δὲ τῷ τρόπῳ τούτῳ τῆς μεταφορᾶς χρῆσθαι καὶ
ἄλλως, προσαγορεύσαντα τὸ ἀλλότριον
ἀποφῆσαι τῶν οἰκείων τι, οἷον εἰ τὴν ἀσπίδα
εἴποι φιάλην μὴ Ἄρεως ἀλλ' ἄοινον . . .

do "Aqui minha embarcação se deteve", [10] pois "estar ancorado" é uma espécie do gênero "deter-se"; da espécie para o gênero no enunciado "Certamente Ulisses realizou inúmeros feitos gloriosos", pois "inúmeros" são muitos e o poeta se serviu aqui desse termo, em vez de "muitos"; da espécie para a espécie, por exemplo, em "Tendo exaurido a vida com seu bronze afiado" e "Tendo ceifado com seu bronze aguçado", pois, no primeiro caso, o [15] poeta disse "exaurir" no lugar de "ceifar" e, no segundo, "ceifar" no lugar de "exaurir"; mas ambas as palavras especificam "tirar" {a vida}.

Digo que há analogia quando o segundo termo está para o primeiro assim como o quarto está para o terceiro, pois o poeta poderá empregar, em vez do segundo, o quarto, ou, em vez do quarto, o segundo; e algumas vezes os poetas acrescentam o termo que se refere àquele que foi substituído. Como [20], por exemplo, quando digo que a "taça" está para Dioniso assim como o "escudo" está para Ares, e então se dirá: a taça, "escudo de Dioniso"; e o escudo, "taça de Ares". Ou, de igual modo, que a velhice está para a vida assim como a tarde para o dia, e então se dirá: a tarde, "velhice do dia"; ou, como Empédocles, a velhice, "tarde do dia" ou "ocaso da vida". [25] Alguns dos termos da analogia podem não estar designados por um nome, nem por isso deixará de haver assentimentos analógicos. Por exemplo, "lançar a semente" é "semear", mas para a "luz que vem do sol" não há um nome; porém essa ação tem a mesma relação com o sol que o semear com a semente, e então se dirá: "semeando a luz divina". Há outro modo [30] de fazer uso desse tipo de metáfora, que consiste em atribuir a alguma coisa um nome que lhe é estrangeiro, privando esse nome de uma de suas qualidades próprias, como se alguém chamasse o escudo não de "taça de Ares", mas de "taça sem vinho".

Πεποιημένον δ' ἐστὶν ὃ ὅλως μὴ καλούμενον ὑπὸ τινῶν αὐτὸς τίθεται ὁ ποιητής, δοκεῖ γὰρ ἔνια εἶναι τοιαῦτα, [35] οἷον τὰ κέρατα ἔρνυγας καὶ τὸν ἱερέα ἀρητῆρα.

Ἐπεκτεταμένον δέ ἐστιν ἢ ἀφῃρημένον, [1458α] τὸ μὲν ἐὰν φωνήεντι μακροτέρῳ κεχρημένον ᾖ τοῦ οἰκείου ἢ συλλαβῇ ἐμβεβλημένῃ, τὸ δὲ ἂν ἀφῃρημένον τι ᾖ αὐτοῦ, ἐπεκτεταμένον μὲν οἷον τὸ πόλεως πόληος καὶ τὸ Πηλείδου Πηληιάδεω, ἀφῃρημένον δὲ οἷον τὸ [5] κρῖ καὶ τὸ δῶ καὶ "μία γίνεται ἀμφοτέρων ὄψ".

Ἐξηλλαγμένον δ' ἐστὶν ὅταν τοῦ ὀνομαζομένου τὸ μὲν καταλείπῃ τὸ δὲ ποιῇ, οἷον τὸ "δεξιτερὸν κατὰ μαζόν" ἀντὶ τοῦ δεξιόν.

"Inventado"[229] é o nome que, não tendo sido empregado por ninguém, o poeta o forja por sua própria conta. Ao que parece há algumas palavras desse tipo, como *érnygas* para [35] *kérata* {cornos} e *arētéra* para *hieréa* {sacerdote}.

Há também o nome "alongado" ou "abreviado". [1458 a] É alongado no caso em que se emprega uma vogal mais longa do que a habitual ou quando se intercala uma sílaba; é abreviado quando uma parte da palavra é retirada. Um exemplo de nome alongado é *pólēos* em vez de *póleōs* {da cidade} e *Pēlēiádeō* em vez de *Pēleídou* {do filho de Peleu};[230] de nome abreviado: *krî* {grão}, *dō* {casa}[231] e *mía gínetai amphotérōn óps* {ambos lançaram um só olhar}. [5]

O nome é "alterado" quando uma parte do ato de nomeação é mantida enquanto a outra é forjada; como *dexiteròn katà mazón* {no seio destro}[232] no lugar de *dexión* {destro}.

---

[228] Há aqui uma lacuna no texto, na qual, pode-se supor, caberia uma explicação sobre o significado de "ornamento", *kósmos*.

[229] No original, *pepoiēménon*, "nome construído", "inventado". Alguns autores, a exemplo de Halliwell, traduzem por "neologismo". A opção é interessante, mas não revela o uso do particípio de *poiéō*.

[230] Nesse caso, conhecer as regras de transliteração é fundamental para a compreensão do exemplo utilizado por Aristóteles. A transformação de eta/omícron em epsílon/ômega é sutil, porque nas duas palavras temos vogais longas. O exemplo só pode ser esclarecido com o conhecimento da prosódia, ou seja, justamente a parte mais difícil de conhecer em uma língua morta como o grego de Aristóteles.

[231] Provavelmente *krî*, em vez de *krithḗ*; e *dô*, em vez de *dôma*.

[232] Cf. *Ilíada*, V, 393: *no seio destro*. Na tradução de Haroldo de Campos: "Também Hera tolerou, quando/ o filho de Anfítrion, feroz, no seio destro/ com flecha trifarpada a feriu [...]".

Αὐτῶν δὲ τῶν ὀνομάτων τὰ μὲν ἄρρενα τὰ δὲ θήλεα τὰ δὲ μεταξύ, ἄρρενα μὲν ὅσα τελευτᾷ εἰς τὸ Ν καὶ Ρ καὶ Σ καὶ [10] ὅσα ἐκ τούτου σύγκειται (ταῦτα δ' ἐστὶν δύο, Ψ καὶ Ξ), θήλεα δὲ ὅσα ἐκ τῶν φωνηέντων εἴς τε τὰ ἀεὶ μακρά, οἷον εἰς Η καὶ Ω, καὶ τῶν ἐπεκτεινομένων εἰς Α· ὥστε ἴσα συμβαίνει πλήθει εἰς ὅσα τὰ ἄρρενα καὶ τὰ θήλεα· τὸ γὰρ Ψ καὶ τὸ Ξ σύνθετά ἐστιν. Εἰς δὲ ἄφωνον οὐδὲν ὄνομα τελευτᾷ, [15] οὐδὲ εἰς φωνῆεν βραχύ. Εἰς δὲ τὸ Ι τρία μόνον, μέλι κόμμι πέπερι. Εἰς δὲ τὸ Υ πέντε. Τὰ δὲ μεταξὺ εἰς ταῦτα καὶ Ν καὶ Σ.

Λέξεως δὲ ἀρετὴ σαφῆ καὶ μὴ ταπεινὴν εἶναι. Σαφεστάτη μὲν οὖν ἐστιν ἡ ἐκ τῶν κυρίων ὀνομάτων, ἀλλὰ [20] ταπεινή· παράδειγμα δὲ ἡ Κλεοφῶντος ποίησις καὶ ἡ Σθενέλου. Σεμνὴ δὲ καὶ ἐξαλλάττουσα τὸ ἰδιωτικὸν ἡ τοῖς ξενικοῖς

Considerados em si, os nomes são ou "masculinos", ou "femininos", ou "intermediários".[233] Masculinos são todos os nomes que terminam em N, P, Σ {nü, rô e sigma} e todas as letras que são compostas a partir de Σ (são duas as letras desse tipo: Ψ e X {psi e ksi}); [10] femininos os que terminam sempre em vogais longas, como H e Ω {éta e ômega}, ou em A {alfa} alongado; e assim haverá o mesmo número de terminações possíveis para os nomes masculinos e femininos, pois Ψ e X são compostos.[234] Nenhum nome termina em muda ou em vogal breve. [15] Apenas três nomes terminam em I {iota}: *méli* {mel}, *kómmi* {goma}, *péperi* {pimenta}. Cinco em U {ípsilon}***. Os nomes intermediários[235] terminam por uma destas letras: N ou Σ.

[22. Clareza e nobreza da elocução poética]

A virtude da elocução é a de ser clara e não vulgar.[236] Claríssima, porém vulgar, é a elocução constituída de nomes correntes; exemplo disso encontra-se na poesia de Cleofonte [20] e na de Estênelo. A elocução é respeitável e apartada do ordinário quando emprega nomes inabituais. Chamo de

---

[233] No original, *tà dè metaxý*, isto é, "neutros". A distinção dos gêneros remonta, segundo Aristóteles, a Protágoras (cf. *Retórica*, 1407b7-8).

[234] São compostos e, neste sentido, reduzem-se a uma só letra, o sigma.

[235] Entenda-se, neutros.

[236] Há indícios, neste caso, de que Aristóteles propõe uma oposição entre a clareza e a obscuridade da elocução. O adjetivo usado, *tapeinós*, aqui traduzido por "vulgar", remete à noção de baixeza moral, vulgaridade ou torpeza, no sentido de elocução abstrusa ou que dificulta a compreensão. Dupont-Roc e Lallot traduzem por "banal/banalidade"; Halliwell, por "banality"; Gernez, por "medíocre".

κεχρημένη· ξενικὸν δὲ λέγω γλῶτταν καὶ μεταφορὰν καὶ ἐπέκτασιν καὶ πᾶν τὸ παρὰ τὸ κύριον. Ἀλλ' ἄν τις ἅπαντα τοιαῦτα ποιήσῃ, ἢ αἴνιγμα ἔσται ἢ [25] βαρβαρισμός· ἂν μὲν οὖν ἐκ μεταφορῶν, αἴνιγμα, ἐὰν δὲ ἐκ γλωττῶν, βαρβαρισμός. Αἰνίγματός τε γὰρ ἰδέα αὕτη ἐστί, τὸ λέγοντα ὑπάρχοντα ἀδύνατα συνάψαι· κατὰ μὲν οὖν τὴν τῶν <ἄλλων> ὀνομάτων σύνθεσιν οὐχ οἷόν τε τοῦτο ποιῆσαι, κατὰ δὲ τὴν μεταφορῶν ἐνδέχεται, οἷον "ἄνδρ' εἶδον πυρὶ χαλκὸν [30] ἐπ' ἀνέρι κολλήσαντα", καὶ τὰ τοιαῦτα. Τὰ δὲ ἐκ τῶν γλωττῶν βαρβαρισμός. Δεῖ ἄρα κεκρᾶσθαί πως τούτοις· τὸ μὲν γὰρ τὸ μὴ ἰδιωτικὸν ποιήσει μηδὲ ταπεινόν, οἷον ἡ γλῶττα καὶ ἡ μεταφορὰ καὶ ὁ κόσμος καὶ τἆλλα τὰ εἰρημένα εἴδη, τὸ δὲ κύριον τὴν σαφήνειαν.

Οὐκ ἐλάχιστον δὲ μέρος συμβάλλεται [1458β] εἰς τὸ σαφὲς τῆς λέξεως καὶ μὴ ἰδιωτικὸν αἱ ἐπεκτάσεις καὶ ἀποκοπαὶ καὶ ἐξαλλαγαὶ τῶν ὀνομάτων· διὰ μὲν γὰρ τὸ ἄλλως ἔχειν ἢ ὡς τὸ κύριον παρὰ τὸ εἰωθὸς γιγνόμενον τὸ μὴ ἰδιωτικὸν ποιήσει, διὰ δὲ τὸ [5] κοινωνεῖν τοῦ εἰωθότος τὸ σαφὲς ἔσται. Ὥστε οὐκ ὀρθῶς

"inabitual"[237] o nome estrangeiro, a metáfora, o alongamento e tudo o que é contrário ao uso corrente. Mas se um poema é composto apenas com esses nomes, haverá enigma ou barbarismo: enigma, no caso das metáforas; [25] e barbarismo, no caso dos nomes estrangeiros. A acepção própria de enigma consiste em dizer coisas reais com associações impossíveis. Ora, não é possível compor dessa forma com a combinação de nomes <correntes>,[238] mas com a metáfora é possível; como em "Vi um homem colando com fogo bronze noutro homem" e em outros exemplos tais como esse. Quando [30] se compõe a partir de nomes estrangeiros, haverá barbarismo. Então, deve haver uma modalidade de mistura entre esses nomes, pois a composição com elementos tais como o nome estrangeiro, a metáfora, o ornamento e as outras espécies já mencionadas evitará a elocução ordinária e vulgar, enquanto o nome corrente lhe garantirá a clareza.

O que em grande parte contribui para a clareza da elocução, evitando-se assim [1458b] o ordinário, são os alongamentos, as abreviações e as alterações dos nomes; pois o distanciamento do uso corrente dos nomes, contrapondo-se ao hábito, produzirá a composição não ordinária; enquanto em função da participação comum no uso habitual da linguagem subsistirá [5] a clareza.[239] Por conseguinte, equivo-

---

[237] No original, *xenikón*, que tem também o sentido de "estrangeiro"; traduzo dessa forma para estabelecer a diferença entre *xenikón* e *glõttan*, já vertido aqui como "estrangeiro".

[238] O que aparece entre parênteses no texto estabelecido por Kassel (1458a28) é o adjetivo *állōn*, no genitivo plural, isto é, "com a combinação de *outros* nomes", em que "outros" é, provavelmente, uma referência aos nomes correntes ou ordinários.

[239] O esquema proposto por Aristóteles não é evidente, pois retoma o que já disse, acrescentando apenas qualificações elocutórias, o que dá a impressão de uma repetição desnecessária. Retomando: o que Aristóteles privilegia é a elocução clara e não vulgar; esta última está associada ao uso ordinário da língua (*idiotikón*) e ao uso dos "nomes correntes" (*kyríōn*

ψέγουσιν οἱ ἐπιτιμῶντες τῷ τοιούτῳ τρόπῳ τῆς διαλέκτου καὶ διακωμῳδοῦντες τὸν ποιητήν, οἷον Εὐκλείδης ὁ ἀρχαῖος, ὡς ῥᾴδιον ὂν ποιεῖν εἴ τις δώσει ἐκτείνειν ἐφ' ὁπόσον βούλεται, ἰαμβοποιήσας ἐν αὐτῇ τῇ λέξει

"Ἐπιχάρην εἶδον [10] Μαραθῶνάδε βαδίζοντα",
καὶ
"οὐκ †ἂν γεράμενος† τὸν ἐκείνου ἐλλέβορον".

cam-se aqueles que reprovam tal tipo de linguagem[240] e satirizam o poeta, como fez Euclides, o Ancião, que dizia ser fácil a composição de versos, desde que se concedesse ao poeta a liberdade de alongar as sílabas[241] à vontade, e compunha, parodiando a elocução, versos satíricos como estes:

Epikáren eîdos Marathōnade badízonta
{vi Epícaro andar até Maratona} e [10]
ouk †án gerámenos† tòn ekeínou elléboron.[242]

---

onomátōn). Em oposição, há a elocução não habitual e respeitável (*semnḗ*), associada ao uso dos termos "inabituais" (*xenikón*), ou seja, a elocução que emprega nomes estrangeiros, metáforas, alongamentos (abreviações, alterações) e tudo o que é contrário ao uso vulgar ou pueril da elocução. Para Aristóteles é preciso encontrar um meio-termo, uma possibilidade de "mistura" entre o uso habitual da língua, responsável pela clareza do texto, e o uso não vulgar (*mḗ tapeinḗ*) e respeitável (*semnḗ*) da elocução. A elocução constituída apenas de termos correntes pode ser vulgar, enquanto a elocução que faz uso exagerado dos termos inabituais pode gerar barbarismos e enigmas. A conclusão se impõe: a elocução deve ser clara e respeitável. Após a exposição aristotélica, "não vulgar" pode ser substituído por *semnḗ*, que traduzo aqui por "respeitável".

[240] No original, *dialéktou*, "linguagem", "fala" ou "dialeto".

[241] Aristóteles não é explícito, em seu texto, quanto ao que será alongado conforme a vontade do poeta. Halliwell deduz, por exemplo, que se trata de "as palavras" (*words*), enquanto Dupont-Roc e Lallot de "as sílabas" (*syllabes*). Optei pela segunda, mas esclareço que se trata aqui de uma suposição.

[242] O segundo exemplo está mutilado e é, portanto, intraduzível. No primeiro, a intenção satírica evidencia-se pelo emprego do particípio *badízonta*, pois o verbo é pouquíssimo usado na prosa. Além disso, como esclarece Hardy (2002, p. 64, n. 2), *badí* só constitui um espondeu em função do prolongamento arbitrário e chocante da partícula *ba*. Euclides, o Ancião, era com certeza um poeta cômico, conclui Hardy nessa mesma nota. Uma tradução aproximada seria: "não invejaria a mistura do seu helébore" — esclarecendo que "helébore" é uma planta medicinal, que age como purgante ou veneno, também usada no tratamento da loucura.

Τὸ μὲν οὖν φαίνεσθαί πως χρώμενον τούτῳ τῷ τρόπῳ γελοῖον· τὸ δὲ μέτρον κοινὸν ἀπάντων ἐστὶ τῶν μερῶν· καὶ γὰρ μεταφοραῖς καὶ γλώτταις καὶ τοῖς ἄλλοις εἴδεσι χρώμενος ἀπρεπῶς καὶ ἐπίτηδες ἐπὶ τὰ γελοῖα τὸ [15] αὐτὸ ἂν ἀπεργάσαιτο.

Τὸ δὲ ἁρμόττον ὅσον διαφέρει ἐπὶ τῶν ἐπῶν θεωρείσθω ἐντιθεμένων τῶν ὀνομάτων εἰς τὸ μέτρον. Καὶ ἐπὶ τῆς γλώττης δὲ καὶ ἐπὶ τῶν μεταφορῶν καὶ ἐπὶ τῶν ἄλλων ἰδεῶν μετατιθεὶς ἄν τις τὰ κύρια ὀνόματα κατίδοι ὅτι ἀληθῆ λέγομεν· οἷον τὸ αὐτὸ ποιήσαντος [20] ἰαμβεῖον Αἰσχύλου καὶ Εὐριπίδου, ἓν δὲ μόνον ὄνομα μεταθέντος, ἀντὶ κυρίου εἰωθότος γλῶτταν, τὸ μὲν φαίνεται καλὸν τὸ δ' εὐτελές. Αἰσχύλος μὲν γὰρ ἐν τῷ Φιλοκτήτῃ ἐποίησε "φαγέδαιναν ἥ μου σάρκας ἐσθίει ποδός", ὁ δὲ ἀντὶ τοῦ ἐσθίει τὸ θοινᾶται μετέθηκεν. Καὶ [25] "νῦν δέ μ' ἐὼν ὀλίγος τε καὶ οὐτιδανὸς καὶ ἀεικής", εἴ τις λέγοι τὰ κύρια μετατιθεὶς "νῦν δέ μ' ἐὼν μικρός τε καὶ ἀσθενικὸς καὶ ἀειδής"· καὶ "δίφρον ἀεικέλιον καταθεὶς ὀλίγην τε τράπεζαν", [30] "δίφρον

O uso desse tipo de elocução, de algum modo muito evidenciado, é cômico, e a medida é uma regra comum a todas as partes da elocução; pois as metáforas, os nomes estrangeiros e as outras espécies de nomes, se impropriamente usados, provocariam o mesmo resultado, se deliberadamente nos servíssemos [15] deles para provocar o riso.[243]

O quanto difere o procedimento conveniente, no que diz respeito à formação dos poemas épicos, eis o que se pode observar com a introdução de nomes <correntes> no processo de metrificação. Se substituirmos os nomes estrangeiros, as metáforas e as outras espécies de nomes por palavras do uso corrente, ver-se-á que dizemos a verdade; por exemplo, Ésquilo e Eurípides [20] compuseram o mesmo verso iâmbico, mas um deles {Eurípides} modificou um único nome: pôs um nome estrangeiro no lugar de um "nome corrente" e assim um dos versos se revelou belo, enquanto o outro medíocre. Com efeito, no *Filoctetes*, Ésquilo escreveu: *phagédainan é̃ mou sárkas esthíei podós* {"o cancro que come as carnes do meu pé"}; e Eurípides, no lugar de *esthíei* {"come"}, pôs *thoinâtai* {"banqueteia"}. E no verso *nûn dé m'eṑn olígos te kaì outidanòs kaì aeikḗs*[244] {"agora me aparece um baixinho, uma nulidade, um fracote"} [25], se alguém substituísse os nomes correntes e dissesse *nûn dé m'eṑn mikrós te kaì asthenikòs kaì aeidḗs* {"e agora me aparece um homúnculo, débil e feio"}. E no verso *díphron aikélion katatheìs olígēn te trápezan*[245] {"num banquinho chinfrim junto a uma mesinha"}, da substituição resultaria: *díphron mokhthēròn katatheìs mikrán te* [30] *trápezan* {"num banquinho miserável

---

[243] Para Aristóteles, o uso deliberado de exageros elocutórios e o uso impróprio podem determinar o mesmo resultado, ou seja, o riso. Cf. *Retórica*, III, 1406b5 ss.

[244] Cf. *Odisseia*, IX, 515.

[245] Cf. *Odisseia*, XX, 259.

μοχθηρὸν καταθεὶς μικράν τε τράπεζαν"· καὶ τὸ "ἠιόνες βοόωσιν", ἠιόνες κράζουσιν.

Ἔτι δὲ Ἀριφράδης τοὺς τραγῳδοὺς ἐκωμῴδει ὅτι ἃ οὐδεὶς ἂν εἴπειεν ἐν τῇ διαλέκτῳ τούτοις χρῶνται, οἷον τὸ δωμάτων ἄπο ἀλλὰ μὴ ἀπὸ δωμάτων, καὶ τὸ σέθεν καὶ τὸ ἐγὼ δέ νιν καὶ τὸ Ἀχιλλέως πέρι ἀλλὰ μὴ περὶ Ἀχιλλέως, [1459a] καὶ ὅσα ἄλλα τοιαῦτα. Διὰ γὰρ τὸ μὴ εἶναι ἐν τοῖς κυρίοις ποιεῖ τὸ μὴ ἰδιωτικὸν ἐν τῇ λέξει ἅπαντα τὰ τοιαῦτα· ἐκεῖνος δὲ τοῦτο ἠγνόει.

Ἔστιν δὲ μέγα μὲν τὸ ἑκάστῳ τῶν εἰρημένων [5] πρεπόντως χρῆσθαι, καὶ διπλοῖς ὀνόμασι καὶ γλώτταις, πολὺ δὲ μέγιστον τὸ μεταφορικὸν εἶναι. Μόνον γὰρ τοῦτο οὔτε παρ' ἄλλου ἔστι λαβεῖν εὐφυΐας τε σημεῖόν ἐστι· τὸ γὰρ εὖ μεταφέρειν τὸ τὸ ὅμοιον θεωρεῖν ἐστιν.

Τῶν δ' ὀνομάτων τὰ μὲν διπλᾶ μάλιστα ἁρμόττει τοῖς διθυράμβοις, αἱ δὲ [10] γλῶτται τοῖς ἡρωικοῖς, αἱ δὲ μεταφοραὶ τοῖς ἰαμβείοις. Καὶ ἐν μὲν τοῖς ἡρωικοῖς ἅπαντα χρήσιμα τὰ εἰρημένα, ἐν δὲ τοῖς ἰαμβείοις διὰ τὸ ὅτι μάλιστα λέξιν μιμεῖσθαι ταῦτα ἁρμόττει τῶν ὀνομάτων ὅσοις

junto a uma minúscula mesa"}. E em vez de *ēiónes boósin*[246] {"o grito das margens"}, *eiónes krázousin* {"o estrondo das margens"}.[247]

Arífrades, por sua vez, zombava dos trágicos, por eles se servirem de expressões que ninguém empregava em linguagem coloquial, tais como *dōmátōn ápo* {"das moradas longe"} e não *ápo dōmátōn* {"longe das moradas"}, *séthen* {"de ti"}, *egṑ dé nin* {eu... quanto a ele}, *Akhilléōs péri* {"de Aquiles a respeito"} [1459a] em vez de *péri Akhilléōs* {"a respeito de Aquiles"} e todas as modificações como essas. Pois tais expressões, porque não são correntes, elevam a elocução acima da linguagem ordinária, e isso lhe passava despercebido.

É importante usar convenientemente cada um dos nomes mencionados, os nomes duplos[248] e [5] os estrangeiros, mas, de todos, o metafórico é o mais importante, pois é o único que não pode ser apreendido em função de outro nome, o que constitui indício de sua boa constituição. Com efeito, bem expressar-se em metáforas é bem apreender a semelhança.[249]

Entre os nomes, os duplos se adaptam melhor aos [10] ditirambos; os nomes estrangeiros, aos versos heroicos; e as metáforas, aos versos iâmbicos. Nos versos heroicos todos os nomes aqui mencionados podem ser utilizados, mas nos versos iâmbicos, porque mimetizam sobretudo a elocução corrente, os nomes que mais convêm são aqueles que todos

---

[246] Cf. *Ilíada*, XVII, 265.

[247] É muito difícil propor uma tradução para estas partes em que Aristóteles transpõe, para um linguajar corriqueiro e vulgar, a beleza verbal das palavras de Homero.

[248] Ou compostos.

[249] Podemos concluir que, para Aristóteles, a metáfora pode depender de uma apreensão extralinguística. Consiste, pois, em perceber ou apreender ("ver", *theôrein*) a semelhança com algo que não deve limitar-se às palavras de um enunciado.

κἂν ἐν λόγοις τις χρήσαιτο· ἔστι δὲ τὰ τοιαῦτα τὸ κύριον καὶ μεταφορὰ καὶ κόσμος. [15]
Περὶ μὲν οὖν τραγῳδίας καὶ τῆς ἐν τῷ πράττειν μιμήσεως ἔστω ἡμῖν ἱκανὰ τὰ εἰρημένα.

Περὶ δὲ τῆς διηγηματικῆς καὶ ἐν μέτρῳ μιμητικῆς, ὅτι δεῖ τοὺς μύθους καθάπερ ἐν ταῖς τραγῳδίαις συνιστάναι δραματικοὺς καὶ περὶ μίαν πρᾶξιν ὅλην καὶ τελείαν [20] ἔχουσαν ἀρχὴν καὶ μέσα καὶ τέλος, ἵν' ὥσπερ ζῷον ἓν ὅλον ποιῇ τὴν οἰκείαν ἡδονήν, δῆλον, καὶ μὴ ὁμοίας ἱστορίαις τὰς συνθέσεις εἶναι, ἐν αἷς ἀνάγκη οὐχὶ μιᾶς πράξεως ποιεῖσθαι δήλωσιν ἀλλ' ἑνὸς χρόνου, ὅσα ἐν τούτῳ συνέβη περὶ ἕνα ἢ πλείους, ὧν ἕκαστον ὡς ἔτυχεν ἔχει πρὸς

adotam na conversação habitual, ou seja, o nome corrente, a metáfora e o ornamento. [15]

Sobre a tragédia e sobre a mimese por meio da ação, o que dissemos é o suficiente.[250]

[23. Poesia épica e poesia trágica]

Quanto à mimese narrativa e em verso, é evidente que se devem compor os enredos como nas tragédias: dramaticamente[251] e em torno de uma ação una, formando um todo e estendendo-se até seu termo, tendo começo, meio e fim [20], para que, como um ser vivo uno e formando um todo, ela {a mimese} produza o prazer que é próprio a esse gênero de poesia.[252] É também evidente que a composição dos enredos não deve ser semelhante à dos relatos históricos, nos quais ocorre necessariamente não a produção de uma ação una, mas a manifestação de um tempo uno, e nele todos os acontecimentos que sucederam a um indivíduo ou a muitos, sen-

---

[250] Aristóteles deveria finalizar a seção referindo-se à elocução, *léxis*, mas esta última frase remete à mimese. O autor está seguro quanto à presença de uma orientação primeira e, nesse caso, a mimese deveria, portanto, reger a elocução. Eis o que se pode concluir, com alguma dificuldade.

[251] O uso de *dramatikoùs* significa apenas que, na narrativa épica, as personagens devem falar tal como ocorre nas tragédias. Se acompanharmos Dupont-Roc e Lallot, a perspectiva de Aristóteles aqui é mais normativa do que descritiva: trata-se de dar à epopeia o modelo ideal ao qual ela deve tender. Ora, a poesia de Homero constitui esse modelo, e Homero organiza a narrativa como um drama. Apagando-se por trás das personagens dotadas de caráter *éthos*, ele as deixa agir e falar em seus próprios nomes, ou seja, elas ocupam a cena de tal modo que, em Homero, a narração imita, tanto quanto possível, o drama. Nisso, ao menos, a epopeia teria supostamente por modelo a tragédia. Cf. Dupont-Roc e Lallot (1980, p. 370, n. 2).

[252] Em outras palavras: para que a mimese do poema épico produza o prazer que é próprio a esse gênero de poesia (mimética).

ἄλληλα. Ὥσπερ [25] γὰρ κατὰ τοὺς αὐτοὺς χρόνους ἥ τ' ἐν Σαλαμῖνι ἐγένετο ναυμαχία καὶ ἡ ἐν Σικελίᾳ Καρχηδονίων μάχη οὐδὲν πρὸς τὸ αὐτὸ συντείνουσαι τέλος, οὕτω καὶ ἐν τοῖς ἐφεξῆς χρόνοις ἐνίοτε γίνεται θάτερον μετὰ θάτερον, ἐξ ὧν ἓν οὐδὲν γίνεται τέλος. Σχεδὸν δὲ οἱ πολλοὶ τῶν ποιητῶν τοῦτο [30] δρῶσι. Διὸ ὥσπερ εἴπομεν ἤδη καὶ ταύτῃ θεσπέσιος ἂν φανείη Ὅμηρος παρὰ τοὺς ἄλλους, τῷ μηδὲ τὸν πόλεμον καίπερ ἔχοντα ἀρχὴν καὶ τέλος ἐπιχειρῆσαι ποιεῖν ὅλον· λίαν γὰρ ἂν μέγας καὶ οὐκ εὐσύνοπτος ἔμελλεν ἔσεσθαι ὁ μῦθος, ἢ τῷ μεγέθει μετριάζοντα καταπεπλεγμένον τῇ ποικιλίᾳ. [35] Νῦν δ' ἓν μέρος ἀπολαβὼν ἐπεισοδίοις κέχρηται αὐτῶν πολλοῖς, οἷον νεῶν καταλόγῳ καὶ ἄλλοις ἐπεισοδίοις [δὶς] διαλαμβάνει τὴν ποίησιν. Οἱ δ' ἄλλοι περὶ ἕνα ποιοῦσι καὶ περὶ ἕνα χρόνον καὶ μίαν πρᾶξιν πολυμερῆ, [1459β] οἷον ὁ τὰ Κύπρια ποιήσας καὶ τὴν μικρὰν Ἰλιάδα. Τοιγαροῦν ἐκ μὲν Ἰλιάδος καὶ Ὀδυσσείας μία τραγῳδία ποιεῖται ἑκατέρας ἢ δύο μόναι, ἐκ δὲ Κυπρίων πολλαὶ καὶ τῆς μικρᾶς [5] Ἰλιάδος [[πλέον] ὀκτώ, οἷον ὅπλων κρίσις, Φιλοκτήτης, Νεοπτόλεμος, Εὐρύπυλος,

do que cada acontecimento mantém com os outros uma relação de casualidade. Pois assim como em um mesmo tempo se deram a batalha naval em Salamina [25] e a batalha dos cartagineses na Sicília, sem que nenhuma delas se orientasse para um mesmo fim, assim também, em tempos consecutivos, por vezes um acontecimento ocorre após o outro, sem que se constitua qualquer fim único. Ora, quase todos os poetas adotam esse procedimento. Eis por que, como já dissemos,[253] também quanto a esse aspecto, Homero se destacaria [30] como divino, se confrontado com os outros poetas: por não pretender compor um poema tratando da guerra de Troia como um todo, ainda que sua narração tenha princípio e fim; pois o enredo teria sido demasiadamente extenso e não poderia ser apreendido em uma única visão de conjunto, ou, moderando-o em extensão, seria intricado em função da diversidade dos acontecimentos. Tendo então conservado apenas uma parte, serviu-se de muitas outras na condição de episódios, [35] como no "Catálogo das naves"[254] e em tantos outros episódios que ele dispôs em seu poema. Mas os outros poetas compõem, sobre um único herói e sobre um único tempo, uma só ação de muitas partes, [1459b] como compuseram, por exemplo, o autor dos *Cantos Cíprios* e o da *Pequena Ilíada*.[255] Por isso, enquanto da *Ilíada* e da *Odisseia* só se extrai, de cada uma, uma tragédia, ou duas, dos *Cantos Cíprios* se extraem muitas, e da *Pequena Ilíada*, mais de oito: *Julgamento das Armas*, *Filoctetes* [5], *Neoptólemo*, *Eurípilo*,

---

[253] Cf. seção 8 (sobretudo 1451a19-22).

[254] *Ilíada*, II.

[255] Trata-se de duas epopeias compostas, provavelmente, no século VII a.C. Segundo Gernez, "ao contrário da *Ilíada*, onde a seleção de um enredo permite a organização unificada de uma pluralidade, a unidade apenas temporal destas epopeias produz uma sucessão aleatória de partes" (2002, p. 94, n. 141).

πτωχεία, Λάκαιναι, Ἰλίου πέρσις καὶ ἀπόπλους [καὶ Σίνων καὶ Τρῳάδες]].

Ἔτι δὲ τὰ εἴδη ταὐτὰ δεῖ ἔχειν τὴν ἐποποιίαν τῇ τραγῳδίᾳ, ἢ γὰρ ἁπλῆν ἢ πεπλεγμένην ἢ ἠθικὴν ἢ παθητικήν· καὶ τὰ [10] μέρη ἔξω μελοποιίας καὶ ὄψεως ταὐτά· καὶ γὰρ περιπετειῶν δεῖ καὶ ἀναγνωρίσεων καὶ παθημάτων· ἔτι τὰς διανοίας καὶ τὴν λέξιν ἔχειν καλῶς. Οἷς ἅπασιν Ὅμηρος κέχρηται καὶ πρῶτος καὶ ἱκανῶς. Καὶ γὰρ τῶν ποιημάτων ἑκάτερον συνέστηκεν ἡ μὲν Ἰλιὰς ἁπλοῦν καὶ παθητικόν, ἡ δὲ [15] Ὀδύσσεια πεπλεγμένον (ἀναγνώρισις γὰρ διόλου) καὶ ἠθική· πρὸς δὲ τούτοις λέξει καὶ διανοίᾳ πάντα ὑπερβέβληκεν.

Διαφέρει δὲ κατά τε τῆς συστάσεως τὸ μῆκος ἡ ἐποποιία καὶ τὸ μέτρον. Τοῦ μὲν οὖν μήκους ὅρος ἱκανὸς ὁ εἰρημένος· δύνασθαι γὰρ δεῖ συνορᾶσθαι τὴν ἀρχὴν καὶ τὸ [20] τέλος. Εἴη δ' ἂν τοῦτο, εἰ τῶν μὲν ἀρχαίων ἐλάττους αἱ συστάσεις

Mendicância {*Ulisses Mendigo*}, *Lacedemonianas*, *Queda de Troia*, *Partida das Naves*, *Sínon* e *Troianas*.[256]

[24. Diferença entre a epopeia e a tragédia]

Além disso, a epopeia deve ter as mesmas espécies que a tragédia: ela deve ser simples, complexa, ética ou patética; as partes, [10] à exceção do canto e do espetáculo, são também as mesmas; pois é necessário que ocorram reviravoltas, reconhecimentos e acontecimentos patéticos; além disso, deve haver beleza nos pensamentos e na elocução. De todos esses elementos, Homero foi quem se serviu primeiro e de um modo adequado.[257] De fato, cada um de seus poemas tem um enredo próprio: a *Ilíada* é simples e patética; a [15] *Odisseia*, complexa (pois com reconhecimento do início ao fim) e ética. Além do mais, ele supera todos os poetas em elocução e pensamento.

A epopeia se diferencia da tragédia segundo a extensão da composição e segundo a métrica. Ora, o limite adequado para a extensão já foi mencionado;[258] pois é necessário desenvolver uma visão coerente que possa conter o início e o fim. [20] Esse seria o caso se a composição dos antigos poe-

---

[256] Não se conhecem todas estas tragédias. Segundo Gernez, "a primeira é uma tragédia perdida de Ésquilo; a segunda, uma peça de Sófocles; a terceira, a quarta e a quinta são desconhecidas; a sexta é uma peça perdida de Sófocles; a sétima, a oitava e a nona são desconhecidas; a última, enfim, é uma peça de Eurípides" (2002, p. 95, n. 142).

[257] Há uma outra possibilidade de tradução — "Homero se serviu primeiro e exemplarmente de todos esses elementos" —, pois o advérbio *hikanôs* admite ao menos três alternativas: "suficientemente", "adequadamente" e "exemplarmente". A ideia, no entanto, está clara: Homero foi o primeiro a dominar de modo exemplar, excelente ou adequado os quatro gêneros da poesia épica.

[258] Cf. seções 7 (sobretudo 1451a9-15) e 23 (1459a32 ss.).

εἶεν, πρὸς δὲ τὸ πλῆθος τραγῳδιῶν τῶν εἰς μίαν ἀκρόασιν τιθεμένων παρήκοιεν. Ἔχει δὲ πρὸς τὸ ἐπεκτείνεσθαι τὸ μέγεθος πολύ τι ἡ ἐποποιία ἴδιον διὰ τὸ ἐν μὲν τῇ τραγῳδίᾳ μὴ ἐνδέχεσθαι ἅμα πραττόμενα [25] πολλὰ μέρη μιμεῖσθαι ἀλλὰ τὸ ἐπὶ τῆς σκηνῆς καὶ τῶν ὑποκριτῶν μέρος μόνον· ἐν δὲ τῇ ἐποποιίᾳ διὰ τὸ διήγησιν εἶναι ἔστι πολλὰ μέρη ἅμα ποιεῖν περαινόμενα, ὑφ' ὧν οἰκείων ὄντων αὔξεται ὁ τοῦ ποιήματος ὄγκος. Ὥστε τοῦτ' ἔχει τὸ ἀγαθὸν εἰς μεγαλοπρέπειαν καὶ τὸ μεταβάλλειν τὸν [30] ἀκούοντα καὶ ἐπεισοδιοῦν ἀνομοίοις ἐπεισοδίοις· τὸ γὰρ ὅμοιον ταχὺ πληροῦν ἐκπίπτειν ποιεῖ τὰς τραγῳδίας.

Τὸ δὲ μέτρον τὸ ἡρωικὸν ἀπὸ τῆς πείρας ἥρμοκεν. Εἰ γάρ τις ἐν ἄλλῳ τινὶ μέτρῳ διηγηματικὴν μίμησιν ποιοῖτο ἢ ἐν πολλοῖς, ἀπρεπὲς ἂν φαίνοιτο· τὸ γὰρ ἡρωικὸν στασιμώτατον καὶ [35] ὀγκωδέστατον τῶν μέτρων ἐστίν (διὸ καὶ γλώττας καὶ μεταφορὰς δέχεται μάλιστα· περιττὴ γὰρ καὶ ἡ διηγηματικὴ μίμησις τῶν ἄλλων), τὸ δὲ ἰαμβεῖον καὶ τετράμετρον κινητικὰ καὶ τὸ μὲν ὀρχηστικὸν τὸ δὲ πρακτικόν. [1460α] Ἔτι δὲ ἀτοπώτερον εἰ μιγνύοι τις αὐτά, ὥσπερ Χαιρήμων. Διὸ οὐδεὶς μακρὰν σύστασιν ἐν ἄλλῳ πεποίηκεν ἢ τῷ ἡρῴῳ, ἀλλ' ὥσπερ εἴπομεν αὐτὴ ἡ φύσις διδάσκει τὸ ἁρμόττον αὐτῇ [5] αἱρεῖσθαι.

Ὅμηρος δὲ ἄλλα τε πολλὰ ἄξιος ἐπαινεῖσθαι καὶ δὴ καὶ ὅτι μόνος τῶν ποιητῶν οὐκ ἀγνοεῖ ὃ δεῖ ποιεῖν αὐτόν.

mas fosse mais curta e equivalesse ao conjunto de tragédias apresentadas em uma única audição.[259] Mas a epopeia possui uma característica muito particular quanto à viabilidade de alongar a extensão, pois enquanto na tragédia não se pode admitir a mimese de muitas partes [25] constituídas ao mesmo tempo, mas apenas a da que é representada em cena pelos atores, na epopeia, por ser uma narrativa, é possível compor muitas partes que se constituem ao mesmo tempo, e, por meio delas, à medida que são apropriadas, acrescer a amplitude do poema. Assim se podem assegurar a grandiosidade do poema épico, a variedade para o público ouvinte e a diversidade dos episódios, [30] pois o semelhante, logo se esgotando, é o que faz as tragédias fracassarem.

Quanto à métrica, o verso heroico {hexâmetro} revelou-se, pela experiência, o mais apto. De fato, se alguém produzisse uma mimese narrativa com algum outro verso ou com muitos, isso pareceria inadequado; pois o heroico é o mais estável e amplo dos metros (eis por que melhor acolhe [35] os nomes estrangeiros e as metáforas, pois, quanto a esses aspectos, também supera todos os outros), enquanto o trímetro iâmbico e o tetrâmetro são mais movimentados: o primeiro convém à dança e o segundo à ação. Seria [1460a] mais estranho ainda se alguém os misturasse, como o fez Querémon. Por isso ninguém compôs um poema extenso em outro verso senão em verso heroico; mas, como dissemos, a própria natureza nos ensina a escolher o verso que a ela [5] se ajusta.[260]

Homero é digno de ser elogiado por muitos motivos, sobretudo por ser o único dos poetas que não ignora o que deve fazer. De fato, o poeta deve falar o mínimo possível em

---

[259] Sabe-se que costumavam ser apresentadas três tragédias e um drama satírico a cada audição.

[260] Aristóteles retoma aqui os termos usados na seção 4 (1449a23-7), atribuindo uma característica particular a cada verso.

Αὐτὸν γὰρ δεῖ τὸν ποιητὴν ἐλάχιστα λέγειν· οὐ γάρ ἐστι κατὰ ταῦτα μιμητής. Οἱ μὲν οὖν ἄλλοι αὐτοὶ μὲν δι' ὅλου ἀγωνίζονται, μιμοῦνται δὲ ὀλίγα καὶ ὀλιγάκις· ὁ δὲ ὀλίγα [10] φροιμιασάμενος εὐθὺς εἰσάγει ἄνδρα ἢ γυναῖκα ἢ ἄλλο τι ἦθος, καὶ οὐδέν' ἀήθη ἀλλ' ἔχοντα ἦθος.

Δεῖ μὲν οὖν ἐν ταῖς τραγῳδίαις ποιεῖν τὸ θαυμαστόν, μᾶλλον δ' ἐνδέχεται ἐν τῇ ἐποποιίᾳ τὸ ἄλογον, δι' ὃ συμβαίνει μάλιστα τὸ θαυμαστόν, διὰ τὸ μὴ ὁρᾶν εἰς τὸν πράττοντα· ἐπεὶ τὰ περὶ [15] τὴν Ἕκτορος δίωξιν ἐπὶ σκηνῆς ὄντα γελοῖα ἂν φανείη, οἱ μὲν ἑστῶτες καὶ οὐ διώκοντες, ὁ δὲ ἀνανεύων, ἐν δὲ τοῖς ἔπεσιν λανθάνει. Τὸ δὲ θαυμαστὸν ἡδύ· σημεῖον δέ, πάντες γὰρ προστιθέντες ἀπαγγέλλουσιν ὡς χαριζόμενοι.

Δεδίδαχεν δὲ μάλιστα Ὅμηρος καὶ τοὺς ἄλλους ψευδῆ λέγειν ὡς δεῖ. [20] Ἔστι δὲ τοῦτο παραλογισμός. Οἴονται γὰρ οἱ ἄνθρωποι, ὅταν τουδὶ ὄντος τοδὶ ᾖ ἢ γινομένου γίνηται, εἰ τὸ ὕστερον ἔστιν, καὶ τὸ πρότερον εἶναι ἢ γίνεσθαι· τοῦτο δέ ἐστι ψεῦδος. Διὸ δεῖ, ἂν τὸ πρῶτον ψεῦδος, ἄλλο δὲ τούτου ὄντος ἀνάγκη εἶναι ἢ γενέσθαι ᾖ, προσθεῖναι· διὰ γὰρ τὸ τοῦτο εἰδέναι ἀληθὲς [25] ὂν παραλογίζεται

sua própria pessoa, pois não é em função disso que se realiza a mimese. Com efeito, os outros poetas intervêm em pessoa em toda a intriga[261] e assim fazendo mimetizam poucas coisas e poucas vezes, enquanto Homero, após um breve preâmbulo, logo introduz um homem, uma mulher [10] ou qualquer outra personagem, nenhuma sem caracterização, ao contrário, sempre caracterizada.

Na tragédia é necessário produzir o assombro, mas o irracional, que concorre especialmente para o assombro, é mais bem admitido na epopeia, porque nela não temos a personagem atuando sob nossos olhos. Assim, as narrativas que descrevem a perseguição de Heitor [15] pareceriam cômicas se fossem trazidas à cena: de um lado os gregos imobilizados, renunciando à perseguição; de outro, Aquiles que os detém acenando com a cabeça;[262] nos poemas épicos tudo isso passa despercebido. E o assombro apraz; signo disso é que todos, quando narram, acrescentam algo com o propósito de agradar.

Foi sobretudo Homero quem ensinou os outros poetas a dizer, como se deve, mentiras. Refiro-me ao [20] uso do falso raciocínio. Com efeito, os homens supõem que, quando de um fato ou acontecimento se subentende outro, a existência do consequente implica a existência do fato ou do acontecimento anterior, mas isso é falso. Eis por que, se o primeiro fato é falso, mas implica necessariamente outro fato ou outro acontecimento, é preciso acrescentar esse último, pois, sabendo que ele é verdadeiro, nossa mente, [25]

---

[261] No original, *di'hólon agōnízontai*, aqui vertido por "intriga", implicando toda luta que o herói trava com as demais personagens.

[262] Cf. *Ilíada*, XXII, 205 ss. O mesmo exemplo de atitude irracional (*álogon*) será adotado por Aristóteles na seção 25 (1460b27).

ἡμῶν ἡ ψυχὴ καὶ τὸ πρῶτον ὡς ὄν. Παράδειγμα δὲ τούτου τὸ ἐκ τῶν Νίπτρων.

Προαιρεῖσθαί τε δεῖ ἀδύνατα εἰκότα μᾶλλον ἢ δυνατὰ ἀπίθανα· τούς τε λόγους μὴ συνίστασθαι ἐκ μερῶν ἀλόγων, ἀλλὰ μάλιστα μὲν μηδὲν ἔχειν ἄλογον, εἰ δὲ μή, ἔξω τοῦ μυθεύματος, ὥσπερ [30] Οἰδίπους τὸ μὴ εἰδέναι πῶς ὁ Λάιος ἀπέθανεν, ἀλλὰ μὴ ἐν τῷ δράματι, ὥσπερ ἐν Ἠλέκτρᾳ οἱ τὰ Πύθια ἀπαγγέλλοντες ἢ ἐν Μυσοῖς ὁ ἄφωνος ἐκ Τεγέας εἰς τὴν Μυσίαν ἥκων. Ὥστε τὸ λέγειν ὅτι ἀνῄρητο ἂν ὁ μῦθος γελοῖον· ἐξ ἀρχῆς γὰρ οὐ δεῖ συνίστασθαι τοιούτους. †Ἂν δὲ θῇ καὶ φαίνηται [35] εὐλογωτέρως ἐνδέχεσθαι καὶ ἄτοπον† ἐπεὶ καὶ τὰ ἐν Ὀδυσσείᾳ ἄλογα τὰ περὶ τὴν ἔκθεσιν ὡς οὐκ ἂν ἦν ἀνεκτὰ δῆλον ἂν γένοιτο, εἰ αὐτὰ φαῦλος ποιητὴς ποιήσειε· [1460β] νῦν δὲ τοῖς ἄλλοις ἀγαθοῖς ὁ

fazendo um falso raciocínio, conclui que o primeiro também o é.[263] Exemplo disso é a cena do banho.[264]

Deve-se escolher, de preferência, o impossível que é verossímil ao possível não persuasivo; não se devem compor os argumentos com partes irracionais; acima de tudo, não deve haver nada de irracional. Se não for esse o caso, ele deve estar fora da intriga dramática — como no caso de Édipo, que não sabe [30] como Laio morreu[265] — e jamais no próprio drama, como, na *Electra*, aqueles que descrevem os Jogos Píticos, ou, nos *Mísios*, o homem que, tendo vindo da Tegeia para a Mísia, nada disse. Dizer que sem isso o enredo não se sustentaria é risível, pois de início não se deveria admitir a composição de tais enredos. †Mas se o irracional for introduzido e se parecer [35] razoável, será possível admitir mesmo o absurdo†, pois os acontecimentos irracionais sobre o desembarque de Ulisses na *Odisseia* não seriam toleráveis e saltariam aos olhos se tivessem sido compostos por um mau [1460b] poeta; mas o poeta, precisamente nesse momento, por meio de tantas qualidades, dissimulou o absurdo

---

[263] Sobre o paralogismo ou falso raciocínio, cf. *Refutações sofísticas* (167b1), sobretudo o quarto tipo, o paralogismo quanto ao consequente, ou seja, quando se crê na reversibilidade de uma sucessão. Nas *Refutações*, Aristóteles enumera sete modalidades de paralogismo.

[264] Cf. *Odisseia*, XIX, 164-260, quando Ulisses, servindo-se de um falso raciocínio, persuade Penélope, fazendo-se passar por um estrangeiro de Creta que recebeu Ulisses em sua casa. Mas, como afirma Hardy (2002, p. 87), a história do banho não está circunscrita a essa passagem, mas abrange todo o canto XIX. É possível pensar também que Aristóteles esteja se referindo à cena em que Euricleia dá banho em Ulisses e o reconhece pela cicatriz. Neste caso, o exemplo de paralogismo fica mais evidente. Euricleia teria raciocinado falsamente ao admitir que "porque tem a cicatriz é Ulisses", e não "é Ulisses porque tem a cicatriz". Aristóteles já aludiu à cena do banho na seção 16.

[265] Parece irracional que Édipo, tendo vivido por vinte anos em Tebas, casado com Jocasta, nada saiba sobre a morte de seu antecessor no trono.

ποιητὴς ἀφανίζει ἡδύνων τὸ ἄτοπον. Τῇ δὲ
λέξει δεῖ διαπονεῖν ἐν τοῖς ἀργοῖς μέρεσιν
καὶ μήτε ἠθικοῖς μήτε διανοητικοῖς·
ἀποκρύπτει γὰρ πάλιν ἡ λίαν λαμπρὰ [5]
λέξις τά τε ἤθη καὶ τὰς διανοίας.

Περὶ δὲ προβλημάτων καὶ λύσεων, ἐκ
πόσων τε καὶ ποίων εἰδῶν ἐστιν, ὧδ' ἂν
θεωροῦσιν γένοιτ' ἂν φανερόν. Ἐπεὶ γάρ
ἐστι μιμητὴς ὁ ποιητὴς ὡσπερανεὶ
ζωγράφος ἤ τις ἄλλος εἰκονοποιός, ἀνάγκη
μιμεῖσθαι τριῶν ὄντων τὸν [10] ἀριθμὸν ἕν
τι ἀεί, ἢ γὰρ οἷα ἦν ἢ ἔστιν, ἢ οἷά φασιν καὶ
δοκεῖ, ἢ οἷα εἶναι δεῖ. Ταῦτα δ'
ἐξαγγέλλεται λέξει ἐν ᾗ καὶ γλῶτται καὶ
μεταφοραὶ καὶ πολλὰ πάθη τῆς λέξεώς ἐστι·
δίδομεν γὰρ ταῦτα τοῖς ποιηταῖς.
 Πρὸς δὲ τούτοις οὐχ ἡ αὐτὴ ὀρθότης
ἐστὶν τῆς πολιτικῆς καὶ τῆς ποιητικῆς οὐδὲ
ἄλλης [15] τέχνης καὶ ποιητικῆς. Αὐτῆς δὲ
τῆς ποιητικῆς διττὴ ἁμαρτία, ἡ μὲν γὰρ καθ'
αὑτήν, ἡ δὲ κατὰ συμβεβηκός. Εἰ μὲν γὰρ
προείλετο μιμήσασθαι ... ἀδυναμίαν, αὐτῆς

dando fruição ao texto. Mas é necessário trabalhar com cuidado na elocução das partes que não comportam ações e que são desprovidas de caracteres e pensamentos, pois, inversamente, uma elocução muito brilhante [5] ofuscaria caracteres e pensamentos.

[25. Problemas críticos][266]

Sobre os problemas e suas soluções, sobre quantas e quais são suas espécies, vejamos aqui como será possível elaborar uma ideia clara sobre essas questões. Visto que o poeta é o artista que efetua a mimese, tal como o pintor ou qualquer outro artista de imagens, será sempre necessário elaborar a mimese de uma destas três situações: ou bem das coisas tais como eram ou são, ou bem como são ditas e se considera que sejam,[267] ou bem como deveriam [10] ser. Tais situações se constituem pela elocução que compreende os nomes estrangeiros, as metáforas e as múltiplas afecções da elocução; pois concedemos essas funções aos poetas.

Além dessas situações, deve-se considerar que a correção não é a mesma na arte poética e na arte política ou em qualquer outra arte que se diferencie da poética. No campo da poética há duas modalidades de erro: o erro segundo [15] a própria arte poética e o erro acidental. Com efeito, se o poeta escolheu efetuar a mimese de tal coisa *** por incapaci-

---

[266] Esta longa seção sobre os *problemas* e as *soluções* é considerada como parte de uma obra maior, *Dificuldades homéricas*, desenvolvida por Aristóteles em seis livros. Trata-se de uma seção truncada, concisa e elíptica, repleta de alusões a outras obras já desaparecidas.

[267] Ou seja, tal como as coisas se constituem segundo a opinião, *dokéō*, ou mesmo tal como as coisas parecem ser, pois o verbo admite ambas as possibilidades. "Considerar" pareceu-me uma solução interessante para agregar esses dois sentidos de *dokeô*.

ἡ ἁμαρτία· εἰ δὲ τὸ προελέσθαι μὴ ὀρθῶς, ἀλλὰ τὸν ἵππον <ἄμ'> ἄμφω τὰ δεξιὰ προβεβληκότα, ἢ τὸ καθ' ἑκάστην τέχνην ἁμάρτημα, [20] οἷον τὸ κατ' ἰατρικὴν ἢ ἄλλην τέχνην [ἢ ἀδύνατα πεποίηται] ὁποιανοῦν, οὐ καθ' ἑαυτήν. Ὥστε δεῖ τὰ ἐπιτιμήματα ἐν τοῖς προβλήμασιν ἐκ τούτων ἐπισκοποῦντα λύειν.

Πρῶτον μὲν τὰ πρὸς αὐτὴν τὴν τέχνην· ἀδύνατα πεποίηται, ἡμάρτηται· ἀλλ' ὀρθῶς ἔχει, εἰ τυγχάνει τοῦ τέλους τοῦ αὑτῆς (τὸ γὰρ [25] τέλος εἴρηται), εἰ οὕτως ἐκπληκτικώτερον ἢ αὐτὸ ἢ ἄλλο ποιεῖ μέρος. Παράδειγμα ἡ τοῦ Ἕκτορος δίωξις. Εἰ μέντοι τὸ τέλος ἢ μᾶλλον ἢ <μὴ> ἧττον ἐνεδέχετο ὑπάρχειν καὶ κατὰ τὴν περὶ τούτων τέχνην, [ἡμαρτῆσθαι] οὐκ ὀρθῶς· δεῖ γὰρ εἰ ἐνδέχεται ὅλως μηδαμῇ ἡμαρτῆσθαι. Ἔτι ποτέρων ἐστὶ τὸ [30] ἁμάρτημα, τῶν κατὰ τὴν τέχνην ἢ κατ' ἄλλο συμβεβηκός; ἔλαττον γὰρ εἰ μὴ ᾔδει ὅτι ἔλαφος θήλεια κέρατα οὐκ ἔχει ἢ εἰ ἀμιμήτως ἔγραψεν.

Πρὸς δὲ τούτοις ἐὰν ἐπιτιμᾶται ὅτι οὐκ ἀληθῆ, ἀλλ' ἴσως <ὡς> δεῖ, οἷον καὶ Σοφοκλῆς ἔφη αὐτὸς μὲν οἵους δεῖ ποιεῖν, Εὐριπίδην δὲ οἷοι

dade, o erro se reporta à própria arte poética.[268] Mas se não escolheu corretamente, e mimetizou um cavalo que avança com ambas as patas direitas, trata-se de um erro que se reporta a cada arte particular, como à medicina ou a outra arte qualquer, [ou se construiu em seu poema uma cena [20] impossível], e não à própria arte poética. Então, em face dos problemas, é necessário examinar as críticas tendo em vista essas distinções.

Comecemos pelas críticas que dizem respeito à própria arte poética. Se o poeta construiu em seu poema cenas impossíveis, houve decerto erro. Mas procede corretamente se atinge a finalidade própria da arte (e sobre [25] a finalidade, já se falou),[269] se assim fazendo uma parte ou outra do que compõe se torna mais impressionante; por exemplo: a perseguição de Heitor. Se, no entanto, fosse igualmente possível atingir com maior ou menor precisão a finalidade, segundo as regras da arte em questão, o erro não seria justificável; porque, sendo possível, não deveria haver de modo algum [30] erro. É necessário ainda distinguir a qual das duas categorias pertence o erro: se à dos erros segundo a arte ou se à dos erros acidentais.[270] Pois não saber que a corça não tem cornos é menos grave do que pintá-la de modo não mimético.

Se, além disso, o poeta for repreendido por um erro quanto à verdade, é possível responder dizendo que mimetizou tal <como> deveria ser; como fez o próprio Sófocles, que dizia pôr em poema os homens tais como deveriam ser, en-

---

[268] Embora haja uma lacuna nessa passagem, seria justo admitir que Aristóteles se reporta à incapacidade de se realizar tal mimese, assim: "se o poeta escolheu efetuar a mimese de tal coisa e não conseguiu realizá-la a contento por incapacidade, então o erro (*hamartía*) se deve à própria técnica ou arte poética".

[269] Cf. seções 6 (1449b26, 1450a30-1), 14 (1454a4), 16 (1455a17) e 24 (1460a12).

[270] Ou seja, concernentes a outras causas.

εἰσίν, ταύτῃ [35] λυτέον. Εἰ δὲ μηδετέρως, ὅτι οὕτω φασίν, οἷον τὰ περὶ θεῶν· ἴσως γὰρ οὔτε βέλτιον οὕτω λέγειν οὔτ' ἀληθῆ, ἀλλ' εἰ ἔτυχεν ὥσπερ Ξενοφάνει· ἀλλ' οὖν φασι. [1461α] Τὰ δὲ ἴσως οὐ βέλτιον μέν, ἀλλ' οὕτως εἶχεν, οἷον τὰ περὶ τῶν ὅπλων, "ἔγχεα δέ σφιν ὄρθ' ἐπὶ σαυρωτῆρος"· οὕτω γὰρ τότ' ἐνόμιζον, ὥσπερ καὶ νῦν Ἰλλυριοί.

Περὶ δὲ τοῦ καλῶς ἢ μὴ καλῶς [5] εἰ εἴρηταί τινι ἢ πέπρακται, οὐ μόνον σκεπτέον εἰς αὐτὸ τὸ πεπραγμένον ἢ εἰρημένον βλέποντα εἰ σπουδαῖον ἢ φαῦλον, ἀλλὰ καὶ εἰς τὸν πράττοντα ἢ λέγοντα πρὸς ὃν ἢ ὅτε ἢ ὅτῳ ἢ οὗ ἕνεκεν, οἷον εἰ μείζονος ἀγαθοῦ, ἵνα γένηται, ἢ μείζονος κακοῦ, ἵνα ἀπογένηται.

Τὰ δὲ πρὸς τὴν [10] λέξιν ὁρῶντα δεῖ διαλύειν, οἷον γλώττῃ τὸ "οὐρῆας μὲν πρῶτον"· ἴσως γὰρ οὐ τοὺς ἡμιόνους λέγει ἀλλὰ τοὺς φύλακας· καὶ τὸν Δόλωνα, "ὅς ῥ' ἦ τοι εἶδος μὲν ἔην κακός", οὐ τὸ σῶμα ἀσύμμετρον ἀλλὰ τὸ πρόσωπον αἰσχρόν, τὸ γὰρ εὐειδὲς οἱ

quanto Eurípides tais como são. E se nenhuma dessas duas possibilidades servir, é necessário dizer que "assim se conta", como acontece no que tange aos [35] deuses. Dizer desse modo não é, provavelmente, nem melhor nem mais verdadeiro, mas se porventura com tal dizer nos depararmos, devemos recorrer, como [1461a] Xenófanes, ao "mas assim se conta". A outras repreensões se deve provavelmente responder que o poeta não mimetizou de modo melhor, mas "como fora outrora", como no caso das armas: "com suas lanças cravadas com exatidão sobre a base de ferro",[271] pois esse era o costume, como ainda é hoje entre os ilírios.

Quanto a saber se algo foi dito ou feito com acerto ou [5] não, não devemos examinar apenas a ação ou a fala em si mesmas, verificando se se trata de algo elevado ou vil, mas devemos considerar também aquele que age ou fala, em relação a quê, ou quando, ou para quem, ou com qual intenção; se, por exemplo, para realizar um grande bem ou para evitar um grande mal.

Quanto às críticas que dizem respeito à elocução, é necessário [10] resolvê-las esclarecendo o uso dos nomes estrangeiros, como em *ouréas mèn prōton*[272] {as mulas em primeiro}, pois provavelmente Homero não quis dizer "as mulas", mas "as sentinelas"; e também quanto ao que se diz a respeito de Dólon em *hós rh'ē̂ toi eîdos mèn kakós* {que ele tem o aspecto feio}, não se quer dizer que seu corpo inteiro é assimétrico, mas apenas que tem o rosto feio, pois os cretenses chamam de *eudeidés* {de bom aspecto} aos que têm o rosto

---

[271] Cf. *Ilíada*, XX, 152.
[272] Cf. *Ilíada*, I, 50.

Κρῆτες τὸ εὐπρόσωπον καλοῦσι·
καὶ τὸ [15] "ζωρότερον δὲ κέραιε"
οὐ τὸ ἄκρατον ὡς οἰνόφλυξιν
ἀλλὰ τὸ θᾶττον.

Τὸ δὲ κατὰ μεταφορὰν εἴρηται,
οἷον "πάντες μέν ῥα θεοί τε καὶ
ἀνέρες εὗδον παννύχιοι"· ἅμα δέ
φησιν "ἦ τοι ὅτ' ἐς πεδίον τὸ
Τρωικὸν ἀθρήσειεν, αὐλῶν
συρίγγων τε ὅμαδον"· τὸ γὰρ πάντες
ἀντὶ τοῦ πολλοί κατὰ [20] μεταφορὰν
εἴρηται, τὸ γὰρ πᾶν πολύ τι. Καὶ τὸ
"οἴη δ' ἄμμορος" κατὰ μεταφοράν, τὸ
γὰρ γνωριμώτατον μόνον.

bem proporcionado;[273] também em *zōróteron dè kéraie*[274] {a mistura mais forte}, pois não [15] quer que se sirva o vinho sem mistura, como se fosse servir a beberrões, mas com maior rapidez.

Há o que se diz por metáfora, por exemplo, *pántes mén rha theoí te kaì anéres eûdon pannýkhioi* {todos, deuses e homens, dormiam por toda a noite},[275] e afirma, em seguida, *ē toi hót'es pedíon tò Trōikòn athrḗseien, aulōn syríngōn te hómadon* {quando lançava os olhos sobre a planície de Troia — e admirava — o som ruidoso das flautas e das siringes};[276] com efeito, "todos" foi dito por metáfora no lugar de "muitos", pois "todos" é uma espécie de "muitos".[277] Também em [20] *oíē d'ámmoros* {a única que não toma parte} se diz por metáfora, pois o poeta só se refere à mais conhecida.[278]

---

[273] Cf. *Ilíada*, X, 316. O problema surge quando por *eîdos* se entende todo o aspecto feio e desproporcional de Dólon e não apenas seu rosto, pois logo na sequência dos versos Homero apresenta Dólon como um homem veloz, o que não seria possível se ele tivesse o corpo inteiro disforme ou assimétrico.

[274] Cf. *Ilíada*, IX, 203.

[275] Cf. *Ilíada*, XXII, 1-2, e X, 1-2.

[276] Cf. *Ilíada*, X, 11-3.

[277] Para *tò gàr pân polú ti*, como propôs Eudoro de Souza, pondo a frase no plural (no texto aristotélico está no singular). A solução desta passagem, supondo o uso homérico da metáfora, situa-se na expectativa de que "nem todos dormiram a noite inteira", pois se isso ocorresse não haveria ninguém para admirar o som ruidoso das flautas e das siringes. De fato, Homero teria dito "todos" como metáfora de "muitos": "Muitos, deuses e homens, dormiam a noite inteira". Este seria, tal como Aristóteles esclarece, o uso homérico de uma metáfora.

[278] Cf. *Ilíada*, XVIII, 489. "A única" no lugar de "a mais conhecida". Gernez (2002, p. 106, n. 156) explica da seguinte forma a questão suscitada por Aristóteles: "Nesse verso, 'única' designa a Ursa Maior. Ora, ela não é a única que não se põe, mas, como é a mais conhecida, designa-se apenas ela. As outras são designadas por sinédoque".

Κατὰ δὲ προσῳδίαν, ὥσπερ Ἱππίας ἔλυεν ὁ Θάσιος, τὸ "δίδομεν δέ οἱ εὖχος ἀρέσθαι" καὶ "τὸ μὲν οὗ καταπύθεται ὄμβρῳ". Τὰ δὲ διαιρέσει, οἷον Ἐμπεδοκλῆς "αἶψα δὲ θνήτ᾽ ἐφύοντο τὰ πρὶν [25] μάθον ἀθάνατ᾽ εἶναι ζωρά τε πρὶν κέκρητο". Τὰ δὲ ἀμφιβολίᾳ, "παρῴχηκεν δὲ πλέω νύξ"· τὸ γὰρ πλείω ἀμφίβολόν ἐστιν. Τὰ δὲ κατὰ

É possível responder às críticas levando em conta a prosódia, como o fez Hípias de Taso em *dídomen dé hoi eûkhos aréstai* {nós te daremos a glória}²⁷⁹ e em *tò mèn hoû katapýthetai ómbrōi* {que a chuva estragar não consegue}.²⁸⁰ Outros casos se resolvem com a separação das frases, por exemplo, quando Empédocles diz *aîpsa dè thnḗt'efúonto tà prìn máthon athánat'eînai zōrá te prìn* [25] *kékrēto* {logo se tornam mortais as coisas que anteriormente conheceram a imortalidade e a vida, e misturadas as que antes *eram puras*}.²⁸¹ E outros por anfibolia, como em *paróikhēken dè pléō núx* {a

---

²⁷⁹ Cf. *Ilíada*, XXI, 297. Trata-se, portanto, de modificar a acentuação, revelando outro significado para a palavra, um significado possível e não contraditório. As soluções quanto à prosódia concentram-se nesses dois exemplos em que a modificação do acento ou do local da acentuação permite resolver uma série de problemas, como no caso em questão. Se, como pensa Magnien (1990, pp. 192-3, nota 18), Aristóteles se refere ao canto II (versão não mais existente), então Zeus teria enviado o sonho enganador que incita Agamêmnon à guerra, provocando a morte de muitos guerreiros. Problema: como Zeus poderia mentir e promover a glória dos gregos, quando de fato enviava-os a um massacre? Solução: não se deve ler *dídomen* (presente do indicativo, com acentuação na primeira sílaba), e sim *didómen* (com acentuação na segunda sílaba, formando um infinitivo com valor imperativo), fazendo recair a responsabilidade no próprio sonho, e não mais na figura de Zeus.

²⁸⁰ Cf. *Ilíada*, XXIII, 328, tradução de Carlos Alberto Nunes (1996, p. 350). Haroldo de Campos (2002, p. 407) prefere "não o apodrece a água de chuva", tomando o *hoû*, pronome relativo, por *oú*, advérbio de negação.

²⁸¹ Empédocles, Fragmento B, 35.14-15, DK. Note-se que Aristóteles não reproduz as vírgulas que se encontram no fragmento de Empédocles recolhido por Diels e Kranz, que traz *tà prìn máthon athánat'eînai* entre vírgulas, criando assim, por sua vez, um problema de prosódia; no caso, de pontuação, e que consiste em saber se *zōrá/zoía* está ligado a "imortalidade" ou a "misturadas". Se estiver ligado a "misturadas", seria algo como "misturadas em seres vivos", ou seja, "logo se tornaram mortais as coisas que anteriormente conheceram a imortalidade e *misturadas em seres vivos* (as que antes eram puras)". Se for a "imortalidade", é tal como está no corpo do texto.

τὸ ἔθος τῆς λέξεως. Τὸν κεκραμένον οἶνόν φασιν εἶναι, ὅθεν πεποίηται "κνημὶς νεοτεύκτου κασσιτέροιο"· καὶ χαλκέας τοὺς τὸν σίδηρον ἐργαζομένους, ὅθεν εἴρηται [30] ὁ Γανυμήδης Διὶ οἰνοχοεύειν, οὐ πινόντων οἶνον. Εἴη δ' ἂν τοῦτό γε <καὶ> κατὰ μεταφοράν.

Δεῖ δὲ καὶ ὅταν ὄνομά τι ὑπεναντίωμά τι δοκῇ σημαίνειν, ἐπισκοπεῖν ποσαχῶς ἂν σημήνειε τοῦτο ἐν τῷ εἰρημένῳ, οἷον τῷ "τῇ ῥ' ἔσχετο χάλκεον ἔγχος" τὸ ταύτῃ κωλυθῆναι ποσαχῶς ἐνδέχεται, ὡδὶ ἢ [35] ὡδί, ὡς μάλιστ' ἄν τις ὑπολάβοι· κατὰ τὴν καταντικρὺ ἢ ὡς Γλαύκων λέγει, [1461β] ὅτι ἔνιοι ἀλόγως προϋπολαμβάνουσί τι καὶ αὐτοὶ καταψηφισάμενοι συλλογίζονται, καὶ ὡς εἰρηκότος ὅ τι δοκεῖ ἐπιτιμῶσιν, ἂν ὑπεναντίον ᾖ τῇ αὑτῶν οἰήσει. Τοῦτο δὲ πέπονθε τὰ περὶ Ἰκάριον. Οἴονται γὰρ αὐτὸν Λάκωνα [5] εἶναι· ἄτοπον οὖν τὸ μὴ ἐντυχεῖν τὸν Τηλέμαχον αὐτῷ εἰς Λακεδαίμονα ἐλθόντα. Τὸ δ' ἴσως ἔχει ὥσπερ οἱ Κεφαλλῆνές φασι· παρ' αὐτῶν γὰρ γῆμαι λέγουσι τὸν

maior parte da noite transcorreu},[282] pois *pléiō* é ambíguo; ou segundo a elocução habitual: ao vinho misturado com água chamam "vinho" — e se diz *knēmìs neoteúktou kassitéroio* {cnêmide, de estanho recém-forjado},[283] porque damos o nome de "forjadores de bronze"[284] também aos que trabalham o ferro —, por isso se diz que Ganímedes serve [30] vinho aos deuses, se bem que os deuses não bebam vinho.[285] Mas isso poderia ocorrer segundo a metáfora.

Quando um termo parece introduzir uma contradição, é necessário verificar quantos significados ele poderia suscitar na frase em que foi proferido, como em *tēi rh'éskheto khákeon énkhos* {aqui se deteve a brônzea lança},[286] quantos significados esse "se deteve" pode admitir, se melhor seria compreendido de [35] um modo ou de outro. Exatamente o oposto do que diz [1461b] Glauco: alguns críticos, partindo de uma ideia irracional e preconcebida, condenam uma passagem, depois raciocinam sobre a questão e, como se o poeta tivesse dito o que a eles parece, censuram-no se o que diz é contrário ao pressuposto deles. É o que se pode verificar a propósito de Icário: presume-se que ele era lacedemônio e logo se conclui que era absurdo [5] Telêmaco não o haver encontrado quando chegou à Lacedemônia. Mas talvez seja como dizem os cefalênios, pois afirmam que Ulisses contraiu

---

[282] Cf. *Ilíada*, X, 252. A ambiguidade a que Aristóteles se refere na sequência se deve ao fato de que *pléiō* é ambíguo, podendo significar tanto "a maior parte" como "a noite inteira".

[283] Cf. *Ilíada*, XXI, 592.

[284] O bronze é uma liga metálica composta de estanho e cobre. É possível dizer, por extensão, que "forjadores de bronze" são "forjadores de estanho".

[285] Ganímedes, personagem da mitologia grega que, por sua extrema beleza, foi levado ao Olimpo para servir néctar aos deuses.

[286] Cf. *Ilíada*, XX, 272.

Ὀδυσσέα καὶ εἶναι Ἰκάδιον ἀλλ' οὐκ Ἰκάριον· δι' ἁμάρτημα δὲ τὸ πρόβλημα †εἰκός ἐστιν†.

Ὅλως δὲ τὸ ἀδύνατον μὲν πρὸς τὴν [10] ποίησιν ἢ πρὸς τὸ βέλτιον ἢ πρὸς τὴν δόξαν δεῖ ἀνάγειν. Πρός τε γὰρ τὴν ποίησιν αἱρετώτερον πιθανὸν ἀδύνατον ἢ ἀπίθανον καὶ δυνατόν· ... τοιούτους εἶναι οἷον Ζεῦξις ἔγραφεν, ἀλλὰ βέλτιον· τὸ γὰρ παράδειγμα δεῖ ὑπερέχειν. Πρὸς ἅ φασιν τἄλογα· οὕτω τε καὶ ὅτι ποτὲ οὐκ ἄλογόν [15] ἐστιν· εἰκὸς γὰρ καὶ παρὰ τὸ εἰκὸς γίνεσθαι. Τὰ δ' ὑπεναντίως εἰρημένα οὕτω σκοπεῖν ὥσπερ οἱ ἐν τοῖς λόγοις ἔλεγχοι εἰ τὸ αὐτὸ καὶ πρὸς τὸ αὐτὸ καὶ ὡσαύτως, ὥστε καὶ †αὑτὸν† ἢ πρὸς ἃ αὐτὸς λέγει ἢ ὃ ἂν φρόνιμος ὑποθῆται. Ὀρθὴ δ' ἐπιτίμησις καὶ ἀλογίᾳ καὶ μοχθηρίᾳ, ὅταν μὴ [20] ἀνάγκης οὔσης μηθὲν χρήσηται τῷ ἀλόγῳ, ὥσπερ Εὐριπίδης τῷ Αἰγεῖ, ἢ τῇ

núpcias na terra deles e que o nome é Icá*d*io não Icário. †É verossímil† que esse problema provenha de um erro.

De modo geral, o impossível deve se referir ou à poesia, ou ao que é melhor, ou à opinião [10] comum. Com relação à poesia, é preferível o impossível que persuade ao possível que não persuade. *** <E talvez seja impossível>[287] que existam homens tais como Zêuxis os pintava,[288] mas ele os fez de modo melhor, pois o paradigma deve ser excelente. Quanto às coisas irracionais, elas devem ser consideradas no contexto da opinião comum e assim, por vezes, se diz que não são irracionais, pois é verossímil que o improvável também [15] ocorra. Quanto às expressões que são ditas de modo contraditório, é necessário examiná-las como nas refutações dos argumentos, verificando se se referem ao mesmo objeto, com relação ao mesmo objeto e do mesmo modo; para que se possa saber se o poeta está em contradição com o que ele mesmo diz ou com o que sustentaria um homem prudente. Além disso, é correto criticar a irracionalidade e a maldade sempre que, não havendo qualquer necessidade, o poeta se serve do irracional — como ocorre com [20] Eurípides, no

---

[287] Há neste ponto do texto uma lacuna. A interpolação (*addenda*) mais admitida é a de Gomperz (Kassel, 1982, p. 46, aparato crítico): <*kaì ísōs adýnaton*> "[*igualmente impossível*] que haja homens tais como Zêuxis os pintava".

[288] A informação, de certo modo, contrapõe-se à da seção 6 (1450 a27), quando Aristóteles compara Zêuxis a Polignoto ("pois Polignoto é um bom pintor de caracteres, enquanto a pintura de Zêuxis não possui qualquer traço que represente o caráter"). Mas é preciso lembrar que Aristóteles privilegia a ação, e as pinturas de Zêuxis atingiam tal grau de realismo mimético, que se dizia que dois passarinhos foram bicar o cacho de uvas que ele pintara.

πονηρία, ὥσπερ ἐν Ὀρέστῃ <τῇ> τοῦ Μενελάου.

Τὰ μὲν οὖν ἐπιτιμήματα ἐκ πέντε εἰδῶν φέρουσιν· ἢ γὰρ ὡς ἀδύνατα ἢ ὡς ἄλογα ἢ ὡς βλαβερὰ ἢ ὡς ὑπεναντία ἢ ὡς παρὰ τὴν ὀρθότητα τὴν κατὰ τέχνην. Αἱ δὲ λύσεις ἐκ τῶν [25] εἰρημένων ἀριθμῶν σκεπτέαι. Εἰσὶν δὲ δώδεκα.

Πότερον δὲ βελτίων ἡ ἐποποιικὴ μίμησις ἢ ἡ τραγική, διαπορήσειεν ἄν τις. Εἰ γὰρ ἡ ἧττον φορτικὴ βελτίων, τοιαύτη δ' ἡ πρὸς βελτίους θεατάς ἐστιν ἀεί, λίαν δῆλον ὅτι ἡ ἅπαντα μιμουμένη φορτική· ὡς γὰρ οὐκ αἰσθανομένων [30] ἂν μὴ αὐτὸς προσθῇ, πολλὴν κίνησιν κινοῦνται, οἷον οἱ φαῦλοι αὐληταὶ κυλιόμενοι ἂν δίσκον δέῃ μιμεῖσθαι, καὶ ἕλκοντες τὸν κορυφαῖον ἂν Σκύλλαν αὐλῶσιν. Ἡ μὲν οὖν τραγῳδία τοιαύτη ἐστίν, ὡς καὶ οἱ πρότερον τοὺς ὑστέρους αὐτῶν ᾤοντο ὑποκριτάς· ὡς λίαν

caso de Egeu[289] — ou do cruel — como no *Orestes*, no caso de Menelau.[290]

As críticas se reportam, então, a cinco espécies: ou porque se referem a coisas impossíveis, ou irracionais, ou nocivas, ou contraditórias, ou contrárias à correção da arte. Quanto às soluções, elas devem ser examinadas em função dos argumentos enumerados, e são [25] doze.[291]

[26. A epopeia e a tragédia]

Qual das duas é a melhor, a mimese épica ou a trágica? Alguém poderia se indagar a esse respeito. Pois se a menos vulgar é a melhor e se tal é a que sempre se dirige aos melhores espectadores, então é evidente que aquela que efetua a mimese de todas as coisas é indiscutivelmente muito vulgar. Pois supondo que os espectadores não apreenderiam o espetáculo se o poeta não introduzisse mais elementos, os atores são entregues a uma profusão de movimentos, como o fazem [30] os maus flautistas, rodopiando quando querem mimetizar o lançamento do disco, ou empurrando o corifeu, quando interpretam a *Cila*.[292] Então, tal é o caso da tragédia, como demonstra, inclusive, o julgamento que os antigos ato-

---

[289] Aristóteles se refere aqui, provavelmente, à peça *Medeia* de Eurípides, quando Egeu, rei de Atenas, chega como por milagre a Corinto, onde encontra Medeia, traída e banida por seu esposo, necessitando de um protetor. Na seção 15 Aristóteles já havia criticado o desenlace da mesma peça. Cf. Magnien (1990, p. 195, n. 33).

[290] Aristóteles já citou o caso em 1454a28.

[291] Aristóteles termina aqui de modo abrupto, dando a entender que iria enumerar as doze soluções. Sobre essa questão, ver o que diz Dupont--Roc e Lallot (1980, p. 402, n. 25).

[292] Provavelmente o ditirambo de Timóteo de Mileto, citado por Aristóteles na seção 15 (1454a30).

γὰρ ὑπερβάλλοντα πίθηκον ὁ Μυννίσκος [35] τὸν Καλλιππίδην ἐκάλει, τοιαύτη δὲ δόξα καὶ περὶ Πινδάρου ἦν· [1462α] ὡς δ' οὗτοι ἔχουσι πρὸς αὑτούς, ἡ ὅλη τέχνη πρὸς τὴν ἐποποιίαν ἔχει. Τὴν μὲν οὖν πρὸς θεατὰς ἐπιεικεῖς φασιν εἶναι <οἳ> οὐδὲν δέονται τῶν σχημάτων, τὴν δὲ τραγικὴν πρὸς φαύλους· εἰ οὖν φορτική, χείρων δῆλον ὅτι ἂν εἴη. [5]

Πρῶτον μὲν οὐ τῆς ποιητικῆς ἡ κατηγορία ἀλλὰ τῆς ὑποκριτικῆς, ἐπεὶ ἔστι περιεργάζεσθαι τοῖς σημείοις καὶ ῥαψῳδοῦντα, ὅπερ [ἐστὶ] Σωσίστρατος, καὶ διᾴδοντα, ὅπερ ἐποίει Μνασίθεος ὁ

res faziam de seus próprios sucessores: com efeito, Minisco chamava Calípides[293] de "macaco", por causa de sua [35] gesticulação excessiva, tal era a opinião também a respeito de Píndaro.[294] A inferioridade destes últimos está para os primeiros assim [1462a] como a arte trágica, como um todo, está para a epopeia. E dizem que a epopeia se dirige a espectadores sensatos, que não precisam de nenhuma dessas gesticulações, enquanto a tragédia a espectadores rudes;[295] e, então, se é vulgar, é evidente que só poderia ser inferior. [5]

Em primeiro lugar, tal imputação não diz respeito à arte poética,[296] mas à arte do ator — o excesso de signos exteriores pode ser encontrado também nas narrativas rapsódicas, como [é] o caso de Sosístrato, e nas odes cantadas em concursos,[297] o que precisamente fazia Mnasíteo de Opon-

---

[293] Minisco de Cálcis, ator trágico; Calípedes, famoso ator ateniense que se jactava de fazer o público chorar com facilidade.

[294] Aristóteles refere-se aqui não ao poeta Píndaro (522-433 a.C.), bastante conhecido, mas ao ator Píndaro, do qual quase nada sabemos. Acerca dessa passagem, Hardy (2002, pp. 89-90), esclarece: "Minisco de Cálcis foi protagonista nas últimas peças de Ésquilo. Ele é mencionado na *Vida de Ésquilo*. Calípedes é mencionado na *Vida de Sófocles*. Píndaro é desconhecido".

[295] Pode-se pensar também na oposição entre um público "indulgente", *epieikós*, no caso da epopeia, e um "negligente", *phaûlos*, no caso da tragédia. Preferi, todavia, a oposição entre "sensato" e "rude". De todo modo, Aristóteles, logo a seguir, contestará o valor desta afirmação.

[296] Neste contexto, a arte poética qualifica apenas a arte do poeta em oposição à do ator. Eis o que disse Aristóteles em 1450b15-20: "No que tange às partes que restam, a melopeia é o maior dos ornamentos, enquanto o efeito visual do espetáculo cênico, embora fortemente capaz de conduzir os ânimos, é o menos afeito à arte e o menos próprio à poética aqui exposta. De fato, a força da tragédia pode ser verificada sem o benefício do concurso público e da ação efetiva dos atores; além disso, para a completude dos efeitos visuais do espetáculo cênico, a arte do cenógrafo é mais decisiva que a dos poetas".

[297] Não se deveria pensar aqui em poesia lírica, pois esse não é,

Όπούντιος. Είτα ουδέ κίνησις άπασα
αποδοκιμαστέα, είπερ μηδ' όρχησις, άλλ'
ή φαύλων, όπερ και Καλλιππίδη [10]
επετιμάτο και νυν άλλοις ως ουκ ελευθέρας
γυναίκας μιμουμένων. Έτι ή τραγωδία και
άνευ κινήσεως ποιεί το αυτής, ώσπερ ή
εποποιία· δια γαρ του άναγινώσκειν
φανερά οποία τίς έστιν· ει ούν έστι τά γ'
άλλα κρείττων, τούτό γε ουκ αναγκαίον
αύτη υπάρχειν.

Έπειτα διότι πάντ' έχει όσαπερ ή [15]
εποποιία (και γαρ τω μέτρω έξεστι χρήσθαι),
και έτι ου μικρόν μέρος την μουσικήν [και τας
όψεις], δι' ής αι ηδοναι συνίστανται
εναργέστατα· είτα και το εναργές έχει και εν τη
αναγνώσει και επί των έργων· [1462β] έτι τω εν
ελάττονι μήκει το τέλος της μιμήσεως είναι (το
γαρ άθροώτερον ήδιον ή πολλώ κεκραμένον τω
χρόνω, λέγω δ' οίον εί τις τον Οιδίπουν θείη
τον Σοφοκλέους εν έπεσιν όσοις η Ιλιάς)· έτι
ήττον μία η μίμησις η των εποποιών (σημείον δέ,
εκ γαρ οποιασούν [5] μιμήσεως πλείους
τραγωδίαι γίνονται), ώστε εάν μεν ένα μύθον
ποιώσιν, ή βραχέως δεικνύμενον μύουρον
φαίνεσθαι, ή ακολουθούντα τω του μέτρου μήκει
υδαρή· λέγω δε οίον εάν εκ πλειόνων πράξεων

te. Depois, não é toda movimentação que se deve rejeitar, se é verdade que não se deve rejeitar a dança, mas somente a movimentação dos atores medíocres — o que precisamente se criticava em Calípedes, e hoje em outros atores que representam [10] mulheres que nada têm de livres. Além disso, mesmo sem movimento, a tragédia produz o efeito que lhe é próprio, assim como a epopeia: de fato, suas qualidades se manifestam em função de uma simples leitura; se, então, ela se revela superior em todos os outros aspectos, não é necessário que se lhe atribua essa inferioridade.

Em seguida porque tem tudo quanto tem a epopeia (pois é possível que utilize inclusive a mesma [15] métrica) e ainda inclui, o que não é pouco, a música [e o espetáculo], donde se constituem os prazeres mais vivos. Além disso, ela é vivaz tanto na leitura quanto em cena. Além disso, alcança a finalidade da mimese sendo menos extensa (de fato, uma obra densa é mais [1462b] aprazível do que uma obra dispersa em um tempo muito longo; refiro-me, por exemplo, ao caso de alguém pretender apresentar o *Édipo* de Sófocles com tantos versos quanto os que temos na *Ilíada*). Além disso, há menos unidade na mimese dos épicos (um signo disso reside no fato de se poderem extrair, de qualquer mimese épica, muitas [5] tragédias), de tal modo que, se quisessem compor um único enredo, ou bem ele seria exposto brevemente, e se revelaria conciso, ou bem acompanharia a extensão da métrica, e se revelaria prolixo.[298] Falo, por exemplo, do caso de poemas

---

certamente, um tema que interessa a Aristóteles no contexto da *Poética*. O problema seria resolvido sabendo-se quem são Sosístrato e Mnasíteo, mas nada se sabe sobre eles, a não ser que são citados aqui pelo estagirita. Quanto ao verbo *diaídein*, significa "cantar em um concurso público", como esclarece Hardy (2002, p. 90).

[298] De fato, originariamente *mýouron* e *hydarē* designam, respectivamente, aquilo que termina abruptamente, por exemplo, a cauda de um camundongo (por extensão, conciso ou lacônico), e o que se dilui em muita água (ralo, rarefeito e, por extensão, supérfluo, prolixo).

ᾗ συγκειμένη, ὥσπερ ἡ Ἰλιὰς ἔχει πολλὰ τοιαῦτα μέρη καὶ ἡ Ὀδύσσεια <ἃ> καὶ καθ' ἑαυτὰ [10] ἔχει μέγεθος· καίτοι ταῦτα τὰ ποιήματα συνέστηκεν ὡς ἐνδέχεται ἄριστα καὶ ὅτι μάλιστα μιᾶς πράξεως μίμησις.

Εἰ οὖν τούτοις τε διαφέρει πᾶσιν καὶ ἔτι τῷ τῆς τέχνης ἔργῳ (δεῖ γὰρ οὐ τὴν τυχοῦσαν ἡδονὴν ποιεῖν αὐτὰς ἀλλὰ τὴν εἰρημένην), φανερὸν ὅτι κρείττων ἂν εἴη μᾶλλον τοῦ [15] τέλους τυγχάνουσα τῆς ἐποποιίας.

Περὶ μὲν οὖν τραγῳδίας καὶ ἐποποιίας, καὶ αὐτῶν καὶ τῶν εἰδῶν καὶ τῶν μερῶν, καὶ πόσα καὶ τί διαφέρει, καὶ τοῦ εὖ ἢ μὴ τίνες αἰτίαι, καὶ περὶ ἐπιτιμήσεων καὶ λύσεων, εἰρήσθω τοσαῦτα. . . .

épicos compostos de muitas ações, como a *Ilíada* e a *Odisseia*, que têm muitas partes e a extensão que [10] lhes é própria. No entanto, esses poemas foram compostos da melhor forma admissível e constituem, tanto quanto possível, a mimese de uma ação una.

Por consequência, se a tragédia se distingue por todos esses aspectos, e ainda no que tange ao exercício efetivo da arte (pois é necessário que produza não um prazer qualquer, mas o que foi mencionado), é evidente, porque atinge melhor seu fim, que é superior à epopeia. [15]

Sobre a tragédia e a epopeia, delas mesmas, de suas espécies e de suas partes — de quantas são e de como se diferenciam —, das causas segundo as quais são bem ou mal construídas, e sobre as críticas e suas soluções, que se tenha dito o suficiente. [...][299]

---

[299] Como observado na introdução, acredita-se ser a *Poética* incompleta, admitindo um segundo livro (provavelmente sobre a comédia) que não foi, infelizmente, preservado.

Referências bibliográficas

Elencar as obras de referência que valem a pena ser consultadas para uma leitura contextualizada e aprofundada da *Poética* equivaleria não a compor vários volumes, mas sim uma biblioteca. Por isso nos limitamos aqui a indicar outras edições, traduções e comentários do texto, os léxicos consultados e as obras utilizadas pelo tradutor ao longo deste trabalho.

Edições, traduções e comentários

Bekker, Immanuel. *Aristotelis Opera ex recensione Immanuelis Bekkeri*. Berlim: Edidit Academia Regia Borussica (2 vols.), 1831-1836.

Butcher, Samuel Henry. *Aristotle's Theory of Poetry and Fine Art, with a Critical Text and Translation of the Poetics*. Nova York: Dover Publications, 1951.

Bywater, Ingram. *Aristotle on the Art of Poetry*. Nova York/Oxford: Oxford University Press, 1920. Ver também em *The Complete Works of Aristotle: The Revised Oxford Translation* (Jonathan Barnes, org.). Princeton: Princeton University Press, 1995.

Dupont-Roc, Roselyne; Lallot, Jean. *Aristote: La Poétique. Texte, traduction, notes*. Paris: Éditions du Seuil, 1980.

Else, Gerald F. *Aristotle's Poetics: Translated with an Introduction*. Michigan: The University of Michigan Press (Ann Arbor Paperbacks), 1967.

Gallavotti, Carlo. *Aristotele: Dell'Arte Poetica*. Milão: Fondazione Lorenzo Valla/Arnoldo Mondadori Editore, 1974.

Gazoni, Fernando Maciel. *A Poética de Aristóteles: tradução e comentários* (dissertação de mestrado, orientação de Marco Antônio de Ávila Zingano). Disponível em versão digital. São Paulo, Biblioteca Digital USP, 2006 (http://www.teses.usp.br/teses/disponiveis/8/8133/tde-08012008-101252/pt-br.php).

GERNEZ, Barbara. *Poétique: introduction, traduction et annotation*. Paris: Hachette, 2002.

GUDEMAN, Alfred. *Aristoteles Peri Poiētikēs, mit Einleitung, Text und Adnotatio critica, exegetischem Kommentar*. Berlim/Leipzig: De Gruyter, 1934.

HALLIWELL, Stephen. *Aristotle's Poetics, Translated by (with Longinus, On the Sublime, and Demetrius, On Style)*. Cambridge, Massachusetts/Londres: Harvard University Press (Loeb Classical Library), 1995.

HARDY, Jean. *Aristote Poétique: texte établi et traduit*. Paris: Les Belles Lettres, 2002 (1ª ed., 1932).

JANKO, Richard. *Aristotle, Poetics I, with the Tractatus Cosilinianus*. Cambridge: Hackett Publishing Company, 1987.

KASSEL. Rudolf. *Aristotelis De arte poetica liber*. Londres/Glasgow/Nova York/Toronto: Oxford University Press (Bibliotheca Oxoniensis), 1982.

LECUMBERRI, Alicia Villar. *Aristóteles Poética: traducción, introducción y notas*. Madri: Alianza Editorial (Clásicos de Grecia y Roma), 2004.

LUCAS, Donald William. *Aristotle Poetics: Introduction, Commentary and Appendixes* (texto estabelecido por R. Kassel). Oxford/Nova York: Oxford University Press (Clarendon Paperbacks), 1968.

MAGNIEN, Michel. *Aristote: Poétique*. Paris: Librairie Générale Française, 1990.

MARGOLIOUTH, David Samuel. *The Poetics of Aristotle: Translated from the Greek into English and from Arabic into Latin, with a Revised Text, Introduction, Commentary, Glossary and Onomasticon*. Londres/Nova York/Toronto: Hodder Publisher, 1911.

MOERBEKE, Gulielmus de. *Aristotelis Latinus XXXIII. De Arte Poetica. Edidit E. Valgimigli. Reviserunt, praefatione indicibusque instruxerunt, Aetius Franceschini resisam edidit Laurentius Minio-Paluello*. Bruges/Paris: Desclée De Brouwer, 1953.

MONTMOLLIN, Daniel de. *La Poétique d'Aristote. Texte primitif et additions ultérieures*. Neuchâtel: Editions Henri Messeiller, 1951.

ROSTAGNI, Augusto. *La Poetica di Aristotele, con Introduzione, Testo e Commento*. Turim: Giovanni Chiantore, 1927, 2ª ed. revista.

SOUZA, Eudoro de. *Poética*. São Paulo: Ars Poetica Editora, 1993.

SOUZA, Eudoro de. *Poética: tradução, prefácio, introdução, comentário e apêndices*. Porto Alegre: Globo, 1996, 5ª ed.

Tarán, Leonardo; Gutas, Dimitri. *Aristotle Poetics: Editio Maior of the Greek Text with Historical Introductions and Philological Commentaries*. Leiden/Boston: Brill, 2012.

Valente, Ana Maria. *Poética*. Lisboa: Fundação Calouste Gulbenkian, 2011 (4ª ed.).

Vahlen, Johannes. *Aristotelis De arte poetica liber: recensuit*. Berlim: Guttentag, 1867.

Léxicos

Bonitz, Hermann. *Index Aristotelicus*. Berlim: Reimer, 1870 (reimpr.: Berlim: Akademie, 1955).

Wartelle, André. *Lexique de la Poétique d'Aristote*. Paris: Les Belles Lettres, 1985.

Denooz, Joseph. *Aristote: Poetica. Index verborum*. Liège: CIPL, 1988.

Obras consultadas para esta edição

Aristófanes. *Clouds, Wasps, Peace* (tradução para o inglês de Jeffrey Henderson). Cambridge, Massachusetts/Londres: Harvard University Press (Loeb Classical Library), 1998.

Barnes, Jonathan (org.). "Rhetoric and Poetics", *The Cambridge Companion to Aristotle*. Cambridge: Cambridge University Press, 1995.

Belfiore, Elizabeth S. *Tragic Pleasures: Aristotle on Plot and Emotion*. Princeton: Princeton University Press, 1992.

Bremer, Jan Maarten. *Hamartia: Tragic Error in the Poetics of Aristotle and in Greek Tragedy*. Amsterdã: A. M. Hakkert, 1969.

Canto-Sperber, Monique. *Philosophie grecque*. Paris: PUF, 1997.

Cooper, Lane. *The Poetics of Aristotle: Its Meaning and Influence*. Boston: C. Square Pub, 1923.

Cooper, Lane; Gudeman, Alfred. *A Bibliography of the Poetics of Aristotle*. New Haven: Literary Licensing, 2013 (1ª ed., Londres: Oxford, 1928).

Diels, Hermann; Kranz, Walther. *Die Fragmente der Vorsokratiker*. Berlim: Weidmann, 1952, 6ª ed.

Else, Gerald F. *Aristotle's Poetics: the Argument*. Cambridge: Harvard University, 1963.

ELSE, Gerald F. *Plato and Aristotle on Poetry*. Chapel Hill: University of North Carolina Press, 1986.

ÉSQUILO; SÓFOCLES; EURÍPIDES. *Tragiques grecs* (tradução para o francês de Jean Grosjean). Paris: Gallimard (Bibliothèque de la Pléiade), 1967.

GOLDEN, Leon. *Aristotle on Tragic and Comic Mímesis*. Atlanta: Scholars Press, 1992.

GOLDSCHMIDT, Victor. *Temps physique et temps tragique chez Aristote*. Paris: J. Vrin, 1982

HALLIWELL, Stephen. *Aristotle's Poetics*. Londres: Gerald Duckworth & Co. Ltd., 1998.

HALLIWELL, Stephen. *The Aesthetics of Mimesis: Ancient Texts and Modern Problems*. Princeton: Princeton University Press, 2002.

HALLIWELL, Stephen. *Ecstasy and Truth*. Oxford: Oxford University Press, 2011.

HELD, George F. *Aristotle's Teleological Theory of Tragedy and Epic*. Heidelberg: Winter, 1995.

HOMERO, *Ilíada* (tradução de Carlos Alberto Nunes). Rio de Janeiro: Ediouro, 1996.

HOMERO, *Ilíada* (tradução de Haroldo de Campos). São Paulo: Arx, 2002.

HOMERO, *Ilíada* (tradução de Frederico Lourenço). São Paulo: Penguin/Companhia das Letras, 2013.

HOMERO, *Odisseia* (tradução de Carlos Alberto Nunes). Rio de Janeiro: Ediouro, 2001.

HOMERO, *Odisseia* (tradução de Trajano Vieira). São Paulo: Editora 34, 2011.

IRIGOIN, Jean. *Tradition et critique des textes grecs*. Paris: Les Belles Lettres, 1997.

JANKO, Richard. *Aristotle on Comedy: Toward a Reconstruction of Poetics II*. Berkeley/Los Angeles: University of California Press, 1984.

JONES, John. *On Aristotle and Greek Tragedy*. Stanford/California: Stanford University Press, 1980.

LAERTIUS, Diogenes. *Lives of Eminent Philosophers* (tradução de Robert D. Hicks). Cambridge, Massachusetts/Londres: Harvard University Press, 1925 (reimpr. 1991).

LAIZÉ, Hubert. *Aristote: Poétique*. Paris: PUF, 1999.

LESKY, Albin. *Die tragische Dichtung der Hellenen*. Göttingen: Vandenhoeck & Ruprecht, 1971.

LIMA. Luiz Costa. *Mímesis: desafio ao pensamento*. Rio de Janeiro: Civilização Brasileira, 2000.

LIMA, Luiz Costa. *Vida e mímesis*. São Paulo: Editora 34, 1995.

LOBEL, Edgar. *The Greek Manuscripts of Aristotle's Poetics*. Oxford: Oxford University Press, 1933.

LUCAS, Frank L. *Tragedy: Serious Drama in Relation to Aristotle's Poetics*. Londres: Barnes & Noble Books, 1981.

MRAD, Rafika Ben. *La mímesis créatrice dans la Poétique d'Aristote*. Paris: l'Harmattan, 2004.

REALE, Giovanni. *Introdução a Aristóteles* (tradução de Artur Morão). Lisboa: Edições 70, 1997.

RORTY, Amélie Oksenberg (org.). *Essays on Aristotle's Poetics*. Princeton: Princeton University Press, 1992.

SAÏD, Suzanne. *Sophiste et tyran ou le problème du Prométhée enchainée*. Paris: Klincksieck et Cie. 1985.

SOMVILLE, Pierre. *Essai sur la Poétique d'Aristote*. Paris: J. Vrin, 1975.

VELOSO, Cláudio William. *Aristóteles mimético*. São Paulo: Discurso Editorial, 2004.

VERNANT, Jean-Pierre; VIDAL-NAQUET, Pierre. *Mythe et tragédie en Grèce ancienne*. Paris: La Découverte, 2001.

ZIMMERMANN, Bernhard. *Dithyrambos: Geschichte einer Gattung*. Göttingen: Verlag Antike, 2008.

Sobre o tradutor

Paulo Pinheiro nasceu no Rio de Janeiro em 1962. Mestre em Filosofia pela PUC-RJ, defendeu sua tese de doutorado em História da Filosofia Antiga na Université de Paris I, em 1995, sob a orientação de Jacques Brunschwig. Desde 1997 é professor da Universidade Federal do Estado do Rio de Janeiro (UniRio), onde atua como professor de Estética Clássica e de História da Filosofia Antiga, nos Departamentos de Filosofia, Teoria do Teatro e Educação Musical. Como tradutor, verteu para o português os "documentos sofísticos" (textos de Górgias, Antifonte, Platão, Élio Aristides, Aristóteles, Filóstrato e Luciano), reproduzidos no livro *O efeito sofístico*, de Barbara Cassin (Editora 34, 2005). Sua tradução da *Poética*, de Aristóteles (Editora 34, 2015), recebeu o Prêmio Jabuti de Tradução (2º lugar) em 2016.

Este livro foi composto em Sabon e Cardo, pela Bracher & Malta, com CTP da New Print e impressão da Graphium em papel Pólen Natural 80 g/m² da Cia. Suzano de Papel e Celulose para a Editora 34, em agosto de 2024.